T0023709

# PERSUASIÓN

Jane Austen

# PERSUASIÓN

Mestas
ediciones

**Selección**
**CLÁSICOS UNIVERSALES**

© MESTAS EDICIONES, S.L.
Avda. de Guadalix, 103
28120 Algete, Madrid
Tel. 91 886 43 80
Fax: 91 886 47 19
E-mail: info@mestasediciones.com
www.mestasediciones.com
http://www.facebook.com/MestasEdiciones
http://www.twitter.com/#!/MestasEdiciones
© Traducción: Marta Reyes Seco

Director de colección: J. M. Valcárcel

Ilustración de cubierta bajo licencia Shutterstock,
Autor: Mariia aiiraM

Primera edición: *Marzo, 2023*

ISBN: 978-84-18765-38-4
Depósito legal: M-2244-2023
Printed in Spain - Impreso en España

Reservados todos los derechos. Cualquier forma de reproducción, distribución, comunicación pública o transformación de esta obra solo puede ser realizada con la autorización de sus titulares, salvo excepción prevista por ley. Diríjase a CEDRO (Centro Español de Derechos Reprográficos - www.cedro.org), si necesita fotocopiar o escanear algún fragmento de esta obra.

# INTRODUCCIÓN

*Persuasión*, de la extraordinaria escritora británica Jane Austen, es una novela clásica que sin duda cautivará a los lectores de todas las edades. Narra la historia de Anne Elliot, una joven sensata que tiempo atrás fue persuadida —de ahí el nombre de la novela— para que rechazase la propuesta matrimonial del capitán Wentworth, dado que este carecía del nivel social y económico deseado por su familia. Durante ocho largos años, Anne se ve resignada a una soltería que la aprisiona hasta que el destino trae de nuevo al apuesto capitán, ahora rico y célebre, a la ciudad y lo vuelve a introducir en su círculo. ¿Podrá en esta ocasión el amor derribar todas las barreras sociales y los impedimentos emocionales para unir a esta entrañable pareja?

Los personajes de *Persuasión* son maravillosamente complejos y polifacéticos, sobre todo los dos principales. Anne es una joven inteligente e independiente. Es leal a su familia, pero posee un núcleo de fortaleza que le permite defenderse por sí misma cuando es necesario. A lo largo de la novela, Anne lucha por liberarse de las limitaciones que la sociedad le ha impuesto y reclamar su derecho a tomar decisiones sobre su propia vida y su amor. El capitán Wentworth es un oficial de marina apasionado y elegante, con ambiciones para sí mismo y para su futuro. Su determinación le hace admirable, pero también le hace ser a veces un tanto cerrado emocionalmente y vulnerable ante otros aspectos en los que no se centra.

Los temas del amor, la clase y las convenciones sociales confluyen en el viaje de Anne y Wentworth hacia la independencia y la verdadera felicidad. A través de la exploración de estos aspectos, Austen presenta el retrato de un mundo en el que las personas deben aprender a equilibrar sus deseos con los anhelos colectivos para alcanzar sus metas. Subraya, en contraposición a eso, la importancia que se daba a la posición en el contexto cultural de la Inglaterra de finales del siglo XVIII y principios del XIX. Retrata de qué manera los que tenían dinero y privilegios podían ser vistos como cónyuges más deseables que los que carecían de ellos, a pesar de no ser necesariamente más adecuados el uno para el otro. Además, explora cómo se esperaba que las mujeres se casaran por seguridad más que por amor, por conseguir un estatus deseado, a menudo a expensas de su propia dicha. En última instancia, estas páginas reflejan una exploración del gran poder que se esconde tras nuestras decisiones cuando nos guían el amor y la comprensión.

> «No hay nada que no haría por aquellos que son realmente mis amigos. No tengo la opción de amar a la gente a medias, no es mi naturaleza.»

Toda la producción de Jane Austen está centrada en aspectos cotidianos, relacionados directamente con la vida real, siempre adornados con la importancia que prestaba al detalle, con una lúcida y realista descripción de lugares y personajes. Sus protagonistas caminan por veredas inciertas que les conducen a un final dudoso en casi todas sus obras, intentando transmitirnos un mensaje instructivo que pretende llevarnos por el buen camino, a través del decoro y el buen gusto. Sin duda, todo ello influenciado por el sentimiento religioso cristiano de la autora, que nunca abandona los matices didácticos en sus narraciones, los cuales ilustra a través de eventos cotidianos que no serán ajenos a cualquiera de sus lectores.

El impacto de Austen puede verse en muchas producciones actuales; su influencia es especialmente evidente en las comedias románticas modernas. Sus personajes suelen ser mujeres de carácter fuerte que se ven inmersas en una sociedad llena de complicadas normas y expectativas. Además de inspirar películas modernas, las obras austenianas se han adaptado a numerosas series de televisión, producciones teatrales e incluso videojuegos.

*«Deseo, al igual que todos los demás, ser perfectamente feliz;*
*pero, como todos los demás, debe ser a mi manera.»*

Esta historia atemporal de **amor verdadero**, resistencia y autodescubrimiento te dejará, querido/a lector/a, un mensaje profundo sobre la necesidad de no renunciar jamás a aquello en lo que creas, más allá de las circunstancias y de las personas que te rodeen.

Los complejos personajes que aquí encontrarás te atraerán desde la primera página, y su encantadora trama te mantendrá enganchado/a hasta el final. Con sus brillantes diálogos, los seductores temas que toca a lo largo de la narración y sus preguntas sobre las decisiones vitales que invitan a la reflexión, este libro, con un atractivo estilo narrativo y un ingenio casi infinito, te dejará con ganas de más cuando termine. De eso estamos seguros.

El editor

# CAPÍTULO 1

Sir Walter Elliot, señor de Kellynch Hall, en Somersetshire, era un hombre que no hallaba distracción en la lectura, salvo que se tratase de la *Crónica de los baronets*. Con ese libro mataba el tiempo en sus horas de ocio y se consolaba en las de abatimiento. Su alma desbordaba admiración y respeto al detenerse en lo poco que aún quedaba de los antiguos privilegios, y cualquier sensación desagradable nacida de las trivialidades de la vida doméstica se transformaba en pena y desdén. Así repasaba la lista casi interminable de los títulos concedidos durante el último siglo y, aunque no le interesasen mucho las otras páginas, allí podía leer con alegría siempre viva su propia historia. La página en la que siempre tenía abierto su libro rezaba:

*Elliot, de Kellynch Hall Walter Elliot, nacido el 1 de marzo de 1760, contrajo matrimonio en 15 de julio de 1784 con Elizabeth, hija de James Stevenson, hidalgo de South Park, del condado de Gloucester. De esta señora, fallecida en 1800, tuvo a Elizabeth, nacida el 1 de junio de 1785; a Anne, nacida el 9 de agosto de 1787; a un hijo nonato, el 5 de noviembre de 1789, y a Mary, nacida el 20 de noviembre de 1791.*

Ese era el párrafo original salido de manos del impresor. Sin embargo, sir Walter lo había enmendado añadiendo, para información propia y de su familia, las siguientes palabras después de la fecha del natalicio de Mary: «Casada el 16 de diciembre de 1810 con Charles, hijo y heredero de Charles Musgrove, hidalgo de Uppercross, en el condado de Somerset». Apuntó también con el mayor cuidado el día y el mes en que perdió a su esposa.

Enseguida venían la historia y el encumbramiento de la antigua y respetable familia, en los habituales términos. Se describía que al principio se establecieron en Cheshire y que gozaron de gran reputación en Dugdale, donde desempeñaron el cargo de gobernador, habiendo sido representantes de una ciudad en tres parlamentos sucesivos. Después venían las recompensas a la lealtad y la concesión de la dignidad de baronet en el primer año del reinado de Carlos II, con la mención de todas las Marys y Elizabeths a quienes habían desposado los Elliot. En total, la historia formaba dos hermosas páginas en doceavo y terminaba con las armas y la divisa: «Casa solariega, Kellynch Hall, en el condado de Somerset». Sir Walter había agregado de su puño y letra este final:

«Presunto heredero, William Walter Elliot, hidalgo, bisnieto del segundo sir Walter».

La vanidad constituía el alfa y omega de la personalidad de sir Walter Elliot: vanidad en cuanto a su persona y su posición. Había sido sin duda un mozo apuesto en su juventud y aún era un hombre de aspecto atractivo a sus cincuenta y cuatro años.

Pocas mujeres presumían más de sus encantos que sir Walter de los suyos. Ni un solo paje de ningún nuevo señor habría estado más orgulloso que él de la posición que ostentaba en la sociedad. El don de la belleza para él era únicamente inferior al de un título nobiliario, de modo que se tenía por objeto de su respeto y devoción más calurosos.

Su buena estampa y su linaje eran poderosos argumentos para atraerle el amor. Sir Walter les debió a ellos una esposa muy superior a lo que podía esperar por sus méritos. Lady Elliot fue una mujer excelente, tierna y sensible. A su conducta y buen juicio se les debía perdonar la flaqueza juvenil de haber deseado ser lady Elliot, ya que nunca más precisó de otras indulgencias. Su carácter alegre, su suavidad y el disimulo de sus defectos le ganaron la auténtica estima de la cual disfrutó durante diecisiete años. Si bien es cierto que no fue demasiado feliz en este mundo, halló en el cumplimiento de sus deberes, en sus amigos y en sus hijos suficientes motivos para amar la vida y no abandonarla con indolencia cuando le llegó la hora. Tres hijas, de dieciséis y catorce años las dos mayores, eran un legado que la madre temía dejar. Aquello era una carga demasiado delicada para confiarla a la autoridad de un padre jactancioso y bobo. No obstante, lady Elliot tenía una amiga muy cercana, una mujer sensata y de grandes méritos que, movida por el gran cariño que profesaba a lady Elliot, había llegado a mudarse cerca de ella en el pueblo de Kellynch. Lady Elliot depositó en su discreción y su bondad todas sus esperanzas de sostener y mantener los buenos principios y la educación que tanto ansiaba prodigar a sus hijas.

Dicha amiga y sir Walter no se casaron pese a que lo dicho pudiese inducir a pensarlo. Habían transcurrido trece años desde la muerte de la señora Elliot, y la una y el otro seguían siendo vecinos e íntimos amigos, aunque cada uno viudo por su lado.

El hecho de que lady Russell, aún joven, de carácter agradable y en circunstancias ideales para ello, no hubiese querido pensar en contraer segundas nupcias, no tiene por qué explicarse al público, que siempre está dispuesto a sentirse irracionalmente descontento cuando una mujer no vuelve a casarse. Pero el hecho de que sir Walter continuase viudo sí merece una aclaración. Ha de saberse que, como buen padre y tras haberse llevado un chasco en uno o dos intentos descabellados, se enorgullecía de permanecer viudo en atención a sus queridas hijas. En realidad habría hecho cualquier cosa por una de ellas, la mayor, aunque hubiese tenido pocas ocasiones de demostrarlo. Elizabeth, a los dieciséis años, había asumido, en la medida de lo posible, todos los derechos y la importancia de su madre. Dado que era muy guapa y parecida a su padre, su influencia era grande y los dos se llevaban de maravilla. Sus otras dos hijas gozaban de menor atención. Mary obtuvo una pequeña y artificial importancia al convertirse en la señora de Charles Musgrove. Sin embargo, Anne, que poseía una finura de espíritu y una dulzura de carácter que la habrían situado en el mejor lugar entre personas realmente inteligentes, no era nadie entre su padre y su hermana. Sus palabras eran desoídas y no se atendían en absoluto sus intereses. Era Anne, nada más.

En cambio, para lady Russell era la más querida y preciada de las criaturas. Era su amiga y su favorita. Lady Russell las quería a todas, pero solo veía el vivo retrato de su madre en Anne.

Pocos años antes, Anne Elliot había sido una muchacha guapísima, pero su lozanía pronto se marchitó. Su padre, que ni siquiera cuando estaba en pleno apogeo hallaba nada que admirar en ella (pues sus delicadas facciones y sus ojos suaves y oscuros eran totalmente distintos de los de él), menos lo hallaba entonces, que estaba delgada y consumida. Jamás abrigó demasiadas esperanzas, puesto que no abrigaba ninguna, de leer su nombre en una página de su libro predilecto. Depositaba en Elizabeth todas sus ilusiones de una alianza como la suya. Esto se debía a que Mary se había limitado a entroncarse con una antigua familia rural, rica y respetable, a la que llevó todo su honor sin que ella recibiese ninguno a cambio. Elizabeth era la única que algún día podría protagonizar una boda como es debido.

A menudo una mujer es más guapa a los veintinueve años que a los veinte. Y, por lo general, si no ha sufrido ninguna enfermedad ni soportado ningún sufrimiento moral, es una época de la vida en que rara vez se ha perdido algún encanto. Eso le ocurría a Elizabeth, que era aún la misma guapa señorita Elliot que empezó a ser a los trece años. Así pues, podía perdonarse que sir Walter olvidase la edad de su hija o, en última instancia, simplemente creerlo medio chiflado por considerarse a sí mismo y a Elizabeth tan primaverales como siempre, rodeado por el declive físico de todos sus coetáneos, ya que solo tenía ojos para ver lo viejos que estaban poniéndose todos sus familiares y conocidos. El carácter huraño de Anne, la aspereza de Mary y los rostros avejentados de sus vecinos, unidos al rápido aumento de las patas de gallo en las sienes de lady Russell, lo tenían desconsolado.

Elizabeth era tan fatua como su padre. Durante trece años ejerció como señora de Kellynch Hall, presidiendo y dirigiendo todo con un dominio de sí misma y una resolución que no parecían propias de su edad. Durante trece años hizo los honores de la casa, aplicó las leyes domésticas, ocupó el lugar preferente en el carruaje y fue inmediatamente detrás de lady Russell en todos los salones y comedores de la comarca. Los hielos de trece inviernos seguidos la vieron presidir todos los bailes importantes celebrados en el pequeño vecindario y trece primaveras abrieron sus capullos mientras ella viajaba a Londres para disfrutar temporada tras temporada con su padre unas cuantas semanas de los placeres del gran mundo. Elizabeth recordaba todo esto y saber que contaba veintinueve años le despertaba ciertas inquietudes y recelos. La complacía verse aún tan guapa como siempre, pero sentía que ya se acercaban los años peligrosos, y le habría alegrado tener la certeza de que dentro de uno o dos años la pretendería un joven de sangre noble. Solo así habría podido hojear una vez más el libro de los libros con el mismo deleite que en sus años jóvenes. Sin embargo, ahora no le hacía gracia. Eso de tener siempre presente la fecha de su nacimiento sin albergar más proyecto matrimonial que el de su hermana menor, hacía que mirase el libro como una tortura. En más de una ocasión, cuando su padre lo dejaba abierto sobre la mesa junto a ella, lo había cerrado con ojos duros y lo había empujado lejos de sí.

Por otra parte, había sufrido un desengaño que le impedía olvidar el libro y la historia de su familia. El presunto heredero, el tal William Walter Elliot, cuyos derechos se hallaban tan generosamente reconocidos por su padre, la había rechazado.

Desde muy joven sabía que si no tuviese ningún hermano, William sería el futuro baronet, de manera que creyó que se casaría con él, creencia compartida en todo momento con su padre. No lo conocieron siendo él niño, pero en cuanto murió lady Elliot, sir Walter entabló relación con él. Pese a que sus insinuaciones fueron acogidas con poco entusiasmo, el padre siguió persiguiéndolo, ya que achacaba su indolencia a la timidez propia de la juventud. En una de sus excursiones primaverales a Londres, estando Elizabeth en todo su esplendor, forzaron al joven Elliot a ser presentado.

En aquel entonces era un muchacho muy joven, recién iniciado en el estudio del derecho. A Elizabeth le pareció en general agradable y todos los planes a favor de él quedaron confirmados. Lo invitaron a Kellynch Hall. Hablaron acerca de él y lo esperaron durante lo que quedó de año, pero él no acudió. En la primavera siguiente se lo encontraron en la capital una vez más. Les pareció tan simpático como antes y lo alentaron, invitaron y esperaron nuevamente. Pero no acudió tampoco esta vez. Poco después supieron que se había casado. En lugar de dejar que su destino siguiese la línea que le señalaba el hecho de heredar la casa de Elliot, había comprado su independencia desposando a una mujer rica de cuna inferior a la suya.

Sir Walter quedó muy dolido por aquello. Como cabeza de familia, pensaba que debieron haberle consultado, sobre todo tras haber tomado al muchacho tan notoriamente bajo su amparo.

—Pues es necesario que los hayan visto juntos una vez en Tattersal y dos en la tribuna de la Cámara de los Comunes —observaba.

Fingiéndose muy poco afectado, expresó su desaprobación. Por su parte, Elliot ni siquiera se tomó la más mínima molestia de explicar su modo de actuar y mostró tan pocos deseos de que la familia volviese a reparar en él, cuanto indigno de ello lo consideró sir Walter. Así pues, las relaciones entre ellos quedaron cortadas de raíz.

Pese a los años transcurridos, Elizabeth guardaba rencor por aquella desdichada incidencia. Desde la A hasta la Z, no podía mirar a ningún baronet con tanto agrado como a un igual suyo. El comportamiento de William Elliot había sido tan ruin que, aunque en verano de 1814 Elizabeth guardase luto por el fallecimiento de la joven señora Elliot, no podía admitir pensar nuevamente en él. Podía soportar que todo se hubiese reducido a aquel matrimonio que no fructificó y que se podía considerar simplemente un fugaz contratiempo. Sin embargo, lo peor era que algunos buenos amigos, en su afán por resultar serviciales, les habían contado que hablaba de ellos sin ningún respeto y que despreciaba tanto su linaje como los honores que este le confería. Y eso sí que era algo que imperdonable.

Esos eran los sentimientos e inquietudes que abrigaba Elizabeth Elliot, las cuitas que la asaltaban, las agitaciones que la alteraban, la monotonía y la elegancia, las prosperidades y las pequeñeces que constituían el escenario en el que se desenvolvía.

Pero por esa época empezaban a añadirse a todas ellas una nueva preocupación y otra zozobra. Su padre tenía cada día más apuros económicos. Sabía que iba a hipotecar sus propiedades para librarse de la obsesión de las abultadas cuentas de sus proveedores y de los importunos avisos de su agente, el señor Shepherd. Las posesiones de Kellynch eran buenas, pero no bastaban para mantener el tren de vida que sir Walter creía que debía llevar su propietario. Mientras vivió lady Elliot, rigieron el método, la moderación y el ahorro, dentro de lo que permitían los ingresos. Pero con su fallecimiento, toda prudencia se fue al traste y sir Walter empezó a abandonarse a los excesos. No era capaz de gastar menos ni podía dejar de hacer aquello a lo que se consideraba imperiosamente obligado. Por censurable que fuese, sus deudas crecían y se hablaba de ellas tan a menudo que finalmente fue inútil tratar de ocultárselas más tiempo, ni siquiera en parte a su hija. Durante su última primavera en la capital hizo alusión a su situación y llegó a decirle a Elizabeth:

—¿Podríamos reducir nuestros gastos? ¿Se te ocurre algo que pudiésemos suprimir?

Es de justicia decir que Elizabeth, en sus primeros arrebatos de alarma femenina, se puso a pensar muy en serio sobre lo que podrían hacer y terminó sugiriendo estas dos soluciones: suspender algunas limosnas innecesarias y no renovar el mobiliario del salón. A estas medidas añadió a continuación la absurda idea de no comprarle a Anne el regalo que solían llevarle todos los años. Pero estos ahorros, aunque en sí mismos eran buenos, no bastaban debido a la gran envergadura de las deudas, cuyo total sir Walter se creyó obligado a confesar a Elizabeth poco después. Ella no supo proponer entonces nada que fuese realmente eficaz.

Su padre podía disponer únicamente de una pequeña parte de sus dominios. Además, aunque hubiese podido enajenar todos sus campos, de nada habría servido. Accedería a hipotecar cuanto pudiese, pero por nada en el mundo consentiría en vender. No, jamás deshonraría su nombre hasta ese punto. Las posesiones de Kellynch serían transmitidas íntegras y en su totalidad, igual que él las había recibido.

Llamaron a consultas a sus dos confidentes: el señor Shepherd, que vivía en la ciudad vecina, y lady Russell. Tanto el padre como la hija parecían esperar que alguno de ellos se le ocurriese algo para sacarlos del atolladero y reducir su presupuesto sin menoscabar en nada sus gustos o su boato.

# CAPÍTULO 2

El señor Shepherd, un abogado cauto y político, al margen del concepto que tuviese de sir Walter y de sus proyectos acerca de este, quiso que otra persona le propusiese lo desagradable y se negó a dar ningún consejo. Así pues, se limitó a pedir que le permitiesen recomendarles el excelente juicio de lady Russell. Dijo que estaba seguro de que su proverbial sentido común les sugeriría las medidas más aconsejables, las cuales él sabía que finalmente tendrían que adoptarse.

A lady Russell le preocupó muchísimo el problema y les hizo observaciones muy serias. Era una mujer de recursos más reflexivos que rápidos y su gran dificultad para proponer una solución en aquel caso procedía del choque de dos principios opuestos. Era una persona íntegra y estricta y tenía un delicado sentido del honor. Sin embargo, no deseaba herir los sentimientos de sir Walter y, al mismo tiempo, quería proteger la buena fama de la familia. Como persona honesta y sensata, su conducta era correcta, sus nociones del decoro eran rígidas y sus ideas acerca de lo que exigía la alcurnia eran aristocráticas. Se trataba de una mujer afable, caritativa y bondadosa, capaz de las adhesiones más firmes y por sus modales merecía ser considerada el prototipo de la buena crianza. Era culta, razonable y comedida. En cuanto a la prosapia, albergaba ciertos prejuicios y otorgaba al rango y al concepto social un significado que llegaba a ignorar las debilidades de quienes gozaban de semejantes privilegios. Como viuda de un sencillo hidalgo, rendía la adecuada pleitesía a la dignidad de baronet y, dejando a un lado las razones de antigua amistad, vecindad afectuosa y amable hospitalidad, sir Walter tenía para ella, además de la circunstancia de haber sido el marido de su muy querida amiga y de ser el padre de Anne y sus hermanas, el mérito de ser sir Walter. Eso lo hacía acreedor de que fuese compadecido y considerado por encima de las dificultades que atravesaba.

No tenían más alternativa que moderarse. Eso era indudable. Sin embargo, lady Russell ansiaba lograrlo con el menor sacrificio posible por parte de Elizabeth y de su padre. Elaboró planes de ahorro e hizo cálculos detallados y precisos que llegaron a lo que nadie hubiese sospechado: consultar a Anne, a quien nadie reconocía el derecho de inmiscuirse en el asunto. Consultada Anne e influida lady Russell por ella en cierta medida, se ultimó el proyecto de restricciones y fue sometido a la aprobación de sir Walter. Todos los cambios que Anne proponía tenían como finalidad hacer prevalecer el honor por encima de la vanidad. Aspiraba a medidas estrictas, a una modificación radical, a saldar cuanto antes las deudas y a una indiferencia absoluta hacia todo lo que no fuese justo.

—Si logramos que a tu padre le entre todo esto en la cabeza —decía lady Russell paseando la mirada por su proyecto— habremos conseguido mucho. Si se somete a estas normas, su situación estará despejada en siete años. Ojalá convenzamos a Elizabeth y a tu padre de que la respetabilidad de la casa de Kellynch Hall quedará ilesa pese a estas restricciones y que la verdadera dignidad de sir Walter Elliot no sufrirá menoscabo alguno a los ojos de la gente sensata por obrar como corresponde a un hombre de principios. Lo que debe hacer ya se ha hecho o se ha debido hacer en muchas familias del más rancio abolengo. Este caso no tiene nada de particular y es precisamente la particularidad lo que constituye con frecuencia la parte más ingrata de nuestros padecimientos. Confío en el éxito, pero hemos de actuar con serenidad y decisión. Al fin y al cabo, quien contrae una deuda no puede dejar de pagarla y, aunque las convicciones de un caballero y cabeza de familia como tu padre sean muy respetables, es aún más respetable la condición de hombre honrado.

Estos eran los principios que Anne quería que respetase su padre, apremiado por sus amigos. Le parecía indispensable acabar con las demandas de los acreedores en cuanto un discreto sistema de ahorro lo posibilitase, en lo cual no veía nada indigno. Había que aceptar este criterio y considerarlo un deber. Confiaba mucho en la influencia de lady Russell y, en cuanto a la dureza de propia renunciación que le dictaba su conciencia, creía que sería algo más difícil inducirlos a una reforma completa que a una parcial. Conocía muy bien a Elizabeth y a su padre como para saber que sacrificar un par de caballos les resultaría casi tan doloroso como sacrificar todo el tronco. También pensaba lo mismo de todas las demás restricciones, por cierto muy moderadas, que formaban parte de la lista de lady Russell.

No vamos a entrar en la forma en que fueron acogidas las rígidas fórmulas de Anne. Lo cierto es que lady Russell no tuvo el más mínimo éxito. Sus planes eran tan irrealizables como insoportables.

—¿Cómo? ¡Suprimir por las buenas todas las comodidades de la vida! ¡Viajes, Londres, criados, caballos, comida, recortes por todas partes! ¡Dejar de vivir con la decencia que hasta los caballeros particulares se permiten! No, antes dejamos Kellynch Hall para siempre que verlo reducirlo a tan humilde estado.

¡Abandonar Kellynch Hall! La propuesta fue recogida en el acto por el señor Shepherd, cuyos intereses eran que se produjese una auténtica moderación del tren de gastos de sir Walter, pues estaba del todo convencido de que no podría hacerse nada sin no se cambiaba de casa. Dado que la idea había surgido de quien más derecho tenía a plantearla, confesó sin rodeos que él era de la misma opinión. Sabía perfectamente que sir Walter no podría cambiar su estilo de vida en una casa sobre la cual pesaban antiguas obligaciones de rango y deberes de hospitalidad. Sir Walter podría ordenar su vida en cualquier otro lugar según su criterio y aplicar las normas que le plantease la nueva existencia.

Sir Walter saldría de Kellynch Hall. Tras unos días de dudas e incertidumbres, se resolvió el gran problema de su nueva residencia y se fijaron las primeras directrices generales del cambio que iba a producirse.

Existían tres alternativas: Londres, Bath[1] u otra casa en la misma comarca. Anne prefería esta última solución. Su máxima ilusión era vivir en una casita de ese mismo vecindario, donde pudiese seguir disfrutando de la compañía de lady Russell, continuar viviendo cerca de Mary y seguir disfrutando del placer de ver de vez en cuando los prados y los bosques de Kellynch. Pero el implacable destino de Anne no iba a complacerla. Debía imponerle algo que fuese lo más opuesto posible a sus deseos. No le gustaba Bath y creía que no le convendría. Así pues, se fijó su domicilio en Bath.

Sir Walter pensó en un primer momento en Londres. Pero esta ciudad no le inspiraba ninguna confianza a Shepherd, de manera que se las apañó para disuadirlo de ello y hacerle que se decidiera por Bath. Se trataba de un lugar inmejorable para una persona de la clase de sir Walter, donde podría sostener su rango con menos gastos. Dos ventajas materiales de Bath sobre Londres hicieron que se inclinase la balanza a favor de la primera: se hallaba a solo veinticuatro kilómetros de distancia de Kellynch y daba la casualidad de que lady Russell pasaba

---

[1]  Ciudad situada en el SO de Inglaterra, en Avon, a pocos kilómetros de Bristol. Es famosa por sus aguas termales, por lo que se considera que la ciudad fue fundada por ellos. En la época en que transcurre esta historia e incluso después fue una de las ciudades favoritas de la clase alta británica para pasar allí largas temporadas.

allí casi todo el invierno todos los años. Con gran satisfacción de ella, cuyo primera opinión ante el cambio de proyecto fue favorable a Bath, sir Walter y Elizabeth aceptaron finalmente que ni su importancia ni sus placeres se verían menoscabados por establecerse en aquel lugar.

Pese a conocer muy bien los deseos de Anne, lady Russell se vio obligada a contrariarla. Habría sido pedir demasiado a sir Walter que se rebajase a ocupar una vivienda más modesta en sus propios dominios. La propia Anne habría tenido que soportar mayores mortificaciones de las que podía siquiera imaginar. Por otra parte, había que contar con lo que aquello habría humillado a sir Walter. En cuanto al rechazo que sentía Anne por Bath, era fruto de la ojeriza y de un error procedentes sobre todo de la circunstancia de haber pasado allí tres años en un colegio tras el fallecimiento de su madre y de que durante el único invierno que pasó allí con lady Russell estuvo de muy mal humor.

La negativa de sir Walter a mudarse a otra casa del vecindario se reforzaba por una de las más importantes partes del programa que recibió tan buena acogida al principio. No solo tenía que dejar su casa, sino verla en manos de otros. Aquello era una prueba de resistencia que para unos nervios más fuertes que los de sir Walter habría sido excesiva. Kellynch Hall sería desalojado, pero aquello se mantenía en un hermético secreto. Fuera del círculo de los más íntimos nadie debía saber nada.

Sir Walter no podía soportar la humillación de que se conociese su decisión de abandonar su casa. En cierta ocasión el señor Shepherd pronunció la palabra «anuncio», pero nunca más se atrevió siquiera a repetirla. Sir Walter detestaba de la idea de ofrecer su casa en cualquier forma que fuese y prohibió tajantemente que se insinuase que albergaba semejante propósito. Únicamente en el caso de que algún pretendiente excepcional solicitase Kellynch Hall y aceptase las condiciones de sir Walter, este consentiría en dejarla y eso como un gran favor.

¡Qué pronto surgen motivos para aprobar aquello que nos gusta! Lady Russell tuvo enseguida a mano una razón excelente para alegrarse muchísimo de que sir Walter y su familia se alejasen de la comarca. No hacía mucho tiempo que Elizabeth había trabado una amistad que lady Russell deseaba ver interrumpida. Se trataba de la amistad con una hija de Shepherd que acababa de volver a la casa paterna con un engorro en forma de dos pequeños hijos. Era una muchacha inteligente que conocía el arte de agradar o, al menos, el de agradar en Kellynch Hall.

Se las ingenió para inspirarle a Elizabeth tanto cariño que más de una vez se hospedó en su mansión, eso pese a los consejos de cautela y reserva de lady Russell, a quien semejante intimidad le parecía completamente fuera de lugar.

Pero lady Russell ejercía muy poca influencia sobre Elizabeth, y parecía más quererla porque deseaba quererla que porque lo mereciese. Jamás recibió de ella sino atenciones triviales, nada más allá de la cortesía debida. Nunca logró hacerle cambiar de opinión.

Muchas veces quiso que llevasen a Anne a sus excursiones a Londres y protestó sin rodeos contra la injusticia y el mal efecto de aquellos planes egoístas en los cuales se prescindía de ella. En ciertas ocasiones trató de proporcionar a Elizabeth las ventajas de su mejor entendimiento y experiencia, pero fue en vano siempre.

Elizabeth quería hacer su santa voluntad y jamás lo hizo con una oposición más abierta a lady Russell que en la cuestión de su encaprichamiento por la viuda Clay. Tanto era así que dejó a un lado el trato de una hermana tan buena como Anne para depositar su afecto y su confianza en una persona que debió haber sido para ella simplemente el objeto de una cortesía que guardase las distancias en todo momento.

Lady Russell creía que la condición de la viuda Clay era muy inferior a la de Elizabeth y que su carácter la convertía en una compañera extremadamente peligrosa. Así pues, no podía dejar de celebrar un traslado que alejaba a la viuda Clay y ponía alrededor de la señorita Elliot un círculo de amistades más adecuado para ella.

# CAPÍTULO 3

—Déjeme decirle, sir Walter —comentó el señor Shepherd una mañana en Kellynch Hall, dejando el periódico—, que las circunstancias actuales juegan a nuestro favor. Esta paz traerá de vuelta a tierra a todos nuestros ricos oficiales de marina. Todos necesitarán alojamiento. Sir Walter, no podría surgir ante nosotros mejor ocasión para elegir a unos inquilinos que sean responsables. Se han amasado muchas grandes fortunas durante la guerra. ¡Si diésemos con un almirante con el riñón bien cubierto, sir Walter…!

—Sería un hombre muy afortunado, Shepherd —repuso sir Walter—. Es todo cuanto tengo que decir. Kellynch Hall sería un buen botín para él o, mejor dicho, el más rico de todos los botines. No se habrá hecho con muchos parecidos, ¿no le parece a usted, Shepherd?

Shepherd sabía que debía reír de la salida y rio, añadiendo a renglón seguido:

—Me gustaría añadir, sir Walter, que cuando se trata de negocios, los señores de la Armada son muy tratables. Conozco un poco su manera de negociar y no tengo reparos en confesar que son muy generosos, cosa que los hace más deseables como inquilinos que cualquier otra clase de gente con quien pudiésemos toparnos. Por eso, sir Walter, me gustaría sugerirle que si algún rumor rompe su deseo de reserva (cosa que debemos tener en cuenta, ya que sabemos lo difícil que es guardar en secreto los actos e intenciones de una parte del mundo  frente al conocimiento y la curiosidad de la otra; la importancia tiene sus inconvenientes, y yo, John Shepherd, puedo ocultar cualquier asunto familiar, ya que nadie se tomaría la molestia de preocuparse de mí, pero sir Walter Elliot tiene sobre él miradas muy difíciles de esquivar), yo apostaría, y no me sorprendería en absoluto que pese a todas nuestras precauciones llegase a conocerse la verdad, en cuyo caso querría observar, dado que sin duda alguna nos presentarán propuestas, que debemos esperarlas de alguno de nuestros jefes enriquecidos de la Armada especialmente digno de ser atendido. Además, me permito añadir que en cualquier ocasión podría llegar yo aquí en menos de dos horas ahorrándole a usted la molestia de contestar en persona.

Sir Walter simplemente sacudió la cabeza. Pero poco después se levantó y, paseándose por la estancia, dijo en tono sarcástico:

—Supongo que habrá pocos señores en la Armada a quienes no les maraville verse en una casa como esta.

—Es evidente que mirarían a su alrededor y bendecirían su buena suerte —observó la viuda Clay, que se hallaba allí en esos momentos y a quien su padre había llevado con él porque una visita a Kellynch era lo que mejor le sentaba a su salud—. Estoy de acuerdo con mi padre en la idea de que un marino sería un inquilino más que deseable. ¡He conocido a muchos hombres de esa profesión y, además de su generosidad, son pulcros y esmerados en todo! Esos valiosos cuadros, sir Walter, estarán perfectamente seguros si usted desea dejarlos. ¡Cuidarían con tanto esmero de todo lo que hay dentro y fuera de la casa! Los jardines y los bosques se conservarían en un estado casi tan bueno como ahora. ¡No tema usted, señorita Elliot, que descuiden su hermoso jardín de flores!

—En cuanto a eso —replicó despectivamente sir Walter—, aun en el que caso de que me decidiese a dejar mi casa, no he pensado en nada referido a los privilegios que la acompañan. No estoy predispuesto a favor de ningún inquilino en concreto. Es evidente que se le permitiría entrar en el parque, lo cual ya es en sí un honor que no están acostumbrados a disfrutar ni los oficiales de la Armada ni ninguna otra clase de hombre. Pero las limitaciones que puedo imponer al uso de los terrenos de recreo son harina de otro costal. No puedo hacerme a la idea de que alguien se acerque a mis plantíos y le aconsejaría a la señorita Elliot que tomase sus precauciones en relación con su jardín de flores. Me siento muy poco inclinado a hacer concesiones extraordinarias a los arrendatarios de Kellynch Hall, se lo puedo asegurar a usted, tanto si son marinos como si son soldados.

Tras una breve pausa, Shepherd se aventuró a decir:

—En todos estos casos existen costumbres establecidas que despejan y facilitan todo entre el dueño y el inquilino. Sus intereses están en las mejores manos, sir Walter. Puede quedarse tranquilo, que ya me ocuparé yo muy bien de que ningún nuevo habitante disfrute de más derechos de los que le correspondan en justicia. Me atrevo incluso a insinuar que sir Walter Elliot no pone en sus propios asuntos ni la mitad de la diligencia que pone John Shepherd.

Al llegar a este punto, Anne observó:

—Pues yo creo que, con tanto como han hecho por nosotros, los marinos tienen los mismos derechos que cualquier otro hombre a las comodidades y los privilegios que pueda proporcionar cualquier casa. Debemos permitirles el bienestar por el que han trabajado tan arduamente.

—Eso es muy cierto, en efecto. Lo que dice la señorita Anne es muy cierto —terció el señor Shepherd.

—¡Ya lo creo! —agregó su hija.

Pero sir Walter replicó poco después:

—Esa profesión tiene su utilidad, pero no me gustaría que ningún amigo mío perteneciese a ella.

—¡Cómo! —exclamaron todos con gran sorpresa.

—Sí, esa carrera me disgusta por dos motivos. Tengo dos poderosos argumentos. El primero es que da pie a gente de baja cuna a encumbrarse hasta posiciones que no merecen y alcanzar honores que jamás habrían soñado sus padres ni sus abuelos. Y el segundo es que destruye de una manera lamentable la juventud y el vigor de los hombres. Un marino envejece mucho antes que cualquier otro hombre. Eso es algo que he observado toda mi vida. En la Marina, un hombre se arriesga a ser insultado por el ascenso de otro a cuyo padre no se hubiese dignado dirigir la palabra el padre del primero, y de convertirse antes de tiempo en un guiñapo, lo cual no sucede en ninguna otra profesión. Un día de la primavera pasada estuve en la ciudad en compañía de dos hombres cuyo ejemplo me impresionó tanto que por eso lo digo: Lord St. Ives, a cuyo padre conocimos todos cuando no era más que un simple pastor rural que apenas si tenía pan que llevarse a la boca. Tuve que ceder el paso a lord St. Ives y a cierto almirante Baldwin, un sujeto con las peores trazas que puedan imaginarse ustedes. Tenía la tez de color caoba, tosca y peluda hasta decir basta, surcada de líneas y de arrugas, con cuatro pelos grises a un lado de la cabeza y solo una mancha de polvos en la coronilla. «¡Por Dios!, ¿quién es ese vejestorio?», le pregunté a sir Basil Morley, un amigo mío que andaba por allí cerca. «¿Cómo que vejestorio? —exclamó sir Basil—. Pero si es el almirante Baldwin. ¿Qué edad le echa usted?». Yo respondí que unos sesenta o sesenta y dos años. «Pues tiene cuarenta —replicó sir Basil—, cuarenta solamente». Imaginen mi estupor. Jamás olvidaré tan fácilmente al almirante Baldwin. Nunca en mi vida he tenido delante una muestra tan lastimosa de lo que puede hacer el ir viajando por los mares. Me consta que a todos los marinos les sucede lo mismo en mayor o menor grado. Siempre van golpeados, expuestos a todos los climas y a todas las inclemencias del tiempo, hasta que ya no se les puede ni mirar. Es una pena que no reciban un buen golpe en la cabeza antes de llegar a la edad del almirante Baldwin.

—No es para tanto, sir Walter —exclamó la viuda Clay—. Eso es demasiado severo. Tenga un poco de compasión para esos pobres hombres. No todos hemos nacido para ser hermosos. Es verdad que el mar no embellece y que los marinos envejecen antes de tiempo. Eso lo he observado yo con frecuencia. Pierden su aspecto juvenil muy pronto. Pero ¿no sucede también lo mismo con muchas otras profesiones, tal vez con la mayoría? Los soldados que están en servicio activo no acaban mucho mejor. Incluso en las profesiones más tranquilas existe un desgaste y un esfuerzo de la mente, cuando no del cuerpo, que pocas veces le evitan al aspecto del hombre los efectos naturales del paso del tiempo. Los esfuerzos del abogado consumido por las preocupaciones de sus pleitos; el médico que se levanta de la cama a cualquier hora y que trabaja tanto si llueve, truena o hace sol; y hasta el clérigo... —se detuvo un momento para pensar qué se podría decir acerca del clérigo— y hasta el clérigo, ya sabe, que se ve obligado a acudir a viviendas infectas y a exponer su salud y su cuerpo a los efectos nocivos de una atmósfera intoxicada. En otras palabras, estoy del todo convencida de que todas las profesiones son a la vez necesarias y honrosas. Únicamente los escasos hombres que no necesitan ejercer ninguna pueden vivir de un modo regular, en el campo, empleando su tiempo en lo que les place, haciendo lo que les viene en gana y viviendo en sus propiedades, sin el tormento de tener que ganarse el sustento. Como digo, solo esos pocos pueden disfrutar de los dones de la salud y del buen ver hasta el máximo. No conozco ningún otro género de hombres que no pierdan algo de su personalidad al dejar atrás la juventud.

Parecía que el señor Shepherd, con su insistencia por inclinar la voluntad de sir Walter hacia un oficial de la Marina como inquilino, había sido dotado con el don de la adivinación, pues la primera solicitud recibida procedió de un tal almirante Croft, a quien conoció poco tiempo después en las sesiones de la Audiencia de Taunton y que le había hecho avisar a través de uno de sus corresponsales de Londres. Según las referencias que llevó enseguida a Kellynch, el almirante Croft procedía de Somersetshire y era dueño de una cuantiosa fortuna. Deseaba establecerse en tierra y había ido a Taunton para ver algunas de las casas anunciadas, pero no fueron de su agrado. Por casualidad se enteró de que Kellynch Hall iba a quedar libre —pues Shepherd había anticipado que los asuntos de sir Walter no podrían permanecer en secreto— y, al saber que Shepherd conocía al propietario, hizo que se lo presentase para recabar datos concretos. En el transcurso de una agradable y prolongada conversación mostró por el lugar una inclinación todo lo decidida que cabía, dado que lo conocía únicamente por las descripciones. Por las noticias concretas de sí mismo, que le facilitó al señor Shepherd, podía ser considerado un hombre digno de la mayor confianza y ser aceptado como inquilino.

—¿Y quién es ese almirante Croft? —preguntó sir Walter con un tono de fría desconfianza.

El señor Shepherd le informó que pertenecía a una familia de caballeros y nombró el lugar de donde eran oriundos. Tras una breve pausa, Anne agregó:

—Es un contraalmirante. Estuvo en la batalla de Trafalgar y luego fue a las Indias Orientales, donde permaneció varios años, según tengo entendido.

—Si es así —observó sir Walter—, doy por descontado que tendrá el rostro anaranjado como las bocamangas y cuellos de mis libreas.

El señor Shepherd se apresuró a asegurarle que el almirante Croft era un hombre sano, cordial y de buena presencia. Como es natural, estaba algo atezado por los vendavales, pero no demasiado. Además, era un perfecto caballero en sus principios y costumbres y nada exigente en cuanto a las condiciones. Lo único que deseaba era tener una vivienda cómoda lo antes posible. Sabía que tendría que pagarse semejante lujo y contaba con que una casa lista y amueblada de aquel modo le costaría una elevada suma, de manera que no se extrañaría si sir Walter le pidiese más dinero. Preguntó por el propietario y dijo que le gustaría presentarse, como es natural, aunque sin insistir sobre este punto. Agregó que a veces tomaba una escopeta, pero que jamás lo hacía para matar. En fin, se trataba de un caballero de los pies a la cabeza.

El señor Shepherd hizo un derroche de elocuencia sobre el particular, señalando todas las circunstancias acerca de la familia del almirante que lo hacían especialmente deseable como inquilino. Estaba casado pero no tenía hijos; es decir, el estado ideal. El señor Shepherd observaba que una casa nunca está bien cuidada si le falta una señora. Así pues, no sabía si el mobiliario correría mayor peligro no habiendo señora que habiendo niños. Una señora sin hijos era la mejor garantía que cupiera imaginar para la conservación de los muebles. En Taunton vio a la señora Croft con el almirante y estuvo presente mientras ellos trataron del asunto.

—Parece una señora muy bien hablada, fina y discreta —siguió diciendo Shepherd—. Hizo más preguntas sobre la casa, las condiciones y los impuestos que el propio almirante. Yo diría que es más experta que él en los negocios. Además, sir Walter, pude saber que ni ella ni su marido son forasteros en esta comarca, pues sabrá usted que ella es hermana de un caballero que vivió hace unos años atrás en Monkford. ¡Ay, vaya!, ¿cómo se llamaba? Ahora mismo no puedo recordar su nombre a pesar de que lo he oído hace poco. Penélope, querida, ayúdame, ¿recuerdas por casualidad cómo se llama el señor que vivió en Monkford, el hermano de la señora Croft?

Pero la viuda Clay estaba tan enfrascada en su charla con la señorita Elliot que no oyó la pregunta.

—No tengo ni idea de a quién puede referirse, Shepherd. No recuerdo a ningún caballero residente en Monkford desde los tiempos del viejo gobernador Trent.

—¡Vaya, qué fastidio! A este paso voy a olvidar mi propio nombre un día de estos. ¡Un nombre con el que estoy tan familiarizado! Conozco al señor como mis propias manos. Lo he visto un montón de veces. Recuerdo que en cierta ocasión vino a consultarme sobre un atropello que cometió con él uno de sus vecinos: un labrador que entró en su huerto saltando por la tapia para robarle unas manzanas y que fue pillado con las manos en la masa. Luego, en contra de mi parecer, el caso fue resuelto por amigables componedores. ¡Qué cosa más extraña!

Huno una pausa y Anne apuntó:

—¿Se refiere usted al señor Wentworth?

Shepherd se deshizo en muestras de gratitud.

—¡Wentworth! ¡Claro que sí! Estaba refiriéndome al señor Wentworth. Tuvo el curato de Monkford, ¿sabe, sir Walter?, durante dos o tres años. Vino hacia el año 5, eso es. Estoy seguro de que ustedes se acordarán.

—¿Wentworth? ¡Lo que faltaba! El párroco de Monkford. Me desorientó usted dispensándole el tratamiento de caballero. Pensé que hablaba de algún propietario. Ese señor Wentworth era un don nadie, ya me acuerdo. Completamente desconocido, sin relación alguna con la familia de Strafford. Uno no puede menos que extrañarse al ver tan vulgarizados muchos de nuestros nombres más ilustres.

Cuando el señor Shepherd fue consciente de que este parentesco de los Croft no causaba una impresión favorable a sir Walter, lo dejó de lado e insistió una vez más con redoblado esfuerzo en las otras circunstancias más convincentes: la edad, el número y la fortuna de los componentes de la familia Croft, así como el alto concepto en que tenían Kellynch Hall y su empeño en arrendarlo. Esto era así hasta tal punto que parecía que para ellos no había en este mundo más felicidad que la de llegar a ser los inquilinos de sir Walter Elliot, lo cual suponía, dicho sea de paso, un buen gusto extraordinario que los hacía acreedores a que sir Walter los considerase dignos.

El arrendamiento se llevó a cabo. Sin embargo, sir Walter miraba con muy malos ojos a cualquier aspirante a morar en su casa y lo habría considerado infinitamente beneficiado permitiéndole alquilarla en condiciones leoninas. Aun así, se vio obligado a consentir en que el señor Shepherd procediese a cerrar el trato, autorizándolo a visitar al almirante Croft, que seguía residiendo en Taunton, para fijar el día en que visitarían la casa.

Sir Walter no era muy inteligente, pero tenía la suficiente experiencia de la vida para comprender que difícilmente podía presentársele un inquilino menos objetable en todo lo esencial que el almirante Croft. Su entendimiento no llegaba a más. Por otra parte, su jactancia encontraba cierto halago adicional en la posición del almirante, que era todo lo elevada que se requería, aunque no demasiado. «He alquilado mi casa al almirante Croft» era una afirmación que sonaba bien; mucho mejor que nombrar a cualquier señor X. Un tal señor X (salvo, tal vez, media docena de nombres del país) siempre requiere una explicación. La importancia de un almirante se explica por sí sola y, al mismo tiempo, jamás puede mirar a un baronet por encima del hombro. Sir Walter Elliot tendría la preeminencia en todo momento.

No podía hacerse nada sin que Elizabeth tuviese conocimiento de ello. Sin embargo, sus ganas de cambiar de lugar empezaban a ser tan decididas que le encantó el hecho de que ya estuviese fijado y resuelto el asunto con un inquilino a mano, por lo que se guardó muy bien de decir una sola palabra que pudiese echar atrás el acuerdo.

Se confirió al señor Shepherd de omnímodos poderes y tan pronto como quedó todo ultimado, Anne, que había escuchado todo sin perder ripio, salió de la habitación buscando el alivio del aire fresco para sus mejillas encendidas. Mientras paseaba por su arboleda favorita, exclamó con un dulce suspiro:

—Unos meses más y tal vez él se pasee por aquí.

# CAPÍTULO 4

Él no se trataba del señor Wentworth, el párroco de Monk-ford en otro tiempo, a pesar de lo que hayan podido insinuar las apariencias, sino del capitán Frederick Wentworth, hermano del primero, que había sido ascendido a comandante a raíz de la acción de Santo Domingo. Puesto que no lo destinaron de inmediato, fue a Somersetshire en el verano de 1806. Fallecidos sus padres, vivió en Monkford durante medio año. En aquel entonces era un joven muy apuesto, de una aguda inteligencia, ingenioso y brillante. Anne era una muchacha muy bonita, dulce, modesta, delicada y sensible. Con la mitad de los atractivos que poseía cada uno por su lado bastaría para que él no tuviese que esforzarse para conquistarla y para que ella difícilmente pudiese amar a alguien más. Sin embargo, la coincidencia de circunstancias tan generosas debía dar sus frutos. Poco a poco fueron conociéndose y se enamoraron rápida y profundamente. ¿Cuál de los dos vio más perfecciones en el otro? ¿Cuál de los dos fue más feliz: ella, al escuchar su declaración y sus proposiciones, o él, cuando ella las aceptó?

Siguió un período de exquisita felicidad, aunque muy corto. Pronto surgieron las contrariedades. Cuando supo del romance, sir Walter no dio su consentimiento ni dijo si lo daría alguna vez. No obstante, su negativa quedó de manifiesto por su asombro, su frialdad y su declarada indiferencia con respecto a los asuntos de su hija. Consideraba que aquella unión era degradante. Lady Russell, pese a que su orgullo era más templado y perdonable, también la tuvo por una verdadera desgracia.

¡Anne Elliot, con todos sus títulos de familia, guapa e inteligente, iba a echarse a perder a los diecinueve años; comprometerse en un noviazgo con un joven que no tenía para ascender a nadie más que a sí mismo, sin más esperanza de alcanzar alguna distinción que la que proporcionan los azares de una de las carreras más precarias, y sin relaciones que le asegurasen un posterior prestigio en aquella profesión! ¡Era un error que le causaba horror solo de pensarlo! ¡Anne Elliot, tan joven e inexperta, atarse a un extraño sin posición ni fortuna o, mejor dicho, hundirse por su culpa en un estado de extenuante dependencia, angustiosa y devastadora! Aquello no saldría adelante si podían evitarlo la intervención de la amistad y la autoridad de la persona que era para ella como una madre y que tenía sus derechos.

El capitán Wentworth carecía de bienes. Había sido afortunado en su carrera, pero gastó generosamente lo que con igual liberalidad había recibido y no conservó nada. No obstante, confiaba en ser rico en poco tiempo. Lleno de fuego y vida, sabía que pronto podría tener un barco y que no tardaría en llegar el momento en el que podría disponer de cuanto se le antojase. Siempre fue un hombre afortunado y sabía que seguiría siéndolo. Esta confianza, poderosa por su mismo entusiasmo y hechicera por el talento con el que solía expresarla, le bastaba a Anne. Sin embargo, lady Russell veía aquello de otra manera. El temperamento sanguíneo y la osada fantasía de Wentworth se verificaban en ella de un modo totalmente distinto. Le parecía que lo único que hacían era agravar el mal y añadir un carácter peligroso a los inconvenientes de Wentworth. Era un hombre brillante y tozudo. A lady Russell le gustaba muy poco el ingenio, y le causaba horror cualquier cosa que se acercase a la imprudencia. Así pues, las relaciones de Anne con Wentworth le parecían censurables desde todo punto de vista.

Semejante oposición y los sentimientos que inducía superaban las fuerzas de Anne. Con su juventud y su garbo aún habría podido hacer frente a la ojeriza de su padre; sin embargo, la firme opinión y las dulces maneras de lady Russell, a quien siempre había querido y obedecido, no podían asediarla para siempre sin resultados. Se convenció de que aquel noviazgo era un dislate, algo indiscreto e impropio que difícilmente podría dar buen resultado y que no convenía. Pero al romper el compromiso no solo actuó inducida por una cautela egoísta. Si no hubiera creído que lo hacía por el bien de Wentworth más que por el suyo propio, no habría podido despedirlo sin dificultad. Se imaginó que su prudencia y renunciación redundaban sobre todo en beneficio del capitán. Aquel fue su mayor consuelo en medio del dolor de aquella ruptura definitiva. Requirió todos los consuelos, pues por si su pena fuese poca, también tuvo que soportar la de él, que no se dio por vencido en absoluto y se mantuvo inflexible y herido en sus sentimientos al ser obligado a aquel abandono. Por eso se alejó de la comarca.

En pocos meses tuvo lugar el principio y el final de sus relaciones. Pero Anne no dejó de sufrir en pocos meses. Su amor y sus remordimientos le impidieron deleitarse durante mucho tiempo en los placeres de la juventud, de manera que la temprana pérdida de su lozanía y animación le dejaron impresa una huella que no se borraría.

Habían transcurrido más de siete años desde el final de esa pequeña historia de mezquinos intereses. El tiempo había suavizado mucho y extinguido casi del todo el amor del capitán. Sin embargo, Anne solo había encontrado el lenitivo del tiempo. Ningún cambio de lugar, salvo una visita a Bath poco después de la ruptura, ni ninguna novedad o ampliación de sus relaciones sociales le ayudaron a olvidar. Nadie entró en el círculo de Kellynch que pudiese compararse con Frederick Wentworth como ella lo recordaba. Ningún otro cariño, que hubiese sido la única cura realmente natural, eficaz y suficiente a su edad, fue posible debido a las exigencias de su buen discernimiento y a lo amargado de su gesto, en los estrechos límites de la sociedad circundante. Al frisar los veintidós años, un joven que, poco después halló una mejor disposición en su hermana menor, le solicitó que cambiase de apellido.[2] Lady Russell lamentó que lo hubiese rechazado, pues Charles Musgrove era el primogénito de un señor que en propiedades e importancia era inferior en la comarca solamente a sir Walter. Además, poseía un aspecto y un carácter francamente buenos. Lady Russell habría aspirado a algo más cuando Anne contaba diecinueve años, pero a los veintidós le habría encantado verla alejada de un modo tan honorable de la parcialidad e injusticia de su casa paterna y establecida para siempre a su lado. Sin embargo, esta vez Anne hizo caso omiso de los consejos ajenos. Aunque lady Russell, tan satisfecha como siempre de su propia discreción, jamás pensaba en rectificar el pasado, ahora empezaba a sentir un ansia que rayaba en la desesperación de que a Anne la invitase un hombre hábil e independiente a entrar en un estado para el cual la creía especialmente dotada por su ardiente afectividad y sus inclinaciones hogareñas.

Ninguna de las dos sabía si sus opiniones con respecto al punto fundamental de la existencia de Anne habían cambiado o persistían, ya que no volvieron a hablar de aquel asunto. Sin embargo, Anne, a los veintisiete años, pensaba de una manera muy distinta que a los diecinueve. No censuraba a lady Russell ni a sí misma por haberse dejado guiar por ella. No obstante, sentía que si cualquier jovencita en una situación parecida hubiese acudido a ella en busca de consejo, seguramente no se habría llevado ninguno que le acarrease una desdicha tan cierta de momento y una felicidad futura tan incierta. Estaba convencida de que pese a todas las desventajas y oposiciones de su casa, de todas las zozobras inherentes a la profesión de Wentworth

[2] Aquí la autora quiere decir casarse, ya que es costumbre en los países sajones que la mujer cambie su apellido por el del marido.

y de todos los probables temores, demoras y sinsabores, habría sido mucho más feliz manteniendo su compromiso de lo que lo había sido sacrificándolo. Y, estaba segura de ello, eso se podía aplicar a la mayoría de semejantes demandas y dudas, aunque sin referirse a los actuales resultados de su caso, pues aconteció que podía haberle procurado una prosperidad más pronto de lo que razonablemente se hubiera calculado. Todas las esperanzas impulsivas de Wentworth y toda su fe habían quedado justificadas. Parecía que su genio y su ánimo habían previsto y dirigido su próspero camino. Muy poco después de la ruptura, Wentworth obtuvo una plaza y ocurrió todo lo que dijo que sucedería. Su distinguida actuación le valió un rápido ascenso y, gracias a sucesivas capturas, en aquellos momentos debía haber hecho una buena fortuna. Anne solo podía saberlo por las listas navales y los periódicos, pero no podía dudar que fuese rico y, debido a su constancia, no podía creer que se hubiese casado.

¡Qué elocuente pudo haber sido Anne Elliot y qué elocuentes fueron al fin y al cabo sus deseos a favor de un temprano y caluroso afecto y de una gozosa fe en el futuro contra aquellas exageradas precauciones que parecían insultar el propio esfuerzo y desconfiar de la Providencia! La obligaron a ser prudente en su juventud y con la edad se volvía romántica, lo cual era una consecuencia ineludible de un comienzo antinatural.

Con todas estas circunstancias, recuerdos y sentimientos, no podía oír que a lo mejor la hermana del capitán Wentworth viviría en Kellynch sin que se reavivase su antiguo dolor. Fueron necesarios muchos paseos solitarios y muchos suspiros para calmar la agitación que le producía la idea. A menudo se dijo que era un desatino antes de haber apaciguado sus nervios lo bastante para resistir sin peligro las continuas discusiones sobre los Croft y sus asuntos. Sin embargo, le ayudaron la perfecta indiferencia y la aparente inconsciencia de los tres únicos amigos que estaban al corriente de lo pasado y que parecían haberlo olvidado por completo. Reconocía que los motivos de lady Russell fueron más nobles que los de su padre y su hermana, de modo que justificaba su tranquilidad. Pese a todo y por lo que pudiese suceder, era preferible que todos hubiesen borrado de sus mentes lo sucedido. En caso de que los Croft arrendasen realmente Kellynch Hall, Anne se alegraba de nuevo con una convicción que siempre había sido agradable para ella: que lo ocurrido solamente lo sabían tres de sus familiares a los que no creía se les hubiese escapado la más mínima indiscreción. Además, tenía la certeza de que entre los de él, solo el hermano con quien vivió Wentworth supo algo de sus breves relaciones. Hacía mucho tiempo que había sido trasladado ese hermano y, como era un hombre delicado y además soltero, Anne estaba segura de que no le habría contado nada a nadie.

Su hermana, la señora Croft, había estado fuera de Inglaterra, acompañando a su marido en unos viajes por el extranjero. Su propia hermana Mary estaba en la escuela cuando sucedieron los hechos, y el orgullo de unos y la delicadeza de otros jamás permitirían que se supiese nada de todo aquello.

Con estas seguridades, Anne esperaba que su relación con los Croft, que anticipaba el hecho de que lady Russell aún estuviese en Kellynch y Mary a solo cinco kilómetros de allí, no ocasionaría ningún contratiempo.

# CAPÍTULO 5

La mañana fijada para que el almirante Croft y su esposa visitasen Kellynch Hall, Anne creyó que lo más natural sería que diese su acostumbrado paseo hasta la casa de lady Russell y quedarse allí hasta que la visita hubiese terminado. Aunque luego le pareciese igualmente natural lamentar haberse perdido la ocasión de conocerlos. Esta entrevista de las dos partes resultó muy satisfactoria y durante su transcurso se dejó el negocio definitivamente resuelto. Ambas señoras estaban dispuestas de antemano a llegar a un acuerdo, de manera que ninguna de las dos vio en la otra sino buenos modales. Entre los caballeros hubo tanta cordialidad, buen humor, claridad, sinceridad y generosidad por parte del almirante que sir Walter quedó conquistado, aunque las seguridades que Shepherd le había dado de que el almirante lo consideraba un dechado de buena educación, gracias a las referencias que él le había entregado, lo complacieron y lo inclinaron a hacer gala de su mejor y más cortés compostura.

La casa, los terrenos y el mobiliario fueron aprobados. Los Croft también quedaron aprobados, y las condiciones, los plazos, las cosas y las personas quedaron arreglados. El secretario del señor Shepherd se sentó a trabajar sin que hubiese ni una mínima diferencia preliminar que modificar en todo lo que «el presente contrato establece…».

Sir Walter declaró sin vacilar que el almirante era el marino más apuesto que había visto jamás y llegó a decir que si su propio criado le hubiese arreglado un poco el cabello no se habría avergonzado de que los viesen juntos en cualquier parte. El almirante, con simpática cordialidad, comentó a su esposa, mientras paseaban por el parque:

—Estoy pensando, querida, que pese a todo lo que nos contaron en Taunton, nos hemos entendido enseguida. El baronet no es nada del otro mundo, pero no me ha parecido un mal hombre.

Estos cumplidos recíprocos ponen de manifiesto que ambos hombres se habían formado el uno del otro el mismo concepto poco más o menos.

Los Croft debían tomar posesión de la casa por San Miguel[3] y sir Walter propuso trasladarse a Bath durante el mes anterior, de modo que no había tiempo que perder en hacer los preparativos de la mudanza.

Convencida de que no le permitiría a Anne tener ni voz ni voto en la elección de la casa que iban a alquilar, lady Russell lamentó mucho verse separada tan pronto de ella e hizo todo lo posible para que se quedase a su lado hasta que fuesen ambas a Bath tras las Navidades. Sin embargo, unos compromisos la retuvieron fuera de Kellynch varias semanas y le impidieron insistir en su invitación todo lo que hubiese deseado. Aunque Anne temía los posibles calores de septiembre en la blanca y deslumbrante Bath y le apenaba renunciar a la dulce y melancólica influencia de los meses otoñales en el campo, se dijo que, bien pensado, lo que menos quería era quedarse. Lo mejor y más prudente, y, por lo tanto, lo que menos le haría sufrir, sería que se fuese con los demás.

Sin embargo, sucedió algo que dio un giro inesperado a sus ideas. Mary, que estaba a menudo algo delicada, siempre ocupada en sus propias lamentaciones y que solía acudir a Anne en cuanto le pasaba algo, se encontraba indispuesta.

[3] 29 de septiembre.

Previendo que no tendría un día bueno en todo el otoño, le rogó o, mejor dicho, le exigió, pues lo cierto es que no podía llamarse a eso un ruego, que fuese a su *cottage* de Uppercross para hacerle compañía todo el tiempo que la necesitase en lugar de irse a Bath.

—No puedo hacer nada sin Anne —alegaba Mary.

Y Elizabeth replicaba:

—Pues, en ese caso, estoy segura de que Anne hará mejor en quedarse, pues no hace ninguna falta en Bath.

Ser solicitada como algo útil, aunque sea de una forma impropia, vale más al fin y al cabo que ser rechazada como algo inservible. Anne, contenta de que la considerasen necesaria y de tener que cumplir algún deber, segura también de que lo cumpliría con alegría en el escenario de su propia y adorada comarca, accedió a quedarse sin pensárselo dos veces.

Esta invitación de Mary allanó todas las dificultades de lady Russell. Así pues, se acordó que Anne no iría a Bath hasta que lady Russell la acompañase y que, mientras tanto, repartiría su tiempo entre el *cottage* de Uppercross y la casita de Kellynch.

Hasta aquí todo iba como una seda. Sin embargo, a lady Russell casi se desmaya cuando se enteró del disparate que implicaba una de las partes del plan de Kellynch Hall y que consistía en lo siguiente: se invitaría a la viuda Clay a ir a Bath con sir Walter y Elizabeth en calidad de importante y valiosa ayuda para esta última en todas las tareas que les esperaban. Lady Russell lamentaba muchísimo que hubiesen recurrido a esa medida, que la asombraba, la afligía y la asustaba. Además, la ofensa que significaba para Anne el hecho de que la viuda Clay fuese tan necesaria mientras ella no servía para nada era una agravante aún más penosa. Anne ya estaba acostumbrada a ese tipo de ofensas, pero sintió la imprudencia de aquella decisión tan agudamente como lady Russell. Dotada de una gran capacidad de serena observación y con un conocimiento tan profundo del carácter de su padre, del cual habría preferido carecer a veces, se daba cuenta de que era más que probable que aquella intimidad tuviese consecuencias graves para su familia. No podía creer que a su padre se le ocurriese nada semejante por el momento. La viuda Clay era pecosa, tenía un diente salido y las muñecas gruesas, cosas que sir Walter criticaba constantemente con mordacidad cuando ella no estaba delante. Sin embargo, era joven y muy bien parecida en conjunto. Además, su sagacidad y sus modales asiduos y agradables le daban un atractivo muchísimo más peligroso que el que pudiese tener una persona simplemente agraciada. Anne estaba tan impresionada por el grado de aquel peligro que creyó fundamental tratar de hacérselo ver a su hermana. Es cierto que no esperaba grandes resultados, pero pensaba que Elizabeth, que sería más digna de compasión que ella si la catástrofe tenía lugar, no podría reprocharle de ningún modo que no la hubiese puesto sobre aviso.

Le habló, pero lo único que consiguió fue ofenderla, según parece. Elizabeth no pudo comprender cómo se le había pasado por las mientes aquella sospecha tan absurda, y le contestó con aire indigno que cada cual sabe muy bien cuál es el lugar que le corresponde.

—La viuda Clay jamás olvida quién es —dijo acaloradamente—. Puesto que yo estoy mucho mejor enterada que tú de sus sentimientos, te puedo asegurar que sus ideas sobre el matrimonio son discretas, y que desaprueba la desigualdad de condición y de rango con más ardor que muchas otras personas. En cuanto a papá, sin duda no puedo admitir que él, que ha permanecido viudo tanto tiempo por respeto a nosotras, tenga que albergar ahora esta sospecha. Si la viuda Clay fuese una mujer muy hermosa, estoy de acuerdo contigo que no estaría bien que anduviese demasiado conmigo. No lo digo porque haya nada en el mundo, estoy segura, que indujese a papá a concertar un matrimonio degradante, sino porque eso podría hacerlo muy infeliz. ¡Pero la pobre viuda Clay que, pese a todos sus méritos, jamás ha sido ni pasablemente bonita! De veras que creo que la pobre viuda Clay puede estar bien a salvo aquí. ¡Cualquiera diría que jamás has oído hablar a papá de sus defectos, y eso que lo has oído cincuenta veces!, ¡con ese diente y esas pecas! A mí las pecas no me disgustan tanto como a él. Conocí a una persona que tenía la cara un poco desfigurada por unas cuantas, pero papá las odia. Ya debes haberle oído hablar de las pecas de la viuda Clay.

—Rara vez se encuentra un defecto en una persona que poco a poco se nos olvide a causa de la simpatía —repuso Anne.

—Pues yo no pienso como tú —replicó Elizabeth rápidamente—. La simpatía puede sobreponerse a unos rasgos hermosos, pero nunca puede cambiar los vulgares. En todo caso, y dado que estoy más enterada de este asunto que nadie, puedes ahorrarte tus advertencias.

Anne había cumplido con su deber y se alegraba porque no desesperaba del todo de que fuesen eficaces. Elizabeth se sintió molesta con la sospecha, pero a partir de entonces estaría más atenta.

El último servicio de la carroza de cuatro caballos fue llevar a sir Walter, a la señorita Elliot y a la viuda Clay a Bath. Los viajeros partieron muy animados. Sir Walter dispensó indulgentes saludos a los afligidos arrendatarios y labradores, a quienes habían avisado para que saliesen a despedirlo. Por su parte, Anne se encaminó con una especie de paz desolada a la casita en donde iba a pasar su primera semana.

Su amiga no estaba de mucho mejor humor que ella. Lady Russell sentía con gran intensidad la mudanza de la familia. Su respetabilidad le importaba tanto como la suya propia y la costumbre le había hecho indispensable su intercambio diario con los Elliot. Se entristecía de verlos abandonar aquellas tierras y más aún pensar que caerían en otras manos. Para huir de la soledad y de la melancolía de aquel lugar tan cambiado y no ser testigo de la llegada del almirante Croft y de su esposa, decidió marcharse de su casa e ir a buscar a Anne a Uppercross. Ambas acordaron que se irían de allí y Anne se instaló en el *cottage* que constituiría la primera etapa del viaje de lady Russell.

Uppercross era un pueblo relativamente pequeño que aún conservaba todo el viejo estilo inglés pocos años antes.

Anne había estado varias veces allí. Conocía los caminos del pueblo tan bien como los de Kellynch. Las dos familias estaban juntas tan asiduamente y estaban tan acostumbradas a entrar y salir de una y otra casa a todas horas que le sorprendió encontrar a Mary sola. Para su hermana estar sola y sentirse enferma y malhumorada eran casi una misma cosa. Aunque tuviese un mejor talante que su hermana mayor, Mary no tenía ni el juicio ni el buen humor de Anne. Mientras se encontraba bien y se sentía feliz y agasajada, estaba en muy buena disposición y animadísima. Sin embargo, cualquier indisposición la hundía por completo. Carecía de recursos para la soledad y, habiendo heredado una parte inmensa de la petulancia de los Elliot, estaba muy dispuesta a añadir a sus demás tormentos el de creerse abandonada y maltratada. Físicamente no llegaba al esplendor de sus dos hermanas. Incluso cuando estaba en la flor de su edad solo llegó a ser corriente y moliente. Estaba tendida en el desvencijado diván del amable saloncillo cuyo mobiliario antaño elegante había ido perdiendo lustre bajo la acción de cuatro veranos y dos niños. Cuando vio aparecer a Anne la recibió, diciéndole:

—¡Vamos! ¡Por fin has llegado! Ya empezaba a creer que no volvería a verte. Estoy tan enferma que apenas puedo hablar. ¡No he visto a nadie en toda la mañana!

—Lamento que no te sientas bien —repuso Anne—. ¡Pero el jueves me mandaste decir que estabas estupendamente!

—Sí, saqué fuerzas de flaqueza, como siempre. Pero no me encontraba bien en absoluto y creo que jamás he estado tan mal como esta mañana. No estoy en una situación de que se me deje sola. Imagina que me diese algo horrible de pronto y que no fuese capaz ni de hacer sonar la campanilla. Lady Russell apenas debe salir de su casa. Me parece que habrá venido tres veces a esta casa en todo el verano.

Anne dijo lo que hacía en aquellos momentos y a continuación preguntó a Mary por su marido.

—¡Ah! Charles ha salido de caza. No lo he visto desde las siete. Pese a que le dije lo enferma que estaba se ha marchado. Respondió que no pasaría mucho fuera, pero aún no ha vuelto y eso que ya es casi la una. Es lo que te decía, no he visto un alma en toda esta mañana tan larga.

—¿No has estado con tus hijos?

—Sí, mientras he podido soportar el escándalo que arman, pero son tan inquietos que me hacen más mal que bien. Charlie no obedece en nada y Walter está volviéndose igual de travieso.

—Bueno, ahora te pondrás mejor —repuso Anne jovialmente—. Ya sabes que siempre te pongo mejor en cuanto llego. ¿Cómo están tus vecinos de la casa solariega?

—No puedo contarte nada de ellos. Hoy solo he visto al señor Musgrove, que se ha parado un momento y me ha hablado por la ventana, pero sin apearse siquiera del caballo. Por mucho que les dije lo mal que me encontraba, ninguno de ellos se dignó acercarse. Me imagino que habrá sido porque a las señoritas Musgrove no les pillaba de paso y jamás se apartan de su camino.

—Tal vez los veas antes de que termine la mañana. Aún es temprano.

—Maldita la falta que me hacen, puedes estar segura de ello. Me parece que charlan y ríen demasiado. ¡Ay, Anne, qué mal me encuentro! ¿Por qué no viniste el jueves?

—Querida Mary, recuerda que me mandaste decir que estabas bien. Me escribiste con la mayor alegría diciéndome que te encontrabas perfectamente y que no me apresurase en venir. Por eso preferí quedarme hasta el último minuto con lady Russell. Además del cariño que le tengo, estuve tan ocupada y he tenido tantas cosas que hacer que no habría podido salir antes de Kellynch aunque me lo hubiese propuesto.

—Pero ¿qué es lo que tuviste que hacer?

—Muchísimas cosas, créeme. Más de las que puedo recordar ahora mismo, pero voy a decirte algunas. He estado haciendo una copia del catálogo de libros y cuadros de nuestro padre. He ido varias veces al jardín con Mackenzie para tratar de hacerle entender y decirle a él cuáles eran las plantas de Elizabeth que debían apartarse para lady Russell. He tenido que arreglar muchas pequeñas cosas mías: libros y música que separar. También he tenido que rehacer todos mis baúles porque no me dijeron a tiempo lo que se había decidido acerca de la mudanza. Y he tenido que hacer una cosa más fatigosa aún, Mary: ir a casi todas las casas de la parroquia para despedirme porque me lo encargaron. Todas estas cosas llevan mucho tiempo.

—¡Por supuesto!

Y después de una pausa, Mary prosiguió:

—Pero no me has preguntado nada de nuestra cena de anoche en casa de los Poole.

—¿Así que fuiste? No te he preguntado nada porque me había figurado que habrías tenido que renunciar a la invitación.

—Naturalmente que fui. Ayer me encontraba muy bien. No he sentido nada malo hasta esta mañana. Habría parecido muy raro si no hubiese ido.

—Me alegro de que estuvieses lo bastante bien y supongo que pasarías un rato muy ameno.

—No fue nada del otro mundo. Siempre se sabe de antemano lo que va a ser una cena y con quiénes te vas a encontrar allí. ¡Y la verdad es que resulta tan incómodo no tener coche propio! Los señores Musgrove me llevaron en el suyo, así que fuimos como piojos en costura. ¡Son tan corpulentos y ocupan tanto sitio! El señor Musgrove siempre se sienta delante, de manera que yo iba aplastada en el asiento trasero entre Henrietta y Louisa. No me extrañaría que todo mi malestar de hoy se debiera a eso.

Con un poco más de paciencia firme y de forzada jovialidad, Anne logró que Mary se restableciese rápidamente. Al poco rato pudo incorporarse en el diván y empezó a acariciar la esperanza de poder dejarlo para la hora del almuerzo. Luego olvidó su postración y se fue al otro extremo del salón para arreglar un ramo de flores. Se comió unos fiambres y se sintió tan aliviada que le propuso salir a dar un paseo.

—¿Adónde iremos? —preguntó en cuanto estuvieron listas—. Supongo que no querrás ir a visitar la casa solariega antes de que ellos hayan venido a verte.

—No tengo ningún inconveniente —replicó Anne—. Jamás se me ocurriría reparar en esas formalidades con personas como los señores y las señoritas Musgrove, a los que conozco tanto.

—Sí, pero son ellos quienes deben visitarte primero a ti. Deben saber cómo deben tratarte por ser mi hermana. De todos modos, sí que podemos ir y sentarnos con ellos un ratito y, cuando ya estemos satisfechas de la visita, nos distraemos con el paseo de regreso.

Anne siempre había pensado que esa clase de trato era una gran imprudencia, pero había desistido de oponerse porque creía que, aunque las dos familias se hacían continuas ofensas la una a la otra, tampoco podían estar separadas. Así pues, se dirigieron a la casa solariega y se pasaron su buena media hora en el gabinete cuadrado decorado a la antigua usanza, con su alfombrita y su suelo lustroso, al cual las actuales hijas de la casa habían ido dando poco a poco su aire peculiar de caos con un gran piano, un arpa, floreros y mesitas sembradas por todas partes. ¡Ay, si los modelos de los retratos colgados contra el arrimadero, si los caballeros vestidos de terciopelo pardo y las damas envueltas en rasos azules hubiesen visto lo que ocurría y hubiesen sabido de aquel atentado contra el orden y la pulcritud! Aquellos mismos retratos parecían estar contemplando boquiabiertos todo lo que había a su alrededor.

Al igual que su casa, los Musgrove se hallaban de mudanza que tal vez era para bien. El padre y la madre se ajustaban a la vieja tradición inglesa, mientras que la gente joven lo hacía a la nueva. Los señores Musgrove estaban hechos de muy buena pasta, eran amistosos y hospitalarios, su educación era escasa y desconocían la elegancia. Las ideas y modales de sus hijos eran más modernos. Se trataba de una familia numerosa, pero los dos únicos hijos ya mayores, salvo Charles, eran Henrietta y Louisa, dos jóvenes de diecinueve y veinte años, que tenían todo el acostumbrado bagaje de talentos de una escuela de Exeter, y que ahora se dedicaban a vivir a la moda, felices y contentas, como miles de señoritas parecidas. Sus trajes contaban con todas las gracias, sus caras eran más bien bonitas, su humor excelente y sus modales resultaban desenvueltos y agradables. En su casa eran muy consideradas y fuera de ella las consentían. Anne siempre las había mirado como a unas de las criaturas más felices que había conocido. Sin embargo, por esa agradable sensación de superioridad que solemos experimentar y que nos evita desear cualquier posible cambio, no habría cambiado su inteligencia más fina y cultivada por todos los placeres de Louisa y Henrietta. La única cosa que les envidiaba era su aspecto de buena armonía y de mutuo acuerdo y aquel afecto alegre y recíproco que apenas había conocido ella con sus dos hermanas.

Las recibieron con suma cordialidad. Nada parecía mal en el seno de la familia de la casa solariega. Como muy bien sabía Anne, toda ella era del todo irreprochable. La media hora transcurrió de una manera agradable y a Anne no le sorprendió en absoluto que Mary invitase al marcharse a las dos señoritas Musgrove a que las acompañasen en su paseo.

# CAPÍTULO 6

Anne no necesitaba visitar Uppercross para saber que, cuando uno se muda de un lugar a otro, aunque solo se encuentre a cinco kilómetros de distancia, la gente suele cambiar de conversaciones, de opiniones y de ideas. Había estado allí antes y siempre lo había notado y le habría gustado querido que los demás Elliot tuviesen ocasión de ver lo poco conocidos y lo muy desatendidos que eran en Uppercross los asuntos que en Kellynch Hall se trataban con tanto interés entre grandes aspavientos. Pese a esta experiencia, creía que tendría que pasar por una nueva y necesaria lección en el arte de aprender lo poco importantes que somos fuera de nuestro círculo. Anne llegó completamente embargada por los sucesos que habían tenido en vilo durante varias semanas las dos casas de Kellynch, de manera que esperaba hallar más curiosidad y simpatía de las que hubo en las observaciones separadas pero semejantes que le hicieron los señores Musgrove.

—¿Así que sir Walter y su hermana se han marchado, señorita Anne? ¿Y en qué parte de Bath cree que van a instalarse?

Esta pregunta fue hecha sin apenas prestar mucha atención a la respuesta. En cuanto a las dos muchachas, se limitaron a agregar:

—Me parece que este invierno iremos a Bath; pero acuérdate, papá, de que si vamos, tendremos que vivir en un sitio en condiciones. ¡No nos salgas con tus Queen places!

Y Mary comentó en tono ansioso:

—¡Caramba, pues sí que voy a lucirme mientras todos los demás van a divertirse a Bath!

Anne decidió precaverse de allí en adelante frente a semejantes desilusiones y pensó con una inmensa gratitud que disfrutar de una amistad tan sincera y afectuosa como la de lady Russell era un don extraordinario.

Los señores Musgrove tenían sus propios asuntos. Vivían pendientes de sus caballos, sus perros y sus periódicos, y las mujeres estaban al quite de todos las demás cosas del hogar, de sus vecinos, de su ropa, de sus bailes y de su música. A Anne le parecía muy razonable que cada pequeña comunidad social dictase su propio régimen y esperaba convertirse en poco tiempo en un miembro digno de la comunidad a la cual había sido trasplantada. Ante la perspectiva de pasar al menos dos meses en Uppercross, se esforzaba por darles a su imaginación, a su memoria y a sus ideas un giro lo más uppercrossiano que fuese posible.

Aquellos dos meses no le causaban espanto. Mary no era tan hostil ni tan despegada e inaccesible a la influencia de sus hermanas como Elizabeth. Y ninguno de los otros moradores del *cottage* se mostraba reacio al buen acuerdo. Anne siempre se había llevado muy bien con su cuñado y los niños, que la querían y la respetaban mucho más que a su propia madre, para ella constituían un objeto de interés, de entretenimiento y de actividad saludable.

Charles Musgrove era muy fino y simpático. Poseía un juicio y un talante sin duda alguna superiores a los de su mujer. Sin embargo, era incapaz, ni por su charla ni por su encanto, de hacer un recuerdo peligroso del pasado que lo unía a Anne. No obstante, Anne pensaba lo mismo que lady Russell: que era una pena que Charles no hubiese celebrado un matrimonio más afortunado y que una mujer más juiciosa que Mary habría podido sacar mucho mejor partido de su carácter, dándoles a sus costumbres y a sus ambiciones una mayor utilidad, razón y elegancia. En aquella época, a Charles solo le interesaban los deportes y, fuera de ellos, perdía el tiempo sin beneficiarse de las enseñanzas de los libros ni de ninguna otra cosa. Tenía un humor a toda prueba, jamás parecía verse demasiado afectado por el frecuente aburrimiento de su esposa y soportaba a veces sus desatinos con gran admiración por parte de Anne. Muy a menudo sostenían pequeñas disputas —en las cuales Anne se veía obligada a participar más de lo que hubiese querido, pues ambas partes reclamaban su arbitraje—, pero en líneas generales podían pasar por una pareja feliz. Siempre estaban de acuerdo en lo que se refería a su necesidad de disponer de más dinero y ambos tendían de una manera acusada a esperar un buen regalo del padre de él. Pero tanto en esto como en todo lo demás, Charles siempre quedaba mejor que Mary, pues ella consideraba un agravio terrible que no llegase el regalo, mientras que Charles defendía a su padre alegando que tenía muchas otras cosas en las cuales emplear su dinero y el derecho a gastárselo como le apeteciese.

En cuanto a la crianza de sus hijos, las teorías de Charles eran mucho mejores que las de su esposa y su práctica no era mala.

—Podría educarlos muy bien si Mary no se entrometiese —solía decirle a Anne y su cuñada lo creía firmemente.

Pero luego tenía que escuchar los reproches de Mary:

—Charles malcría a los niños de tal modo que no soy capaz de hacerlos obedecer.

Y jamás sentía la menor tentación de decirle: «Es verdad».

Una de las circunstancias menos agradables de su residencia en Uppercross era que todos la trataban con una excesiva confianza y que estaba demasiado al corriente de las ofensas de cada casa. Como sabían que ejercía cierto influjo sobre su hermana, acudían a ella una y otra vez o al menos le insinuaban que interviniese hasta más allá de lo que estaba en sus manos.

—Me gustaría que convencieras a Mary de que no se pase la vida imaginándose que está enferma —le decía Charles.

Mary, en tono compungido, exclamaba por su parte:

—Aunque me viese muriéndome, Charles no se creería que estoy enferma. Anne, estoy convencida de que si tú quisieras, podrías hacerle ver que estoy realmente muy enferma, mucho peor de lo que parece.

A continuación Mary declaraba:

—Me disgusta muchísimo enviar a los niños a la casa solariega pese a que su abuela los reclama constantemente, porque los crispa y los mima demasiado, eso por no hablar de que les da muchas porquerías y golosinas, de manera que no hay día que no vuelvan a casa enfermos o no haya quien los soporte hasta que se acuestan.

Y la señora Musgrove aprovechaba la primera oportunidad de estar a solas con Anne para decirle:

—¡Ay, señorita Anne! ¡Ojalá mi nuera aprendiese un poco de su forma de tratar a los niños! ¡Esas criaturas son tan diferentes con usted! Es que no sabe usted lo malcriados que están. Es una pena que no pueda convencer a su hermana para que los eduque mejor. Son los chicos más guapos y sanos que he visto nunca, pobrecitos míos, y que conste que no me ciega el amor. El problema es que la mujer de Charles no tiene idea cómo debe educarlos. ¡Virgen santa! ¡A veces se ponen insoportables! Le aseguro, señorita Anne, que me quitan el placer de verlos en casa tan a menudo como quisiera. Me parece que la mujer de Charles está un poco enfadada porque no los invito a venir más a menudo. Pero ¿sabe usted lo engorroso que es estar con chiquillos cuando hay que bregar con ellos cada minuto del día diciéndoles: «No hagas eso, no hagas aquello»? Y si una quiere estar un poco tranquila, no tiene otro remedio que darles más dulces de los que les convienen.

Además, Mary le contó lo siguiente:

—La señora Musgrove cree que sus criadas son tan formales que sería una atrocidad abrirle los ojos. Pero estoy segura, y no exagero, de que tanto su primera doncella como su lavandera; en vez de dedicarse a sus tareas, se pasan el santo día de aquí para allá por el pueblo. Me las encuentro allí donde voy y puedo decir que nunca entro dos veces en la habitación de mis hijos sin encontrarme a una o a otra allí. Si Jemima no fuese la persona más segura y seria del mundo, eso bastaría para echarla a perder, pues me ha contado que las demás siempre están animándola a que se vaya de paseo con ellas.

Por su parte, la señora Musgrove decía:

—Me he jurado no entrometerme jamás en los asuntos de mi nuera, porque ya sé que no serviría de nada. Sin embargo, como usted puede poner las cosas en su sitio, debo decirle, señorita Anne, que no tengo muy buen concepto del ama de Mary. He oído contar unas historias muy raras sobre ella y dicen que es una trotacalles. Por lo que yo sé puedo decir que es una fresca de tomo y lomo capaz de estropear a cualquier sirvienta que se le arrime. Ya sé que la mujer de Charles responde de ella, pero yo me limito a avisarle para que pueda tenerla vigilada y para que si nota usted algo que le llame la atención no tenga reparo en explicar lo que ocurre.

Otras veces Mary se quejaba de que la señora Musgrove se las apañaba para no darle a ella la precedencia que se le debía cuando comían en la casa solariega con otras familias. No veía por qué motivo la tenían en tan poca estima en aquella casa como para privarla del lugar que legítimamente le correspondía. Un día, mientras Anne paseaba a solas con las señoritas Musgrove, una de ellas, tras haber estado hablando del rango, de la gente de alta alcurnia y de la manía de la categoría, dijo:

—No tengo reparos en decirle lo tontas que se ponen algunas personas con la cuestión de su lugar, ya que todos sabemos lo poco que le importan a usted esas cosas. Sin embargo, me gustaría que alguien le hiciese ver a Mary que sería mucho mejor que se dejase de esas historias y sobre todo que no anduviese siempre adelantándose para quitarle el sitio a mamá. Nadie duda de sus derechos a la precedencia sobre mamá, pero sería más discreto que no anduviese insistiendo en eso constantemente. No es que a mamá le preocupe lo más mínimo, pero sé que muchas personas han criticado eso.

¿Cómo podía arreglar esas diferencias Anne? Todo lo que podía hacer era escuchar con paciencia, limar las asperezas y excusar a unos delante de los otros, sugerir a todos la tolerancia necesaria en tan estrecha vecindad y hacer que sus consejos fuesen lo bastante amplios para que pudiesen ser de utilidad a su hermana.

En otros aspectos, su visita comenzó y continuó sin contratiempos. Su estado de ánimo mejoró simplemente con haberse alejado cinco kilómetros de Kellynch y con el cambio de lugar y las nuevas ocupaciones. Las indisposiciones de Mary disminuyeron al contar con una compañía permanente y las relaciones cotidianas con la otra familia, como no tenían que interrumpir en el *cottage* ningún afecto, confianza o cuidado de importancia, eran más bien una ventaja. Dicha comunicación era lo más frecuente posible. Se veían todas las mañanas y rara vez pasaban una tarde separados. Anne creía que ya no se habrían sentido cómodos sin ver las respetables humanidades de los señores Musgrove en los sitios acostumbrados o sin la conversación, la risa y los cantos de sus hijas.

Anne tocaba el piano mucho mejor que ninguna de las señoritas Musgrove. Sin embargo, al carecer de voz y conocimientos del arpa, o de unos padres embelesados que se sentasen delante de ella, nadie se fijaba en su habilidad sino por cortesía o porque permitía descansar a los demás ejecutantes, lo cual no le pasaba inadvertido a ella. Sabía que cuando tocaba solo se proporcionaba placer a sí misma. Sin embargo, esto no era ninguna novedad, exceptuando un corto período de su vida. Jamás, desde que tenía catorce años, cuando perdió a su madre, había conocido la felicidad de ser escuchada o alentada por una justa apreciación de verdadero gusto. En la música había tenido que acostumbrarse a sentirse sola en el mundo, y el entusiasmo ciego de los señores Musgrove por los talentos de sus hijas, con su indiferencia absoluta hacia los de cualquier otra persona, le proporcionaba mucho más placer por la ternura que implicaba que una mortificación por sí misma.

Las tertulias de la casa solariega se incrementaban a veces con la asistencia de otras personas. El vecindario no era muy amplio, pero todo el mundo acudía a casa de los Musgrove, que tenían más banquetes, huéspedes y visitantes ocasionales o invitados que ninguna otra familia. Eran con mucho los más populares.

Las muchachas se morían por bailar y las tardes muchas veces terminaban con un pequeño baile improvisado. Había una familia de primos cerca de Uppercross, cuya posición era menos desahogada, que tenía su centro de diversiones en casa de los Musgrove. Llegaban a cualquier hora y tocaban, bailaban o hacían lo que se terciase. Anne, que prefería el oficio de pianista a cualquier otro más activo, tocaba las contradanzas a las horas de las reuniones. Ya solo por esta amabilidad, los señores Musgrove apreciaban sus dotes musicales y a menudo le dirigían estos halagos:

—¡Muy bien tocado, señorita Anne! ¡Muy bien tocado sin duda! ¡Bendito sea Dios, cómo vuelan esos deditos!

Así transcurrieron las tres primeras semanas. Llegó el día de san Miguel y el corazón de Anne se aceleró una vez más por Kellynch. Su hogar estaba en manos extrañas. Aquellas preciosas habitaciones con todo su contenido, aquellas arboledas y aquellas panorámicas empezaban a pertenecer a otros ojos y a otros cuerpos… El 29 de septiembre solo pudo pensar en eso y por la tarde sintió una agradable emoción cuando Mary, al detenerse en el día del mes en que estaban, exclamó:

—¡Querida!, ¿no es hoy cuando los Croft iban a instalarse en Kellynch? Me alegra no haberlo pensado antes. ¡Cómo me habría apenado!

Los Croft tomaron posesión de la casa con una pompa completamente naval y hubo que ir a visitarlos. Mary lamentó verse obligada a hacerlo. Nadie podía imaginar el sufrimiento que le causaba aquello. Lo aplazaría cuanto fuese posible. Sin embargo, no estuvo tranquila hasta que hubo convencido a Charles de que la llevase cuanto antes y al regresar se hallaba en un estado de agradable excitación y de alborotadas fantasías. Anne se alegró sinceramente de no haber ido con ellos. No obstante, deseaba ver a los Croft y le encantó estar en casa cuando ellos devolvieron la visita. Cuando llegaron, el señor de la casa no estaba, pero las dos hermanas se hallaban juntas. Sucedió entonces que la señora Croft se apoderó de Anne mientras el almirante se sentaba junto a Mary y la entretenía con sus chistosos comentarios acerca de sus chiquillos. Anne pudo dedicarse de este modo a buscar un parecido que, si no lo halló en las facciones, lo reconoció en su voz y en su modo de sentir y en su manera expresarse.

La señora Croft no era alta ni gruesa, pero tenía una arrogancia, un estiramiento y una robustez que daban prestancia a su persona. Sus ojos eran oscuros y brillantes, sus dientes hermosos y su rostro era en conjunto agradable, aunque su tez enrojecida y curtida por la intemperie, pues pasaba en el mar casi tanto tiempo como su marido, hacía creer que superaba los treinta y ocho años que realmente contaba. Sus modales eran francos, desenvueltos y decididos como los de alguien que confía en sí mismo y que no duda de lo que tiene que hacer, aunque eso no implicaba ni siquiera un asomo de rudeza ni ninguna falta de buen carácter. Anne le agradeció sus sentimientos considerados hacia ella en todo lo que le dijo de Kellynch. Estuvo muy complacida, sobre todo porque se serenó pasado el primer medio minuto, en el mismo instante de la presentación, al ver que la señora Croft no daba ninguna muestra de estar al corriente o de albergar sospechas de algo que torciese en absoluto sus intenciones. Estuvo del todo tranquila sobre ese asunto particular y por lo mismo llena de fuerza y de valor hasta que se le heló la sangre en un momento al oír que la señora Croft decía:

—¿Así que fue usted y no su hermana a quien tuvo el gusto de conocer mi hermano cuando estuvo aquí?

Anne estaba segura de que ya había pasado la edad del rubor, pero no la de la emoción a juzgar por lo sucedido.

—Puede que no haya oído decir que se casó —agregó la señora Croft.

Anne pudo contestar entonces como era debido. Cuando las siguientes palabras de la señora Croft aclararon sobre qué señor Wentworth estaba hablando, se alegró de no haber dicho nada que no pudiese aplicarse a cualquiera de los dos hermanos. Comprendió de inmediato lo razonable que resultaba que la señora Croft pensara y hablara de Edward y no de Frederick. Así pues, abochornada de su error, preguntó con el debido interés cómo le iba a su antiguo vecino en su nuevo estado.

El resto de la conversación fue como una seda hasta el momento de levantarse, en que oyó que el almirante decía a Mary:

—Pronto llegará un hermano de la señora Croft. Creo que usted ya lo conoce de nombre.

Lo interrumpió en seco el vehemente ataque de los niños, que se agarraron a él como si fuese un antiguo amigo y declararon que no se iba a marchar. Él les propuso llevárselos metidos en los bolsillos, con lo cual aumentó el alboroto y ya no cupo la posibilidad de que el almirante acabase o se recordara lo que había empezado a decir. Anne pudo persuadirse, en la medida de lo posible, de que se trataba aún del hermano en cuestión. Sin embargo, no pudo alcanzar un grado de certidumbre tal que no estuviese ansiosa por saber si los Croft habían dicho algo más sobre este asunto en la otra casa en donde habían estado antes. Los habitantes de la casa solariega pasarían la tarde aquel día en el *cottage*. Puesto que la estación ya se encontraba muy avanzada para que semejantes visitas pudiesen hacerse a pie, aguzaban el oído para captar el ruido del coche, cuando la hija más pequeña de los Musgrove entró en la habitación. La primera y pesimista idea que se les ocurrió fue que venía a anunciar que no irían y que tendrían que pasar la tarde solas. Mary ya estaba a punto de sentirse ofendida, cuando Louisa restableció la calma avisando que se había adelantado ella a pie con objeto de dejar espacio en el coche para el arpa que transportaban.

—Además, voy a explicar el motivo de todo esto —agregó—. He venido para advertir que papá y mamá están esta tarde muy deprimidos, sobre todo mamá. No hace más que pensar en el pobre Richard, así que decidimos que lo mejor sería tocar el arpa, pues parece que le gusta más que el piano. Y voy a decir por qué está tan desanimada. Cuando vinieron los Croft esta mañana, después estuvieron aquí, ¿verdad?, dijeron que su hermano, el capitán Wentworth, acaba de volver a Inglaterra o que ha sido licenciado o algo por el estilo, y que vendrá a verlos en cualquier momento. Lo peor de todo es que, cuando los Croft se hubieron marchado, a mamá se le ocurrió que Wentworth o algo muy parecido era el apellido del capitán del pobre Richard durante un tiempo, no sé cuándo ni dónde, pero mucho antes de que muriera, pobrecito. Se puso a revisar sus cartas y sus cosas y confirmó sus sospechas. Está absolutamente segura de que se trata de ese hombre y no deja de pensar en él y en el pobre Richard. Tenemos que estar lo más alegres posible para distraerla de esos negros pensamientos.

Las verdaderas circunstancias de este conmovedor episodio de una historia de familia eran que los Musgrove tuvieron la mala suerte de traer al mundo un hijo cargante e inútil y la buena fortuna de perderlo antes de que llegase a los veinte años. Lo enviaron al mar porque en tierra era la más estúpida y desobediente de las criaturas. Su familia jamás se había preocupado demasiado por él, aunque siempre más de lo que merecía. Rara vez se supo de él y apenas lo extrañaron cuando dos años antes llegó a Uppercross la noticia de que había fallecido en el extranjero.

Aunque sus hermanas hacían por él todo lo que estaba a su alcance, llamándolo ahora «pobre Richard», en realidad solo había sido el mamarracho, desnaturalizado e inútil Dick Musgrove, que nunca, ni vivo ni muerto, hizo nada que lo hiciese digno de más título que aquel diminutivo en su nombre.

Pasó varios años navegando y durante esas travesías a las que están sujetos todos los marinos mediocres, en especial aquellos a quienes todos los capitanes desean quitarse de encima, fue a parar durante seis meses a la fragata *Laconia* del capitán Frederick Wentworth. A bordo de la *Laconia,* y a petición de su capitán, escribió las dos únicas cartas que recibieron sus padres de él a lo largo de toda su ausencia; es decir, las dos únicas cartas desinteresadas, pues todas las demás solamente habían consistido en simples peticiones de dinero.

En todas ellas habló bien de su capitán. Sin embargo, sus padres estaban tan poco acostumbrados a fijarse en esas cuestiones y les importaban tan poco los nombres de los hombres o de los barcos que entonces apenas si repararon en ello. El hecho de que la señora Musgrove hubiese tenido aquel día la súbita inspiración de acordarse de la relación que el apellido Wentworth guardaba con su hijo parecía uno de esos extraordinarios chispazos de la mente que se dan muy de vez en cuando. Acudió a sus misivas y vio confirmadas sus suposiciones. La nueva lectura de aquellas cartas después de tanto tiempo desde que su hijo desapareciera para siempre y después que todas sus faltas hubiesen sido olvidadas, le afectó excesivamente y la sumió en un gran desconsuelo que no había sentido ni cuando se enteró de su fallecimiento. El señor Musgrove también estaba afectado, aunque no tanto. Así pues, cuando llegaron a la *cottage* se encontraban evidentemente dispuestos a que primero se escuchasen sus lamentos y después a recibir todos los consuelos que su alegre compañía pudiese procurarles.

Para los nervios de Anne fue una nueva prueba tener que oírlos hablar hasta la saciedad del capitán Wentworth, repetir su nombre, rebuscar en sus memorias de los pasados años y finalmente asegurar que debía ser, que probablemente sería, que era sin lugar a duda el mismo capitán Wentworth, aquel apuesto joven que recordaban haber visto una o dos veces tras su regreso de Clifton, sin poder precisar si eso había sido siete u ocho años antes. Sin embargo, se dijo que tendría que acostumbrarse. Puesto que el capitán iba a llegar a la comarca, debería dominar su sensibilidad en lo tocante a este punto. Y no solo parecía que lo esperaban muy pronto, sino que los Musgrove, con su ardiente gratitud por la bondad con la que había tratado al pobre Dick y con el gran respeto que sentían por su temple, puesto de relieve en el hecho de haber tenido bajo su protección durante seis meses al pobre muchacho Musgrove, que hablaba de él entre grandes elogios y una mala ortografía diciendo que era «un compañero muy *güeno* y muy *baliente*, aunque demasiado parecido al maestro de la *ezcuela*», estaban decididos a presentarse ante él y a solicitar su amistad en cuanto supiesen que había llegado.

Aquella decisión contribuyó a consolarlos esa tarde.

# CAPÍTULO 7

Pocos días después se supo que el capitán Wentworth había llegado a Kellynch. El señor Musgrove fue a visitarlo y regresó haciendo los elogios más encendidos sobre él y diciendo que lo había invitado a ir con los Croft a cenar a Uppercross a finales de la siguiente semana. Para el señor Musgrove fue una gran decepción no poder celebrar antes dicha cena, pues estaba impaciente por demostrar su agradecimiento al capitán Wentworth albergándolo bajo su techo y dándole la bienvenida con lo más fuerte y mejor que hubiese en sus bodegas. Pero debería aguardar una semana. «Solo una semana», se decía Anne, para que, según suponía ella, se encontrasen de nuevo y pronto empezó a desear sentirse segura aunque solo fuese una semana.

El capitán Wentworth devolvió sin dilación la cortesía del señor Musgrove y solo por media hora Anne no estuvo presente. Ella y Mary estaban preparándose para ir a la casa solariega donde, según supieron más tarde, se lo habrían encontrado sin poder evitarlo, cuando llevaron a la casa al hijo mayor que había sufrido una mala caída, hecho que las retuvo. La situación del niño dejó la visita completamente a un lado, pero Anne no pudo enterarse con indiferencia del peligro del cual había escapado, ni siquiera en medio de la grave ansiedad que les provocase más tarde la criatura.

El pequeño se había dislocado la clavícula y había recibido tal contusión en la espalda que hizo concebir los mayores temores. Fue una tarde de angustia y Anne tuvo que ocuparse de todo a la vez: hacer que llamasen al médico, buscar al padre e informarle de lo acaecido, atender a la madre y socorrer sus ataques de nervios, dar órdenes a los criados, echar un vistazo al sobrino menor y cuidar y calmar al pobre accidentado. Además, en cuanto se acordó de ello, tuvo que avisar a la otra casa de lo sucedido, lo cual atrajo una avalancha de gente que más que ayudar eficazmente no hizo sino aumentar la confusión.

El primer consuelo fue el regreso de su cuñado, que se hizo cargo de cuidar a su esposa. El segundo alivio fue la llegada del médico. Hasta que él llegó y examinó al pequeño, lo peor de los temores de la familia era su imprecisión. Imaginaban que tenía una grave lesión, pero no sabían dónde. La clavícula quedó enseguida colocada en su lugar y, aunque el doctor Robinson palpaba sin cesar y volvía a tocar mirando gravemente y hablando en voz queda con el padre y la tía, todos se tranquilizaron y finalmente pudieron marcharse a cenar en un estado de ánimo algo más sereno. Momentos antes de partir, las dos jóvenes tías dejaron de lado la situación de su sobrino para hablar de la visita del capitán Wentworth. Se quedaron otros cinco minutos cuando ya sus padres se hubieron ido para tratar de expresar lo encantadas que estaban con él. Dijeron que lo encontraban mucho más apuesto e infinitamente más agradable que ninguno de los hombres que conocían y que antes eran sus favoritos. Contaron lo contentas que se pusieron cuando oyeron que su padre lo invitaba a quedarse a cenar, lo tristes que se sintieron cuando él contestó que no le era posible aceptar, y lo felices que volvieron a sentirse cuando, obligado por las otras invitaciones que le prodigaban los señores Musgrove, prometió ir a cenar con ellos al día siguiente.

¡Al día siguiente! Y lo prometió de un modo tan cautivador como si interpretase con acierto el motivo de aquellas atenciones. En resumen, que había mirado y hablado de todo con una gallardía tan grata que las muchachas Musgrove podían asegurarles que las dos estaban locas por él. Así pues, se marcharon tan alborozadas como enamoradas y, en apariencia, más preocupadas por el capitán Wentworth que por el pobre Charles hijo.

La misma escena y los mismos frenesíes se repitieron cuando las dos jóvenes volvieron con su padre al caer la tarde para interesarse por el pequeño. Pasada su primera inquietud por su heredero, el señor Musgrove confirmó los cumplidos al capitán y expresó su esperanza de que no hubiese necesidad de aplazar la invitación que le habían formulado, lamentando únicamente que seguramente los del *cottage* no querrían dejar al niño para asistir también a la cena.

—¡Oh, no! ¡Nada de dejar al chico!

El padre y la madre estaban demasiado afectados por la terrible y reciente alarma como para poder siquiera considerar la posibilidad de salir esa noche. Anne, con la alegría de poder librarse de nuevo, no pudo menos que añadir sus calurosas protestas a las de ellos.

Sin embargo, Charles Musgrove más tarde manifestó sus deseos de ir. El niño estaba tan bien y él tenía tantas ganas de que le presentasen al capitán Wentworth que tal vez se reuniría con ellos por la tarde. No deseaba cenar fuera de casa, pero sí podía salir a dar un paseo de media hora. Al oír aquello, su mujer puso el grito en el cielo:

—¡Ah, no, Charles, de eso nada! No podría soportar que te fueses. ¿Qué sería de mí si ocurre algo?

El niño pasó una buena noche y al día siguiente se encontraba ya mucho mejor. Era cuestión de tiempo cerciorarse si se había lesionado la columna vertebral, pero el doctor Robinson no halló nada que pudiese dar pie a ningún tipo de alarma. Así pues, Charles Musgrove comenzó a pensar que no había ninguna necesidad de seguir encerrado. El niño debía guardar cama y distraerse lo más tranquilamente posible, pero ¿qué tenía que hacer allí el padre? Aquello era cosa de mujeres y le parecía absurdo que él, que no podía ayudar en la casa en nada, tuviese que permanecer recluido. Su padre estaba deseando presentarle al capitán Wentworth y no había motivos de peso en contra de aquello, de manera que debía ir. Todo acabó en que al regresar de su montería, Charles Musgrove declaró pública y audazmente que pensaba vestirse acto seguido e ir a cenar a la otra casa.

—El chico no puede estar mejor —dijo— y por lo tanto acabo de decirle a mi padre que iré y a él le ha parecido que hago muy bien. Estando tu hermana contigo, cariño, no tengo ningún temor. Es normal que tú no te separes del niño, pero ya ves que yo no sirvo aquí de nada. Si pasa algo, Anne puede ir a buscarme.

Las esposas y los maridos por lo general entienden cuándo las oposiciones no sirven de nada. Por el modo de hablar de Charles, Mary supo que él estaba absolutamente resuelto a irse y que sería inútil contrariarlo. Así pues, no dijo nada hasta que se hubo marchado, pero en cuanto estuvo a solas con Anne, exclamó:

—¡Acabáramos! Ya nos han dejado solas para que nos las arreglemos con este pobre enfermito y nadie vendrá a vernos en toda la tarde. Ya sabía yo que ocurriría esto. ¡Siempre me pasa lo mismo! En cuanto sucede algo desagradable ya puedes estar segura de que van a esfumarse y Charles no es mejor que los demás. ¡Qué cara tan dura! Hace falta no tener entrañas para abandonar así a su pobre hijito y encima decir que no le pasa nada. ¿Cómo sabe que no le pasa nada o que no puede surgir un cambio repentino dentro de media hora? Nunca hubiese imaginado que Charles fuese tan desalmado. Ahí lo tienes, largándose a divertirse mientras que yo, como soy la pobre madre, no tengo derecho a moverme. Pues lo cierto es que soy la menos idónea para atender al niño. El hecho de que sea su madre es motivo para que no se pongan mis sentimientos a prueba. No puedo resistirlo. Ya viste ayer lo nerviosa que me puse.

—Pero solo fue el efecto de tu súbita alarma y del susto. Ya no volverás a ponerte nerviosa. Estoy casi segura de que no ocurrirá nada que nos inquiete. He comprendido muy bien las instrucciones del doctor Robinson y no tengo ningún temor. No me sorprende la actitud de tu marido. Cuidar a los niños no es cosa de hombres. No es un asunto de su incumbencia. Un niño enfermo debe estar siempre al cuidado de su madre. Se lo imponen sus propios sentimientos.

—Creo que quiero a mis hijos como la que más, pero dudo que sea más útil yo a la cabecera que Charles porque no puedo pasarme todo el tiempo riñendo y contrariando a una pobre criatura cuando está enferma. Ya has visto que esta mañana bastaba que le dijera que se estuviese quieto para que empezara a ponerse nervioso. Yo no puedo soportar estas cosas.

—¿Y estarías más tranquila si te pasaras toda la tarde lejos del pobre niño?

—Sí; ya has visto que su padre lo está. ¿Por qué entonces yo no? ¡Jemima es tan diligente! Podría enviarnos un recado sobre el estado del chico a cada hora. Charles podría haberle dicho a su padre que iríamos todos. Ya no me inquieta tanto Charles hijo. Me sucede lo mismo que a él. Ayer estaba asustadísima, pero las cosas han cambiado mucho hoy.

—Está bien entonces. Si crees que no es demasiado tarde para avisar que irás, ve con tu marido. Yo cuidaré al pequeño. Los señores Musgrove no se ofenderán si yo me quedo con él.

—¿Lo dices en serio? —exclamó Mary con los ojos brillantes—. ¡Hermana, has tenido la mejor de las ideas! ¡Magnífico! Puedes esta segura de que en definitiva es lo mismo que vaya o no, ya que no arreglo nada quedándome aquí, ¿no te parece? Lo único que haría sería cansarme. Tú, que no sientes como una madre, eres la más indicada para quedarte. Tú siempre consigues que el pequeño Charles obedezca. A ti siempre te hace caso. Es mejor que dejarlo solo con Jemima. ¡Por supuesto que iré! Ya que es posible, conviene que vaya yo tanto como Charles, ya que están muy interesados en que conozca al capitán Wentworth y sé que a ti no te importa quedarte sola. ¡Has tenido una idea excelente, Anne! Voy a decírselo a Charles y estaré lista en un minuto. Ya sabes que puedes mandarnos un recado en cualquier momento si pasara algo, aunque puedo asegurarte que no ocurrirá nada desagradable. Si no estuviese tranquila del todo con respecto a mi querido niño, no iría. Eso ni lo dudes.

Momentos después, Mary llamaba al tocador de Charles y Anne, que subía por las escaleras detrás de ella, llegó a tiempo para oír toda la conversación, que trabó con Mary, hablando con gran excitación:

—¡Quiero ir contigo, Charles, porque no hago más falta en casa que tú! Si me pasase más tiempo encerrada con el niño, no podría convencerlo para que haga lo que debe. Anne se quedará con él. Ha decidido quedarse en casa y ocuparse del niño. Ella misma me lo ha propuesto, de modo que puedo ir contigo. Además, será mucho mejor porque no he comido en casa de tus padres desde el martes.

—Anne es muy amable y me encantaría llevarte —contestó el marido—, pero me parece un poco feo dejarla sola en casa haciendo de niñera de nuestro hijo enfermo.

Anne acudió a defender su propia causa y su sinceridad no tardó en bastar para convencer a Charles, convicción que al fin y al cabo era muy agradable, pues no albergaba grandes escrúpulos en dejarla comer sola. No obstante, le dijo que fuese a pasar con ellos la velada cuando ya no hubiese que atender en nada al niño hasta el día siguiente. Incluso la animó afectuosamente para que le permitiese ir a recogerla. Sin embargo, no hubo modo de persuadir a Anne, en vista de lo cual poco después ella tuvo el placer de ver partir a los esposos más contentos que unas pascuas. Iban a divertirse, pensaba Anne, por mucho que semejante diversión pudiese parecer extrañamente tramada. En cuanto a ella, le quedó un sentimiento de bienestar que tal vez nunca había experimentado. Sabía que el niño la necesitaba, de modo que, ¿acaso le importaba que Frederick Wentworth estuviese a poco más de un kilómetro de distancia enamorando a las demás?

Le habría gustado saber qué sentiría el capitán al encontrarse con ella. Quizá lo dejase indiferente si es que la indiferencia cabía en semejantes circunstancias. Sentiría indiferencia o desdén. Si hubiese deseado volver a verla, no habría esperado hasta entonces. Habría hecho lo que Anne creía que habría hecho ella en su lugar, desde mucho tiempo atrás, cuando los acontecimientos le proporcionaron tan rápidamente aquella independencia, que era lo único que deseaba.

Su hermana y su cuñado volvieron contentísimos de su nueva amistad y de la reunión en general. Tocaron, cantaron, hablaron y rieron del modo más agradable. El capitán Wentworth era encantador. No había en él timidez ni reserva. Era como si se conociesen desde siempre y a la mañana siguiente iría de caza con Charles. Acudiría a almorzar, pero no en el *cottage*, tal como al principio le propuso, sino en la casa solariega, ya que le rogaron que fuese allí y él se mostró temeroso de molestar a la señora de Charles Musgrove a causa del niño.

Fuera como fuese y sin que supieran exactamente cómo había ido la cosa, acabaron por decidir que Charles almorzaría con el capitán en casa de su padre. Anne lo comprendió. Frederick quiso evitar verla. Supo que había preguntado por ella de paso, como si se hubiese tratado de cualquier vieja amistad sin mayor trascendencia, sin aparentar conocerla más de lo que ella lo había conocido, tal vez procediendo con la misma intención de rehuir la presentación cuando se encontrasen.

En el *cottage* siempre se levantaban más tarde que la casa solariega. Sin embargo, al día siguiente la diferencia fue tan grande que Anne y Mary acababan de comenzar a desayunar cuando llegó Charles a decirles que iban a salir en ese momento y que había ido a buscar a sus sabuesos. Sus hermanas iban tras él con el capitán Wentworth, pues las jóvenes deseaban ver a Mary y al niño, y el capitán también quería saludarla si no había inconveniente. Charles le había dicho que el estado del niño no era preocupante, pero el capitán Wentworth no se habría quedado tranquilo si no hubiese ido en persona a informarse.

Halagada con esta atención, Mary dijo que lo recibiría encantada. Entretanto, Anne estaba agitada por mil sentimientos encontrados. El más consolador de todos era que pronto habría pasado el trance. Y efectivamente pronto pasó. Dos minutos después del aviso de Charles, aparecieron en el salón los anunciados. Los ojos de Anne se encontraron a medias con los del capitán Wentworth y se dedicaron una inclinación y un saludo. Anne oyó su voz. Estaba hablando con Mary y diciéndole las cosas de rigor. Les comentó algo a las señoritas Musgrove, lo bastante para demostrar una gran seguridad en sí mismo. La habitación parecía abarrotada, llena de personas y de voces, pero en unos pocos minutos todo hubo terminado. Charles se asomó a la ventana. Todo estaba ya listo. Los visitantes saludaron y se marcharon. Las señoritas Musgrove también se fueron, resueltas inesperadamente a acercarse hasta el final del pueblo con los cazadores. La habitación quedó despejada y Anne logró terminar su desayuno como buenamente pudo.

«¡Ya ha pasado! ¡Ya ha pasado! —se repetía a sí misma una y otra vez sintiendo un gran alivio—. ¡Ya ha pasado lo peor!».

Mary le hablaba, pero Anne no escuchaba. La había visto. Se habían encontrado. ¡Habían estado una vez más bajo el mismo techo!

Sin embargo, pronto comenzó a razonar consigo misma y trató de controlar sus sentimientos. Ocho años, habían transcurrido casi ocho años desde su ruptura. ¡Era tan absurdo recaer en la agitación que había relegado aquel intervalo a la distancia y al olvido! ¿Qué no podían hacer ocho años? Sucesos de todas clases, cambios, desvíos, ausencias, todo…, en ocho años cabía todo. ¡Y qué natural y cierto era que mientras tanto se olvidase el pasado! Aquel período representaba casi una tercera parte de su propia vida.

Pero ¡ay!, pese a todos sus argumentos, Anne comprendió que para los sentimientos arraigados ocho años eran poco más que un instante.

Y ahora, ¿cómo leer en el corazón de Frederick? ¿Deseaba huir de ella? Y acto seguido se detestó a sí misma por haberse hecho esa loca pregunta.

Pero todas sus dudas quedaron disipadas por otra cuestión en la que no había reparado su extrema perspicacia. Las señoritas Musgrove volvieron al *cottage* para despedirse y, cuando se hubieron marchado, Mary le proporcionó esta espontánea información:

—El capitán Wentworth no estuvo muy educado contigo, Anne, a pesar de lo atento que estuvo conmigo. Cuando se marcharon, Henrietta le preguntó qué le parecías, a lo que él contestó que estás tan cambiada que no te habría reconocido.

Por lo general, Mary no solía respetar los sentimientos de su hermana, pero no albergaba la menor sospecha de la herida que le estaba infligiendo.

«¡Tan cambiada que no me habría reconocido!». Anne se quedó sumida en una silenciosa y honda mortificación. Así era, sin duda, y no podía desquitarse, ya que él no había cambiado más que para mejor. Lo notó de inmediato y no podía rectificar su juicio, aunque él pensase de ella lo que le viniese en gana. No; los años que habían entretenido su juventud y su lozanía lo habían dotado a él de mayor esplendor, hombría y desenvoltura, sin menoscabar en nada sus dotes personales. Anne había visto al mismo Frederick Wentworth.

«¡Tan cambiada que no la habría reconocido!». Estas palabras no podían dejar de obsesionarla. Poco después comenzó a alegrarse de haberlas oído. Eran consoladoras, apaciguadoras, reconfortaban y, por tanto, deberían hacerla feliz.

Frederick Wentworth había dicho estas palabras u otras por el estilo sin pensar que iban a llegar a oídos de ella. Había pensado en ella como en una persona terriblemente cambiada y había dicho lo que sentía en la primera emoción del momento. No había perdonado a Anne Elliot. Ella le había hecho daño. Lo había abandonado y desengañado. Es más, lo había hecho por debilidad de carácter y un temperamento recto no puede soportar algo así. Lo había abandonado por complacer a otros. Todo fue efecto de repetidas persuasiones. Fue debilidad y timidez.

Él estuvo fuertemente ligado a ella y no había conocido a otra mujer que se le pareciese. Sin embargo, al margen de una sensación de natural curiosidad, no había deseado volver a verla. La atracción que ejerció ella sobre él un día había desaparecido para siempre.

En aquellos momentos él pensaba en casarse. Era rico y deseaba establecerse, de manera que lo haría en cuanto encontrase la ocasión propicia. Deseaba enamorarse con toda la celeridad que pueden permitirlo una mente clara y un gusto certero. Las señoritas Musgrove habrían podido atraerlo, ya que su corazón se conmovía ante ellas. En pocas palabras, sus sentimientos se abrían a cualquier mujer joven que se cruzase en su camino, salvo Anne Elliot. Este secreto se lo guardaba él mientras respondía a las suposiciones de su hermana diciendo:

—Sí, Sophia, estoy dispuesto a contraer cualquier matrimonio alocado. Cualquier mujer entre los quince y los treinta puede contar con mi posible declaración. Un poco de belleza, unas cuantas sonrisas, unos elogios a la marina y estoy perdido. ¿No es acaso bastante para conquistar a un rudo marino?

Su hermana comprendía que decía esto esperando que le llevase la contraria. Su mirada orgullosa decía sin ambages que sabía que resultaba agradable. Y Anne Elliot no estaba fuera de su mente cuando describía más en serio a la mujer con quien le agradaría encontrarse.

«Un espíritu fuerte y unos modales dulces». Eso era el principio y el fin de su descripción.

—Esa es la mujer que quiero —decía—. Transigiría con algo un poco inferior, siempre que no lo fuese demasiado. Si cometo una locura, la cometeré de verdad porque le he dado vueltas a este asunto más que muchos hombres.

# CAPÍTULO 8

Por aquel entonces, el capitán Wentworth y Anne Elliot frecuentaban un mismo círculo. Así pues, acabaron por encontrase comiendo en casa de los señores Musgrove, ya que el estado del pequeño no le permitía a su tía más excusas para ausentarse. Esto fue el comienzo de otras comidas y nuevos encuentros.

Si los sentimientos antiguos habían de reverdecer, el pasado debía volver a la memoria de ambos. Estaban obligados a regresar a él.

Su año de compromiso no podía dejar de ser aludido por él en las pequeñas narraciones y descripciones propias de la conversación. Su profesión lo predisponía a ello. Su estado de ánimo lo hacía locuaz:

«Eso fue en el año seis». «Esto fue después de que me hiciese a la mar en el año seis». Esas fueron frases que se dijeron durante la primera tarde que pasaron juntos. Aunque su voz no se alteró y pese a que ella no tenía motivos para suponer que sus ojos la buscaban al hablar, dado su carácter, Anne sintió la completa imposibilidad de que hubiese otra mujer para él. Debía existir la misma asociación inmediata de ideas, pero no supuso que pudiera existir el mismo dolor.

Sus conversaciones, sus expresiones, eran las que exige la más elemental cortesía mundana. ¡Con lo que habían sido una vez el uno para el otro! Y ahora nada. En cierta época de su vida les hubiese sido difícil pasar un momento sin dirigirse la palabra, aun en medio de la reunión más concurrida del salón de Uppercross.

Con excepción tal vez del almirante y de la señora Croft, que parecían muy unidos y felices (Anne no conocía otro caso, ni siquiera entre los matrimonios), no había habido dos corazones tan abiertos, dos gustos tan semejantes, mayor comunidad de sentimientos, ni figuras más recíprocamente amadas. Ahora eran dos extraños. No; peor incluso que extraños, pues jamás podrían llegar a conocerse. Era un exilio perpetuo.

Cuando él hablaba, era la misma voz la que ella escuchaba y adivinaba los mismos pensamientos. Existía una gran ignorancia sobre los asuntos navales entre los asistentes a la reunión. Lo interrogaban mucho, en especial las señoritas Musgrove, que solo parecían tener ojos para él, sobre la vida a bordo, las órdenes diarias, la comida, los horarios, etcétera, y la sorpresa ante sus relatos al saber del grado de comodidades que podía obtenerse daban a la voz de él un lejano y agradable tono burlón, que recordaba a Anne los lejanos días en que ella también era ignorante y suponía que los marineros vivían a bordo sin nada que comer, sin cocina para abastecerse, criados que aguardasen órdenes ni unos malos cubiertos que usar.

Mientras pensaba y escuchaba esto, se oyó un murmullo de la señora Musgrove que, sobresaltada por un profundo arrepentimiento, dijo:

—¡Ay, señorita Anne, si el cielo hubiera permitido vivir a mi pobre hijo, en la actualidad sería igual que nuestro amigo!

Anne reprimió una sonrisa y escuchó bondadosamente, mientras la señora Musgrove aliviaba su corazón un poco más y, durante unos instantes, no pudo seguir la conversación de los demás.

Cuando pudo permitir a su atención seguir sus naturales deseos, encontró a las señoritas Musgrove revisando una lista naval, propiedad de ellas y la única que jamás se había visto en Uppercross, y sentándose juntas para examinarla con el propósito de encontrar los barcos que el capitán Wentworth había comandado.

—El primero fue el *Asp*. Lo recuerdo perfectamente. Busquemos el *Asp*.

—No lo encontrarán ustedes ahí. Estaba viejo y destartalado. Fui el último en comandarlo. Apenas servía entonces. Durante un año o dos lo dieron por bueno para servicios locales y lo enviaron a las Indias Occidentales con este propósito.

Las muchachas miraron sorprendidas.

—El Almirantazgo —prosiguió él— se entretiene enviando de vez en cuando algunos cientos de hombres al mar en barcos que ya no sirven. Tienen muchísimas cosas de las que cuidar y entre los miles de ellas que se irán a pique de todos modos, les cuesta distinguir cuál es el grupo que sería más de lamentar.

—¡Bah, bah! —exclamó el viejo almirante—. ¡Qué charlas sin sentido tienen estos jóvenes! Jamás hubo mejor goleta que el *Asp* en su tiempo. Jamás hallarán ustedes rival entre las goletas de construcción antigua. ¡Dichoso quien la tuvo! Él sabe que debió haber al menos veinte hombres solicitándola por aquel entonces. ¡Dichoso quien obtuvo tan pronto algo semejante no teniendo más interés que el suyo propio!

—Le aseguro, almirante, que comprendo mi suerte —respondió muy serio el capitán Wentworth—. Estaba tan contento con mi destino como usted habría podido estarlo. En aquella época para mí era algo grande estar en el mar, algo muy grande. Deseaba hacer algo.

—Y bien que lo hizo. ¿Para qué iba a permanecer en tierra seis meses un hombre joven como usted? Si un hombre no tiene esposa, desea volver a bordo enseguida.

—Pero, capitán Wentworth —exclamó de repente Louisa—. ¡Qué humillado debió sentirse cuando vio el barco tan viejo al que lo destinaban, al llegar a bordo del *Asp*!

—Ya conocía el barco de antes —respondió él sonriendo—. No tenía más descubrimientos que hacer en él que los que tendría usted en una vieja chaqueta que ya les han prestado a casi todas sus amistades y que un buen día se la prestan a usted también. ¡Ay, para mí era muy querido el viejo *Asp*! Hacía cuanto yo deseaba. Siempre tuve esa certeza. Sabía que nos iríamos al fondo juntos o saldríamos de él siendo algo. Jamás tuve un solo día de tempestad mientras lo comandé. Después de haber tomado suficientes corsarios como para divertirme bien, tuve la buena suerte, a mi regreso el otoño siguiente, de toparme con la fragata francesa que deseaba. La traje hasta Plymouth y eso también fue cosa de la buena suerte. Llevábamos en el Sound[4] seis horas cuando de pronto se levantó un vendaval que duró cuatro días y que habría terminado con la vieja goleta *Asp* en menos de lo que tardo en decirlo. Nuestro encuentro con la Gran Nación no habría mejorado la situación. Veinticuatro horas más y yo habría sido un valiente marino, el capitán Wentworth, en un parrafito de una columna de los periódicos. Nadie me habría recordado si hubiese perdido la vida en el primer viaje.

Anne debía ocultar sus sentimientos, mientras las señoritas Musgrove podían ser tan sinceras como quisiesen en sus exclamaciones de compasión y horror.

—Y entonces —dijo la señora Musgrove quedamente, como pensando en voz alta— fue cuando se dirigió al *Laconia* y conoció con nuestro pobre hijo. Charles, querido —agregó haciendo señas para que le prestase atención—, pregunta al

---

[4] Este término se conoce como seno o sonda en terminología marítima, que es una ensenada de gran tamaño. En este caso probablemente se refiera al que existe frente a la ciudad inglesa de Plymouth.

capitán Wentworth cuándo se encontró con tu pobre hermano. Siempre lo olvido.

—Creo que fue en Gibraltar, madre. Dick enfermó y se quedó en Gibraltar con una recomendación de su anterior capitán para el capitán Wentworth.

—¡Oh! Di al capitán Wentworth que no tema mencionar a Dick delante de mí. Al contrario, será un placer para mí oír hablar de él a un buen amigo suyo.

Charles asintió con la cabeza y se fue, pues le importaba más el asunto que a su madre.

Las jóvenes se habían puesto a buscar el *Laconia* y el capitán Wentworth no pudo evitar tomar el precioso volumen en sus manos para evitarles molestias y, una vez más, leyó en voz alta su nombre y los demás detalles, comprobando que también el *Laconia* había sido un buen amigo, de hecho uno de los mejores.

—¡Ay, fue una época muy grata la del *Laconia*! ¡Qué rápidamente hice dinero! ¡Un amigo mío y yo tuvimos una travesía muy agradable desde las islas occidentales! ¡Pobre Harville! No imaginan cómo necesitaba dinero, más que yo incluso. Tenía esposa. Era un muchacho excelente. Jamás olvidaré su felicidad. Soportaba todo por amor a ella. Ojalá me lo hubiese encontrado de nuevo durante el verano siguiente en el Mediterráneo. Allí también me fue de perlas.

—Por supuesto, señor —dijo la señora Musgrove—, para nosotros el día en que lo nombraron capitán de aquel barco fue un momento muy feliz. Nunca olvidaremos lo que hizo.

Sus sentimientos le hacían hablar en voz alta y el capitán Wentworth, oyendo solo una parte de lo que decía y probablemente no acordándose siquiera de Dick Musgrove, quedó en suspenso, como si esperase algo.

—Habla de mi hermano —dijo una de las jóvenes—. Mamá está pensando en el pobre Richard.

—Pobre muchacho —continuó la señora Musgrove—. Se había vuelto tan juicioso. Sus cartas fueron excelentes mientras estuvo bajo su mando. Habría sido feliz si no lo hubiese abandonado jamás a usted. Puedo asegurarle, capitán Wentworth, que todos nosotros habríamos sido muy felices si hubiese sido así.

Una momentánea expresión del capitán Wentworth mientras hablaba, una mirada súbita de sus brillantes ojos, un gesto de su agraciada boca, bastaron para demostrarle a Anne que en vez de compartir los deseos de la señora Musgrove con respecto a su hijo, había albergado sin lugar a duda grandes deseos de verse libre de él. Sin embargo, esto fue un movimiento tan rápido que nadie que no lo conociese tanto como ella pudo notarlo. Un instante después, tras dominarse, adoptó un aire serio y reposado, fue casi de inmediato al diván, ocupado por Anne y la señora Musgrove, y se sentó al lado de esta y trabó en voz baja una conversación con ella sobre su hijo. Lo hizo con simpatía y gracia naturales, mostrando la mayor consideración por cuanto había de real y sincero en los sentimientos de los padres.

Así pues, ocupaban el mismo diván, ya que la señora Musgrove le hizo sitio enseguida. Solamente la señora Musgrove se interponía entre ellos y no se trataba de un obstáculo menor, qué duda cabe. La señora Musgrove era bastante robusta, mucho más creada por la naturaleza para expresar alegría y buen humor que ternura y sentimientos. Mientras las agitaciones del esbelto cuerpo de Anne y las contracciones de su pensativo rostro delataban sus sentimientos, el capitán Wentworth mantuvo toda su presencia de ánimo y puso al corriente a una gruesa madre sobre el sino de un hijo del cual nadie se ocupó mientras estuvo vivo.

Las proporciones corporales y la aflicción no deben guardar necesariamente relación. Un cuerpo macizo tiene tanto derecho a estar hondamente afligido como el más gracioso conjunto de miembros finos. Pero, sea o no justo, existen cosas irreconciliables las cuales tratará de justificar en vano la razón, pues el gusto no las tolera y el ridículo las acoge.

Tras dar dos o tres vueltas alrededor de la estancia con las manos detrás y habiendo sido llamado al orden por su esposa, el almirante se acercó al capitán Wentworth y, sin tener la más mínima idea de que podía interrumpir algo dio curso a sus propios pensamientos diciendo:

—Si hubiese estado en Lisboa la pasada primavera, Frederick, habría tenido que dar usted un pasaje a lady Mary Grierson y a sus hijas.

—¿De veras? ¡Pues me alegro de haber arribado una semana después!

El almirante le reprochó su falta de cortesía. El capitán se defendió alegando, no obstante, que jamás consentiría de buen grado mujeres a bordo salvo para un baile o una visita de unas horas.

—Lo cierto es que conociéndome como me conozco no hago esto por descortesía —dijo—. Lo hago porque sé lo imposible que es, pese a todos los esfuerzos y sacrificios que puedan hacerse, proporcionar a las mujeres todas las comodidades que ellas merecen. No es por mala educación, almirante, sino por colocar muy alto las necesidades femeninas en cuanto a comodidad personal. Eso es lo que yo hago. Detesto oír hablar de mujeres a bordo o verlas embarcadas, de modo que ninguna nave bajo mi mando aceptará señoras si puedo evitarlo.

Aquello llamó la atención de su hermana.

—¡Oh, Frederick! Eso es algo que no puedo comprender de ti. Se trata de refinamientos perezosos. Las mujeres pueden estar tan cómodas a bordo como en la mejor casa de Inglaterra. Creo haber vivido a bordo más que muchas mujeres y puedo decirte sin lugar a duda que no hay nada que supere a las comodidades de las que disfrutan los hombres de guerra. Yo digo que jamás ha habido atenciones especiales para mí, ni siquiera en Kellynch Hall —dirigiéndose a Anne—, que fuesen comparables a las de los barcos en los que he vivido. Y creo que han sido unos cinco.

—Eso no significa nada —replicó su hermano—. Eras la única mujer a bordo y viajabas con tu marido.

—Pero tú mismo has llevado a la señora Harville, a su hermana, a su prima y a sus tres hijos desde Portsmouth a Plymouth. ¿Dónde dejaste esa extraordinaria cortesía tuya?

—Abusaron de mi amistad, Sophia. Siempre ayudaré a la esposa de cualquier oficial compañero mientras pueda hacerlo, y habría llevado lo que fuese desde Harville hasta el fin del mundo si me lo hubiesen pedido. Pero esto no quiere decir que me parezca bien.

—Motivo por el cual ellas estuvieron muy cómodas.

—Tal vez sea por lo que no me gusta. ¡Las mujeres y los niños no tienen derecho a estar cómodos a bordo!

—Estás diciendo tonterías, querido Frederick. Dime, ¿qué sería de nosotras, pobres esposas de marinos, que a menudo debemos ir de un puerto en puerto buscando a nuestros maridos si todos pensasen como tú?

—Mis sentimientos no me impidieron llevar a la señora Harville y toda su familia a Plymouth, ya lo sabes.

—Pero detesto oírte hablar en términos tan caballerosos, como si las todas mujeres fuesen damas refinadas en lugar de seres normales. Ninguna de nosotras espera siempre buen tiempo cuando viaja.

—Querida mía —explicó el almirante—, pensará de otro modo cuando tenga esposa. Si está casado y tenemos la suerte de vivir durante la próxima guerra, lo veremos hacer lo mismo que tú. Muchos otros y yo lo hemos hecho. Le estará muy agradecido a cualquiera que le lleve a su esposa.

—¡Ay, así es!

—Terminemos —exclamó el capitán Wentworth—. Cuando los casados empiezan a atacarme diciendo: «Ya cambiará de opinión cuando se case», lo único que puedo contestar es: «No será así». Entonces ellos responden: «Sí que lo hará usted», y esto pone punto final al asunto.

Se levantó y se alejó.

—¡Qué gran viajera ha sido usted, señora! —le dijo la señora Musgrove a la señora Croft.

—He viajado bastante a lo largo de mis quince años de matrimonio, aunque algunas mujeres han viajado aún más que yo. He cruzado el Atlántico cuatro veces. He estado en las Indias Orientales y he vuelto. Una vez también estuve en lugares cercanos como Cork, Lisboa y Gibraltar. Pero nunca he atravesado los estrechos o llegado hasta las Indias Occidentales. Se suele llamar las Indias Occidentales a las Bermudas o las Bahamas, ¿lo sabían?

La señora Musgrove no pudo replicar nada. Por otra parte, jamás había oído mencionar aquellos lugares.

—Y puedo asegurarle, señora —prosiguió la señora Croft, que nada supera las comodidades que proporcionan los marinos. Como es natural, hablo de los navíos de primera calidad. Cuando se viaja en una fragata, lógicamente una está más apretada, pero cualquier mujer razonable puede ser perfectamente feliz en esta clase de barcos. Yo puedo asegurar que los períodos más felices de mi vida los he pasado a bordo. Cuando estábamos juntos no había nada que temer, ¿sabe? Gracias a Dios he gozado siempre de una salud excelente y los cambios de clima no me afectan en absoluto. Todo lo que he sentido son unas pocas molestias las primeras veinticuatro horas tras hacerme a la mar, pero jamás he estado mareada después. La única vez que sufrí de verdad en cuerpo y alma, la única vez que no me encontré del todo bien o temí al peligro fue el invierno que pasé sola en Deal, cuando el almirante, que por aquel entonces era el capitán Croft, estaba en los mares del norte. Vivía en un desasosiego constante, llena de temores imaginarios, sin saber en qué ocupar las horas o cuándo tendría noticias de él. Pero en cuanto estamos juntos, nada me asusta y jamás he encontrado el menor inconveniente.

—¡Ah, por supuesto! Estoy de acuerdo con usted, señora Croft —fue la cálida respuesta de la señora Musgrove—. No hay nada peor que la separación. El señor Musgrove siempre asiste a las sesiones[5] y puedo asegurarle que soy muy feliz cuando terminan y él regresa a mi lado.

La tarde terminó con un baile. Al pedirse música, Anne brindó sus servicios como de costumbre y, pese a que sus ojos estaban llenos de lágrimas durante algunos momentos mientras tocaba el instrumento, le alegró mucho de tener algo que hacer y pidió como única recompensa no ser observada.

Fue una reunión alegre y agradable en la que nadie pareció de mejor humor que el capitán Wentworth. Anne sentía que reunía condiciones que lo elevaban sobre todos los demás y que le valían consideración y atención, en especial de las jóvenes. Las señoritas Hayter, de la familia de primos ya mencionada, aceptaban como un honor parecer enamoradas de él, según parece. En cuanto a Henrietta y Louisa, solo parecían tener ojos para él y únicamente el flujo continuo de atenciones entre ambas hacía creer que no se consideraban rivales. ¿Acaso se ufanaba él de la admiración general que despertaba? ¿Quién podría decirlo?

Estos pensamientos llenaban la mente de Anne mientras sus dedos se movían maquinalmente. Así continuó durante media hora, sin cometer errores, pero sin ser consciente de lo que hacía. En un momento sintió que la miraba, que observaba

---

[5] Se refiere a las sesiones que solían celebrar antaño los tribunales superiores de Inglaterra y Gales.

sus facciones alteradas, tal vez buscando en ellas los restos de la belleza que antaño lo había encantado. Hubo un momento en que supo que debía estar hablando acerca de ella, pero apenas lo comprendió hasta oír la respuesta. En un momento estuvo convencida de haberle oído preguntar a su compañera si la señorita Elliot jamás bailaba. La respuesta fue: «Jamás. Ha dejado por completo el baile. Prefiere tocar el piano». También en un momento debió hablarle. Ella había dejado el instrumento al terminar el baile y él se puso al teclado tratando de hallar una melodía que quería hacer escuchar a una de las señoritas Musgrove. Ella volvió entonces a un rincón de la estancia sin ninguna intención. Él se levantó del taburete y dijo con estudiada cortesía:

—Perdón, señorita, este es su asiento.

Aunque ella rechazó ocuparlo de nuevo, él no volvió a sentarse.

Anne ya no deseaba más aquellos discursos y aquellas miradas. Su fría cortesía y su gracia ceremoniosa eran peores que cualquier otra cosa.

# CAPÍTULO 9

El capitán Wentworth había llegado a Kellynch como si lo hubiese hecho a su propia casa, con el fin de permanecer allí tanto como desease, siendo evidente que era el objeto de la fraternal amistad del almirante y de su esposa. Su primera intención al llegar había sido quedarse poco tiempo y dirigirse luego sin dilación a Shropshire a visitar a su hermano, que estaba establecido en aquel condado. Sin embargo, los atractivos de Uppercross lo indujeron a aplazar la partida. Lo habían recibido con muchos halagos y una amistad calurosa, lo cual le encantaba. Los más mayores eran muy hospitalarios y los jóvenes, muy agradables. Así pues, no podía decidirse a dejar aquel lugar y aceptaba sin discutir los encantos de la esposa de Edward.

Uppercross ocupó pronto todos sus días. Era difícil decir quién tenía más prisa: si él por aceptar la invitación o los Musgrove por cursarla. Iba allí especialmente por las mañanas porque no tenía compañía, ya que el matrimonio Croft pasaba fuera las primeras horas del día, recorriendo sus nuevas posesiones, sus pastizales, examinando sus ovejas, pasando el tiempo de una forma que se comprendía incompatible con la presencia de una tercera persona. A veces también recorrían el campo en un cabriolé que habían adquirido no hacía mucho tiempo.

Los huéspedes de los Musgrove y estos últimos compartían la misma impresión sobre el capitán Wentworth: una cálida admiración general. Pero esta convicción unánime fue causa de un hondo desagrado e incomodidad en el caso de un tal Charles Hayter que, al volver a reunirse con el grupo, creyó que el capitán Wentworth estaba absolutamente de sobra.

Charles Hayter, un joven agradable y amable, era el mayor de los primos. Según parecía, entre él y Henrietta había existido una considerable atracción antes de que llegase el capitán Wentworth. Era pastor y tenía una parroquia en las inmediaciones y en la cual no era imprescindible residir, de modo que lo hacía en casa de su padre, que se hallaba a apenas tres kilómetros de Uppercross.

Una corta ausencia había dejado a su dama sin vigilancia durante un período crítico de sus relaciones. Así pues, al regresar se llevó un disgusto al encontrar muy cambiados los modales de ella y al ver allí al capitán Wentworth.

Las señoras. Musgrove y Hayter eran hermanas. Ambas habían tenido dinero, pero sus matrimonios abrieron entre ellas un hondo abismo. El señor Hayter poseía algo, pero su propiedad era una nadería en comparación con la de los Musgrove. Por otra parte, los Musgrove eran miembros de lo más granado de la sociedad del lugar, mientras que a los Hayter, debido a la vida rústica y retirada de los padres, a los defectos de su educación y al nivel inferior en el cual vivían, no podían ser considerados como pertenecientes a ninguna clase, así que el único contacto social que tenían provenía de su parentesco con los Musgrove. Como es natural, este hijo mayor había sido educado para ser un culto caballero, de manera que su educación y sus modales eran muy distintos a los del resto de la gente.

Ambas familias siempre habían mantenido las mejores relaciones, sin orgullo por una parte y sin envidia por la otra. Cierto sentimiento de superioridad en el caso de las señoritas Musgrove se traducía en el placer de educar a sus primos. Las atenciones de Charles a Henrietta habían sido observadas por el padre y la madre de esta sin que les pareciese malo en absoluto. «No será el mejor matrimonio para ella, pero si le agrada… y parece que le gusta…».

Henrietta también compartía esta opinión antes de que llegase el capitán Wentworth. A partir de entonces, el primo Charles fue relegado al olvido.

Cuál de las dos hermanas era la predilecta del capitán Wentworth. Eso era difícil de establecer, por lo que Anne podía ver al respecto. Tal vez Henrietta fuese más guapa, pero Louisa parecía más inteligente y atractiva. Por otra parte, ella no podía decir en aquellos si él se sentiría atraído por la belleza o por el carácter.

Los señores Musgrove, ya fuese por darse poca cuenta de lo que sucedía, ya fuese por su confianza ciega en el buen criterio de sus hijas o de los jóvenes que las rodeaban, parecían dejar todo en manos del azar. En la casa solariega no se veía ni la más leve muestra de que alguien se ocupase de estas cosas. Sin embargo, en el *cottage* era diferente. Los jóvenes estaban más dispuestos a comentar y averiguar. Debido a esto, apenas hubo ido allí tres o cuatro veces el capitán Wentworth y Charles Hayter reapareció, cuando Anne tuvo que escuchar la opinión de su hermana y su marido acerca de cuál sería el preferido. Charles decía que el capitán Wentworth sería para Louisa. En cambio, Mary sostenía que sería para Henrietta. No obstante, ambos convenían en que les gustaría que Wentworth se dirigiese a cualquiera de las dos.

Charles jamás había visto un hombre más agradable en toda su vida. Por otra parte, según lo que había oído decir al propio capitán Wentworth, podía afirmar que había ganado en la guerra al menos unas veinte mil libras. Esto ya significaba una fortuna en aquel momento que se sumaba a las perspectivas de amasar una nueva en una guerra futura. Por otra parte, tenía la certeza de que el capitán Wentworth era muy capaz de distinguirse como cualquier otro oficial de la Armada.

¡Oh, claro que sería un matrimonio de lo más ventajoso para cualquiera de sus hermanas!

—Por supuesto que lo sería —replicaba Mary—. ¡Dios mío, si llegase a recibir grandes honores! ¡Si llegase a ostentar algún título! «Lady Wentworth» suena celestial. ¡Sería maravilloso para Henrietta! ¡Entonces ocuparía mi lugar y estaría encantada! Sir Frederick y lady Wentworth suena adorable, aunque sí que es verdad que no me termina de gustar la nobleza de nuevo cuño. Nunca he tenido en mucho a nuestra nueva aristocracia.

Mary prefería casar a Henrietta con el fin de desbaratar las pretensiones de Charles Hayter, que nunca había sido santo de su devoción. Le parecía que los Hayter eran gente sin duda inferior, de modo que le parecía una verdadera desgracia que pudiese renovarse el parentesco entre ambas familias… en especial para ella y sus hijos.

—¿Saben? —decía—, soy incapaz de hacerme a la idea de que este sea un buen matrimonio para Henrietta. Teniendo en cuenta las alianzas que hemos conseguido los Musgrove, ella no debe rebajarse en esa forma. No creo que ninguna joven tenga derecho a elegir a alguien que suponga una desventaja para los mayores de su familia, imponiéndoles un parentesco nada deseable. Veamos un poco. ¿Quién es Charles Hayter? No es más que un pastor de pueblo. ¡Un enlace de lo más conveniente para la señorita Musgrove de Uppercross!…

Sin embargo, su marido discrepaba. Además de cierta simpatía por su primo Charles Hayter, recordaba que era el primogénito y, al serlo también él mismo, veía las cosas desde este punto de vista.

—Eso no son más que tonterías, Mary —respondía—. Tal vez no sea un partido demasiado ventajoso para Henrietta, pero Charles puede obtener por mediación de los Spicers algún nombramiento del obispo dentro de uno o dos años. Por otra parte, no debes olvidar que es el hijo mayor. Cuando mi tío muera, heredará una buena propiedad. Los terrenos de Winthrop son al menos cien hectáreas, que se suman a la granja que hay cerca de Taunton, una las mejores tierras del lugar. Te aseguro que Charles no supondría un matrimonio desventajoso para Henrietta. De hecho, debe ser así. El único candidato posible es Charles. Es un joven bondadoso y tiene buen carácter. Por otra parte, cuando herede Winthrop hará de él algo muy diferente de lo que ahora es y vivirá una vida muy distinta de la que lleva ahora. Con semejante heredad no puede ser un candidato despreciable. ¡Y es una bonita heredad por cierto! Henrietta haría muy mal en dejar pasar esta oportunidad. Si Louisa se casa con el capitán Wentworth, te aseguro que podremos darnos por satisfechos.

—Charles podrá decir lo que quiera —le decía Mary a Anne en cuando su marido abandonaba el salón—, pero sería extraño que Henrietta se casase con Charles Hayter. Sería malo para ella y aún peor para mí. Es muy de desear que el capitán Wentworth se lo saque de la cabeza, como creo que realmente ha sucedido en cuanto miró a Charles Hayter ayer. Me habría gustado que hubieses estado presente para ver su comportamiento. En cuanto a suponer que al capitán Wentworth le guste Louisa tanto como Henrietta, es ridículo. Henrietta le gusta muchísimo más. ¡Pero Charles es tan optimista! Si hubieses estado ayer aquí, habrías decidido cuál de nuestras dos opiniones era la correcta. Estoy convencida de que hubieses pensado como yo, salvo que estuvieses abiertamente en contra mía.

Esta conversación había tenido lugar durante una comida en casa de los Musgrove a la que habían esperado a Anne. Sin embargo, ella se excusó de asistir so pretexto de una jaqueca y de una leve recaída del pequeño Charles. Pero lo cierto es que no había ido para evitar encontrarse con Wentworth.

A las ventajas de la noche, que había pasado tranquilamente, se añadía la de no haber sido la tercera en discordia.

En cuanto al capitán Wentworth, ella opinaba que él debía conocer sus sentimientos lo suficiente como para no comprometer su honorabilidad o poner en peligro la felicidad de cualquiera de las dos hermanas, de modo que escogería a Louisa en lugar de a Henrietta o a Henrietta en lugar de a Louisa. Cualquiera de las dos sería una esposa cariñosa y agradable. En cuanto a Charles Hayter, le apenaba el dolor que podría causar la ligereza de una joven y su corazón simpatizaba con la pena que sufriría él. No podía decirse con tanta premura si Henrietta se equivocaba con respecto a la naturaleza de sus sentimientos.

Charles Hayter había percibido en la conducta de su prima muchas cosas que lo intranquilizaban y apesadumbraban. Su afecto mutuo era demasiado antiguo como para haberse extinguido en dos nuevos encuentros, de manera que no le quedaba más remedio que reiterar sus visitas a Uppercross. No obstante, existía sin lugar a duda un cambio que podía considerarse alarmante si se achacaba a un hombre como el capitán Wentworth. Hacía solo dos domingos que Charles Hayter la había dejado y estaba ella entonces interesada, según los deseos de él, en que obtuviese la parroquia de Uppercross en vez de la que tenía. Entonces parecía que lo más importante para ella era que el doctor Shirley — el rector que a lo largo cuarenta años había atendido celosamente los deberes de su ministerio, pero que en esos momentos se sentía demasiado enfermo para continuar— se sirviese de un buen auxiliar como Charles Hayter. Las ventajas eran innumerables: Uppercross estaba cerca y no tendría que recorrer diez kilómetros para llegar a su parroquia; tendría una parroquia mejor se mirara como se mirase; que esta había pertenecido al querido doctor Shirley y este podría retirarse de una vez por todas de las fatigas que sus años ya no podían soportar. Todas estas eran grandes ventajas según Louisa, pero más aún según Henrietta, hasta el punto de que llegaron a constituir su principal preocupación. Pero al regreso de Charles Hayter, ¡vaya por Dios!, se había desvanecido todo el interés. Louisa no mostraba el menor deseo de saber lo que había hablado con el doctor Shirley. Permanecía todo el día en la ventana esperando ver pasar al capitán Wentworth. La propia Henrietta parecía prestar solamente una parte de su atención al asunto y también parecía haberse apagado toda su ansiedad al respecto.

—De veras que me alegro mucho. Siempre he creído que lo conseguirías. He estado segura en todo momento. No me parece que… En pocas palabras, el doctor Shirley debe tener un pastor con él y tú has obtenido su promesa. ¿Ves si él viene, Louisa?

Una mañana, tras la cena durante la víspera en casa de los Musgrove, cena a la cual Anne no había podido asistir, el capitán Wentworth entró en el salón del *cottage* en el momento en que solo estaban allí Anne y el pequeño inválido Charles, que descansaba sobre el diván.

La sorpresa de verse casi a solas con Anne Elliot alteró la habitual compostura de sus modales. Se paró en seco y solo atinó a decir:

—Creía que la señora Musgrove estaría aquí. La señora Musgrove me dijo que podría verlas…

Después fue hacia la ventana para serenarse un poco y hallar la manera de reponerse.

—Está arriba con mi hermana. Creo que bajarán enseguida —repuso Anne en medio de la natural confusión.

Si el niño no la hubiese llamado en aquel momento, habría huido de la habitación para aliviar así la tensión establecida entre ambos.

Él continuó en la ventana y tras decir cortésmente: «Espero que el niño esté mejor», guardó silencio.

Ella se vio obligada a arrodillarse junto al diván y permanecer allí para complacer al pequeño paciente. Esto se prolongó unos minutos hasta que, con gran satisfacción, oyó los pasos de alguien que cruzaba el vestíbulo. Esperaba ver entrar al dueño de la casa. Sin embargo, era una persona que no iba a facilitar las cosas precisamente. Se trataba de Charles Hayter, que no pareció alegrarse más de ver al capitán Wentworth que este de ver a Anne.

Anne fue capaz de decir:

—¿Cómo está? ¿Desea sentarse? Los demás vendrán enseguida.

El capitán Wentworth dejó la ventana y se acercó con el deseo aparente de entablar una conversación. Sin embargo, Charles Hayter se dirigió a la mesa y se puso a leer un periódico. El capitán Wentworth regresó a la ventana.

Un minuto después entró en escena un nuevo personaje. El niño más pequeño, una fuerte y desarrollada criatura de dos años, seguramente introducido por alguien que le abrió la puerta desde fuera, apareció entre ellos y se dirigió directamente al diván para enterarse de lo que pasaba y hacer cualquier travesura.

Como no había nada que comer, lo único que podía hacer era jugar, y como su tía no le permitía molestar a su hermano enfermo, se agarró de ella en tal forma que, pese a estar ocupada en atender al convaleciente, no podía librarse de él. Anne le habló, lo reprendió, insistió, pero todo fue en vano. En un momento pudo rechazarlo, pero solo para que el niño volviese a agarrarse de su espalda.

—Walter, déjame ya en paz —dijo Anne—. Estás portándote muy mal y voy a enfadarme.

—¡Walter! —gritó Charles Hayter—, ¿por qué no haces lo que te mandan? ¿No oyes lo que te dice tu tía? Ven aquí, Walter, ven con el primo Charles.

Pero Walter no se movió de su sitio.

De pronto, Anne se sintió libre de Walter. Alguien se había inclinado sobre ella y había separado de su cuello las manitas del niño. Anne se vio libre antes de comprender que era el capitán Wentworth quien había agarrado a la criatura.

Las sensaciones que experimentó al descubrirlo fueron indescriptibles. Hasta tal punto se quedó sin habla que ni siquiera pudo dar las gracias. Lo único que pudo hacer fue inclinarse sobre el pequeño Charles presa de una confusión de sentimientos. La bondad demostrada al correr en su auxilio, la manera, el silencio con que lo había hecho, todos los nimios detalles, junto con la convicción —dado el ruido que comenzó a hacer con el niño— de que lo que menos deseaba era su agradecimiento y lo que más ansiaba era evitar su conversación, fueron causa de una confusión de múltiples y dolorosos sentimientos, los cuales no lograba superar, hasta que la entrada de las hermanas Musgrove le permitió dejar al pequeño paciente a su cuidado y abandonar la estancia. No podía seguir allí. Habría sido una oportunidad de atisbar las esperanzas y celos de los cuatro. Era la ocasión de verlos juntos, pero no podía soportarlo. Era obvio que Charles Hayter no estaba bien predispuesto hacia el capitán Wentworth. Tenía idea de haber oído mascullar entre dientes, tras la intervención del capitán Wentworth: «Debiste haberme hecho caso, Walter. Te dije que no molestaras a tu tía», en un tono de voz cargado de resentimiento y comprendió el enfado del joven porque el capitán Wentworth había llevado a cabo lo que él debería haber hecho. Sin embargo, en aquellos momentos ni los sentimientos de Charles Hayter ni los de nadie más contaban hasta que ella hubiese serenado los suyos propios. Se sentía avergonzada de sí misma, de estar nerviosa, de prestar tanta atención a una chiquillada, pero así era, de modo que necesitó varias horas de soledad y reflexión para recobrar la compostura.

# CAPÍTULO 10

No faltaron ocasiones para que Anne pudiera observar. Llegó un momento en que pudo formarse su propia opinión sobre aquel estado de cosas estando en compañía de los cuatro. Sin embargo, era demasiado prudente para darla a conocer al resto, pues sabía que no le iba a gustar ni a la esposa ni al marido. Pese a creer que Louisa era la predilecta, por lo que recordaba sobre el carácter del capitán Wentworth, no lograba imaginar que pudiera estar enamorado de ninguna de las dos. Ellas parecían estarlo de él, pero lo cierto es que no venía al caso hablar de amor. Se trataba más bien de una apasionada admiración, que sin duda terminaría en enamoramiento. Charles Hayter comprendía que apenas contaba, aunque Henrietta parecía dividir por momentos sus atenciones entre ambos. Anne habría deseado hacerles ver la verdad y prevenir a todos contra los males a los que se exponían; sin embargo, no achacaba malas intenciones a ninguno. Así pues, se sintió satisfecha al descubrir que el capitán Wentworth no parecía consciente del daño que estaba ocasionando. No se veía engreimiento ni compasión en sus modales. Es posible que jamás hubiese oído hablar ni hubiera pensado en Charles Hayter. Su único error consistía en aceptar, pues no puede emplearse otra la expresión, las atenciones de las dos muchachas.

Tras breve lucha, Charles Hayter pareció abandonar el campo. Pasó tres días sin dejarse caer por Uppercross, lo cual significaba un verdadero cambio. Hasta rechazó una invitación formal a cenar. En una ocasión, el señor Musgrove lo encontró muy ocupado con unos voluminosos libros y consiguió que los señores Musgrove comentasen que algo le ocurría, y que si estudiaba con tanto ahínco acabaría muriendo. Mary creyó con gran alivio por su parte que lo había rechazado Henrietta, mientras su marido vivía pendiente de verlo aparecer al día siguiente. Por su parte, a Anne le parecía bastante sensata la actitud de Charles Hayter.

Una mañana, mientras Charles Musgrove y el capitán Wentworth andaban juntos de montería y mientras las mujeres del *cottage* estaban sentadas trabajando plácidamente, recibieron la visita de las hermanas de la casa solariega.

Era una hermosa mañana de noviembre y las señoritas Musgrove venían andando por la campiña sin más propósito, según aseguraron, que dar un «largo» paseo. Suponían que, dicho en estos términos, a Mary no le apetecería acompañarlas. Pero esta, ofendida de que no la supuiesen apta para las caminatas, respondió de inmediato:

—¡Oh! Me gustaría ir. Me encanta caminar.

A tenor de las miradas de las dos hermanas, Anne comprendió que era precisamente aquello lo que deseaban evitar, de modo que se asombró una vez más de la creencia que surge de los hábitos familiares de que todo paso que demos se debe comunicar y se tiene que realizar en compañía aunque eso no nos agrade o nos cree dificultades. En vista de aquello, trató de disuadir a Mary de compartir el paseo de las hermanas, pero todo fue inútil. Así las cosas, pensó que lo mejor sería aceptar la invitación que las Musgrove le extendían también a ella, ya que era mucho más cordial, dicho sea de paso. Su hermana podría volverse con ella y dejar a las jóvenes Musgrove libres para cualquier plan que hubiesen trazado.

—¡No sé por qué imagina nadie que no me gusta caminar! —exclamó Mary mientras subían la escalera—. Todos piensan que no soy andariega y, sin embargo, tampoco les hubiese gustado que rechazara su invitación. Cuando la gente viene expresamente a invitarnos, ¿cómo podemos negarnos?

Justo en el momento de partir, regresaron los caballeros. Habían llevado con ellos un cachorro que les había arruinado la diversión y por cuya causa regresaban temprano a casa. Su tiempo disponible y sus ánimos parecían invitarlos a este paseo, que aceptaron sin vacilar. Si Anne lo hubiese previsto, se habría quedado en casa sin lugar a duda, pues la curiosidad y el interés eran lo único que la llevaba con placer al paseo. Pero era demasiado tarde para echarse atrás, de manera que los seis se pusieron en marcha en la dirección que llevaban las señoritas Musgrove, quienes se consideraban las encargadas de guiar la caminata, según parecía.

Anne no deseaba estorbar a nadie, de modo que en los recodos del camino se las ingeniaba para quedarse junto a su hermana. Su placer procedía del ejercicio y del hermoso día, de la vista de las últimas sonrisas del año sobre las hojas que se secaban y los campos mustios, y del recuerdo de ciertas descripciones poéticas del otoño, estación con una peculiar e inextinguible influencia en las almas tiernas y de buen gusto que ha arrancado a todo poeta digno de ser leído alguna descripción o ciertos sentimientos. Se ocupaba cuanto podía en evocar todo esto, pero era imposible que estando cerca del capitán Wentworth y de las hermanas Musgrove no hiciese esfuerzos por enterarse de su charla. No obstante, no pudo escuchar nada demasiado importante. Era una conversación ligera, como la que pueden sostener cualquier grupo de jóvenes durante un paseo más o menos íntimo. Conversaba él más con Louisa que con Henrietta. Sin duda Louisa le llamaba más la atención. Este interés parecía crecer y Anne captó unas frases de Louisa que le sorprendieron. Después de uno más de los continuos elogios que se hacían al hermoso día, el capitán Wentworth señaló:

—¡Qué tiempo admirable para el almirante y mi hermana! Tenían intención de ir lejos en el coche esta mañana. Tal vez los veamos aparecer detrás de una de estas colinas. Dijeron algo de venir por este lado. Me pregunto por dónde andarán arruinando su día. Me refiero al trajín del carruaje, claro está. Esto sucede muy a menudo y a mi hermana parece no importarle para nada el traqueteo.

—¡Oh! Ya sé que les gusta correr a ustedes —exclamó Louisa—, pero si yo estuviese en el lugar de su hermana, haría absolutamente lo mismo. Si amase a un hombre con la pasión que ella ama al almirante, siempre estaría con él. No podría separarnos nada y preferiría volcar con él en un cabriolé antes que viajar sin peligro dirigida por otro.

Había hablado con entusiasmo.

—¿Es eso verdad? —repuso él, adoptando el mismo tono—. ¡Es admirable, señorita! — Después guardaron silencio por un rato.

Anne no pudo refugiarse de nuevo en la evocación de algún verso. Las dulces escenas de otoño se alejaron y ocupó su memoria vagamente algún suave soneto en el que se hacía referencia al año que termina, las imágenes de la juventud, de la esperanza y de la primavera que se marchitan. Así pues, se apresuró a decir mientras marchaban por otro sendero:

—¿No estamos en uno de los caminos que conducen a Winthrop?

Nadie la escuchó o, al menos, nadie respondió.

Winthrop o sus alrededores, por donde los jóvenes solían vagabundear, era el lugar al que se dirigían. Una larga marcha entre caminos donde se afanaban los arados y en donde los surcos recién abiertos hablaban de las tareas de labranza, iban en contra de la dulzura de la poesía y sugerían una nueva primavera. Llegaron así a lo alto de una colina que separaba a

Uppercross de Winthrop y desde donde se podía disfrutar de una vista completa del lugar, al pie de la elevación.

Winthrop, escasamente bello y carente de dignidad, se extendía ante ellos: una casa baja, insignificante, rodeada de las construcciones y edificios típicos de una alquería.

Mary exclamó:

—¡Vaya por Dios! Ya estamos en Winthrop. No tenía idea de que hubiésemos caminado tanto. Creo que ya deberíamos volver. Estoy agotada.

Henrietta, consciente y avergonzada de ello, al no ver aparecer al primo Charles por ninguno de los senderos ni saliendo de ningún portal, se dispuso a dar cumplimiento al deseo de Mary.

—¡Oh, no! —dijo Charles Musgrove.

—No, no —agregó Louisa con mayor energía y, llevándose a su hermana a un rinconcito apartado, pareció discutir airadamente con ella sobre el asunto.

Charles, por su parte, deseaba visitar a su tía, ya que el destino los había llevado tan cerca. Era asimismo evidente que, presa del temor, trataba de inducir a su esposa a que los acompañara. Sin embargo, en este punto la dama mostraba una gran tenacidad, de manera que cuando se le sugirió la idea de descansar un cuarto de hora en Winthrop, ya que estaba agotada, respondió:

—¡Oh, no, ni hablar! —exclamó segura de que el descenso de aquella colina le ocasionaría una molestia que no compensaría ningún descanso en aquel lugar. En pocas palabras, sus ademanes y sus modos atestiguaban que no tenía ni la más remota intención de ir hasta allí.

Después de una serie de debates y consultas, convinieron con Charles y sus dos hermanas que él y Henrietta bajarían unos minutos para ver a su tía, mientras el resto del grupo aguardaría en lo alto de la colina. Louisa parecía la principal organizadora del plan y conforme bajaba unos cuantos pasos por la colina hablando con Henrietta, Mary aprovechó la oportunidad para mirarla, entre desdeñosa y burlona, y decirle al capitán Wentworth:

—No es muy agradable tener semejante parentela. Pero le aseguro a usted que solo he estado en esa casa dos veces en mi vida.

No recibió más respuesta que una artificial sonrisa de asentimiento, seguida de una mirada huraña, al tiempo que le volvía la espalda. Anne conocía demasiado bien lo que significaban esos gestos. El borde de la colina donde permanecieron era un rincón precioso. Louisa regresó y Mary, tras haber encontrado un lugar confortable para sentarse en el umbral de un pórtico, se sentía extremadamente satisfecha de verse rodeada de los demás. Sin embargo, Louisa se llevó consigo al capitán Wentworth con el fin de buscar unas nueces que crecían junto a una valla. Cuando hubieron desaparecido de su vista, Mary dejó de sentirse contenta y empezó a enfadarse hasta con el asiento que ocupaba diciendo que seguramente Louisa habría encontrado uno mejor en alguna otra parte. Se acercó hasta la entrada del sendero, pero no logró verlos por ninguna parte. Anne había encontrado un buen asiento para ella, en un banco soleado, detrás de la cerca en donde estaba segura de que se encontraban los otros dos. Mary volvió a sentarse, pero su tranquilidad duró poco. Tenía la certeza de que Louisa había encontrado un buen asiento en alguna otra parte y ella debía compartirlo.

Anne, que se sentía realmente cansada, se alegró de sentarse y pronto oyó al capitán Wentworth y a Louisa caminando detrás de la valla, en busca del camino de vuelta entre el áspero y silvestre sendero central. Venían hablando. La voz de Louisa era la más clara. Parecía estar enfrascada en un acalorado discurso. Lo primero que Anne pudo oír fue:

—Y por esto le hice ir. No podía soportar la idea de que se asustase de la visita por una tontería semejante. ¿Es que acaso yo habría dejado de hacer algo que he deseado hacer y que creo justo por los aires y las intervenciones de una persona así o de cualquiera otra? No, desde luego que no es tan fácil hacerme cambiar de parecer. Cuando deseo hacer algo, simplemente lo hago. Henrietta estaba decidida a ir hoy a Winthrop, pero lo habría abandonado todo por una sumisión sin sentido.

—¿Entonces habría vuelto de no haber sido por usted?

—Así es. Casi me avergüenza decirlo.

—¡Es una suerte para ella tener un criterio como el de usted tan cerca! Después de lo que me ha dicho y de lo que yo mismo he observado la última vez que lo vi, no me cabe ninguna duda de lo que está ocurriendo. Me doy cuenta de que no era solo una visita de cortesía a su tía. Les aguarda un gran dolor a ambos cuando se trate de asuntos importantes para ellos que requieran una mente fría y fortaleza de carácter si ella no tiene ahora mismo determinación para imponerse en una niñería como esta. Su hermana es una criatura encantadora, pero veo que es usted quien posee un carácter decidido y firme. Si aprecia la felicidad de ella, procure infundirle su espíritu. Esto es sin duda lo que está haciendo ahora. Lo peor de un carácter indeciso y débil es que jamás se puede contar del todo con él. Jamás podemos tener la certidumbre de que una buena impresión sea duradera. Cualquiera puede cambiarla. Dejemos que sean felices quienes son firmes. ¡Aquí hay una nuez! —exclamó entonces recogiendo una de una rama alta—. Tomemos este ejemplo. Esta es una hermosa nuez que, dotada de fuerza original, ha sobrevivido a todas las inclemencias del otoño. No tiene un punto ni un rincón débil. Esta nuez —prosiguió con una juguetona solemnidad—, mientras muchas de las de su familia han caído y han sido pisoteadas, sigue siendo la poseedora de toda la felicidad que puede poseer una nuez. —Luego, retomando su tono habitual, continuó—: Mi mayor deseo para todas aquellas personas que me interesan es que sean firmes. Si Louisa Musgrove desea ser feliz en el otoño de su vida, deberá conservar y emplear toda la fuerza de su mente.

Al terminar su breve discurso solo le respondió el silencio. Habría sido una sorpresa para Anne que Louisa hubiera podido contestar de inmediato a esta disertación.

¡Qué palabras tan interesantes y dichas con tanto calor! Podía imaginar lo que sentía Louisa. En cuanto a ella, no quería moverse por miedo a ser vista. Una gruesa rama la ocultó y ellos pasaron sin advertir su presencia. No obstante, antes de desaparecer volvió a oír la voz de Louisa:

—Mary es muy buena en ciertos aspectos —dijo—, pero a veces me enfada con su estupidez y su orgullo. Es el orgullo de los Elliot. Tiene demasiado del orgullo de los Elliot. Habríamos preferido que Charles se casase con Anne. ¿Sabía que era ella a quien pretendía?

Después de una pausa, el capitán Wentworth preguntó:

—¿Quiere decir que ella lo rechazó?

—Eso mismo.

—¿Cuándo ocurrió eso?

—No podría decírselo con exactitud, porque en esa época Henrietta y yo estábamos en el colegio. Creo que fue un año antes de que se casara con Mary. Habría deseado que Anne aceptara. A todos nos gustaba ella muchísimo más, y papá y mamá siempre han creído que todo fue obra de su gran amiga lady Russell. Ellos creen que Charles no era lo bastante cultivado como para conquistar a lady Russell y que, por lo tanto, ella persuadió a Anne de rechazarlo.

Las voces se alejaban y Anne no pudo oír más. Sus propias emociones la mantuvieron quieta. El destino fatal de quien escucha no podía aplicársele enteramente. Había oído hablar de ella misma y, aunque no había oído nada malo, aquellas palabras eran de una dolorosa importancia. Supo entonces cómo consideraba su propio carácter el capitán Wentworth. Y el sentimiento y la curiosidad intuidos en las palabras de él la agitaban en grado sumo.

Fue a reunirse con Mary en cuanto pudo y ambas se dirigieron a su primitivo puesto. No obstante, solo sintió un gran alivio cuando todos se encontraron de nuevo reunidos y el grupo reanudó marcha. Su estado de ánimo requería la soledad y el silencio que pueden hallarse en un grupo numeroso de personas.

Como cabía esperar, Charles y Henrietta volvieron acompañados por Charles Hayter. Anne no podía entender los detalles de todo este asunto. Ni siquiera el capitán Wentworth parecía estar del todo enterado. No obstante, saltaba a la vista cierto retraimiento de parte del caballero, un poco de enternecimiento de parte de la dama y también que ambos se alegraban de verse nuevamente. Henrietta parecía un poco avergonzada, pero su felicidad era evidente. En cuanto a Charles Hayter, se le notaba demasiado feliz y ambos se dedicaron el uno a la otra casi desde los primeros pasos del regreso a Uppercross.

Todo parecía indicar que Louisa era la candidata para el capitán Wentworth. De hecho, jamás había sido nada tan evidente. Si eran necesarias o no nuevas divisiones del grupo, eso era algo que no podía decirse, pero lo cierto es que ambos caminaron juntos casi tanto tiempo como la otra pareja. Al llegar a una extensa pradera donde había espacio para todos se dividieron en tres grupos distintos. Anne necesariamente pertenecía a aquel de los tres que mostraba menos animación y satisfacción. Se había unido a Charles y a Mary, que estaba tan cansada que incluso aceptó el otro brazo de Charles. Sin embargo, Charles, pese a encontrarse de buen humor con ella, parecía enfadado con su esposa. Mary se había mostrado desobediente y ahora debía sufrir las consecuencias, que no eran sino el abandono que hacía del brazo de ella a cada momento para cortar con su bastón algunas ortigas que sobresalían aquí y allá en el borde del vallado. Mary comenzó a quejarse como era su costumbre, arguyendo que estar situada junto a la orilla hacía que la molestasen a cada instante, mientras que Anne marchaba por el lado opuesto sin que la incomodasen. Él respondió a esto dejando el brazo de ambas y emprendiendo la persecución de una comadreja que vio por casualidad. Fue entonces cuando casi llegaron a perderlo totalmente de vista.

La larga pradera estaba bordeada por un sendero, cuya curva final debían cruzar. Cuando todo el grupo hubo llegado al pórtico de salida, un coche que habían oído marchar en la distancia durante mucho tiempo llegó hasta ellos y resultó ser el cabriolé del almirante Croft. Él y su esposa acababan de dar su paseo proyectado y regresaban a casa. Tras enterarse de la larga caminata hecha por los jóvenes, brindaron amablemente un asiento a cualquiera de las señoras que se encontrara particularmente cansada y así le evitarían andar casi dos kilómetros. Además, tenían intención de cruzar Uppercross. La invitación fue general, pero todas la rechazaron. Las señoritas Musgrove no se sentían en absoluto fatigadas. En cuanto a Mary, o bien se sintió ofendida de que no le hubiesen preguntado primero, o bien el orgullo de los Elliot se solivantó ante la idea de hacer de tercero en la silla de un pequeño cabriolé.

El grupo ya había cruzado el sendero y subía por la pendiente opuesta y el almirante había puesto en movimiento su caballo cuando el capitán Wentworth se acercó a decirle algo a su hermana. Qué era pudo adivinarse por el efecto causado.

—Señorita Elliot, seguro que está cansada —dijo la señora Croft—. Permítanos el placer de llevarla a casa. Hay espacio de sobra para tres, puedo asegurárselo. Si todos tuviéramos sus proporciones diría que hay sitio incluso para cuatro. Debe venir con nosotros.

Anne aún estaba en el sendero y, aunque quiso negarse instintivamente, no le permitieron proseguir. El almirante acudió en ayuda de su esposa y fue imposible rechazar a ambos. Se apretujaron cuanto les fue posible para dejarle espacio y el capitán Wentworth le ayudó a montar en carruaje sin decir una sola palabra.

Sí, lo había hecho. Se encontraba sentada en el coche y él la había colocado allí. Su voluntad y sus manos lo habían hecho. Esto se debía a la percepción que él tuvo de su fatiga y a su deseo de proporcionarle descanso. Se sintió muy afectada al comprobar la disposición de ánimo que albergaba con respecto a ella y que ponía de manifiesto todos estos detalles. Esta pequeña circunstancia parecía el corolario de cuanto había ocurrido antes. Ella lo entendía. No podía perdonarla, pero no podía ser cruel con ella. Pese a condenarla en el pasado y recordarlo con justo y gran resentimiento, pese a no importarle nada de ella y comenzar a interesarse por otra, no podía verla sufrir sin experimentar el deseo inmediato de proporcionarle alivio. Era el rescoldo de los antiguos sentimientos, un impulso de amistad pura e inconsciente, una simple prueba de su corazón afable y cariñoso, y ella no podía contemplar todo esto sin abrigar unos sentimientos confusos, mezcla de placer y dolor, sin poder decir cuál de los dos prevalecía.

Sus respuestas a las deferencias y preguntas de sus compañeros fueron inconscientes al principio. Habían andado la mitad del duro sendero antes de que ella comprendiera de lo que estaban hablando. Hablaban de «Frederick».

—No cabe duda de que le interesa alguna de estas dos muchachas, Sophia —decía el almirante—; pero ni él mismo sabe cuál de las dos. Ya las ha cortejado lo bastante como para saber por cuál decantarse. Ay, esta indecisión se debe a la paz. Si hubiera guerra, ya habría escogido hace tiempo. Los marinos, señorita Elliot, no podemos permitirnos el lujo de hacer un cortejo largo en tiempos de guerra. Querida, ¿cuántos días pasaron entre la primera vez que te vi y el día en que nos sentamos juntos en nuestras propiedades de North Yarmouth?

—Mejor no hablar de ello, querido —dijo suavemente la señora Croft—, porque si la señorita Elliot oyese lo rápidamente llegamos a entendernos, no podría comprender que hayamos sido tan felices juntos. De todos modos te conocía de oídas desde mucho antes.

—Y yo había oído hablar de ti como de una muchacha muy guapa. Por otra parte, ¿a qué teníamos que esperar? No soy de los que espera mucho por nada. Desearía que Frederick se diese prisa y nos trajese a casa una de estas damitas de Kellynch. Allí siempre habrá compañía para ellas. Y la verdad es que son muy agradables, aunque apenas distingo a una de la otra.

—Son muchachas sinceras y tienen realmente un buen carácter—dijo la señora Croft en un tono de tranquilo elogio, con algo en la forma de hablar que hizo pensar a Anne que no consideraba a ninguna de las dos hermanas dignas de casarse con su hermano— y de una familia muy respetable. No podría encontrarse mejores parientes… ¡Mi querido almirante, ese poste! ¡Nos vamos a estrellar con ese poste!

Sin embargo, evitó el peligro empuñando ella misma las riendas. Más adelante esquivó un surco y caer bajo las ruedas de un coche grande. Anne, ligeramente divertida por la manera de conducir de ambos, unidos sobre las riendas, lo que también podía ser un símbolo de su unión en otros aspectos, llegó sana y salva a su casa.

# CAPÍTULO 11

Se acercaba el momento de que regresase lady Russell. Ya estaba fijado el día. Anne deseaba unirse a ella tan pronto como volviese para establecerse y pensaba en su próxima partida de Kellynch, preguntándose si su paz se vería amenazada por ello.

Estaría en la misma villa que el capitán Wentworth, a solo un kilómetro y medio de distancia. Frecuentarían la misma iglesia y, sin lugar a duda, se establecerían relaciones entre las dos familias. Eso iba en contra de ella. Sin embargo, por otra parte, él pasaba tanto tiempo en Uppercross que marcharse de allí era más bien como si lo dejara en vez de acercársele como en verdad ocurría. Por otra parte, por lo que a ella concernía, no podía evitar pensar que salía ganando al cambiar la compañía de Mary por la de lady Russell.

Habría deseado no ver para nada al capitán Wentworth, especialmente en las habitaciones del Hall, que estaban tan llenas de dolorosos recuerdos para ella, ya que eran las de sus primeros encuentros. Pero le preocupaba más incluso el posible encuentro del capitán Wentworth con lady Russell. No se caían bien y un reencuentro no podría traer nada bueno. Por otra parte, en caso de verlos juntos a los dos, lady Russell iba a ver que él tenía gran dominio de sí mismo y ella muy poco.

Estas cavilaciones la ocupaban mientras preparaba su despedida de Uppercross, donde creía haber estado ya el tiempo suficiente. Los cuidados que había prodigado al pequeño Charles llenarían el recuerdo de esos dos meses con cierta dulzura. Había sido necesaria y útil. Sin embargo, el pequeño recobraba fuerzas por días y ya nada justificaba su permanencia allí.

No obstante, el final de su visita fue distinto de todo lo previsto por ella. Tras dos días de ausencia de Uppercross, el capitán Wentworth apareció relatando los motivos que lo habían alejado. Una carta de su amigo el capitán Harville, que por fin había llegado a su poder, informaba de sus proyectos de establecerse con su familia durante el invierno en Lyme. Así pues, el capitán y sus amigos habían estado sin saberlo a escasos treinta kilómetros el uno del otro. El capitán Harville nunca había recobrado enteramente su salud después de una grave herida recibida dos años antes, y la ansiedad que el capitán Wentworth sentía por ver a su amigo lo hicieron dirigirse de inmediato a Lyme. Estuvo allí veinticuatro horas. Sus excusas fueron aceptadas sin problemas y su amistad muy encomiada. Su amigo despertó gran interés y, por último, la descripción de las bellezas de Lyme llamó tanto la atención de los miembros reunidos que la consecuencia inmediata fue un proyecto para ir de excursión a ese lugar.

Los jóvenes estaban como locos por conocer Lyme. El capitán Wentworth hablaba de volver. Lyme distaba solo veintisiete kilómetros de Uppercross y, pese a estar en el mes de noviembre, el tiempo no era en absoluto malo. Además, Louisa, que era la más ansiosa de todos, tras haber decidido que iría, las insinuaciones de sus padres para aplazar la excursión hasta el siguiente verano no lograron quebrantar su propósito. Así pues, todos debían ir a Lyme: Charles, Mary, Anne, Henrietta, Louisa y el capitán Wentworth.

La idea al principio fue salir por la mañana y volver por la noche, y así habría sido de no intervenir el señor Musgrove, que pensaba en sus caballos. Por otra parte, pensándolo bien, en noviembre un solo día no iba a dejar mucho tiempo para conocer el lugar, sobre todo si se descontaban las siete horas que el mal estado de los caminos requería para ir y volver. Resolvieron entonces pasar la noche en Lyme y no regresar hasta el día siguiente a la hora de cenar. Esto fue considerado mucho mejor por todo el grupo. Así, pese a haberse reunido en la casa solariega bastante temprano a desayunar y a la puntualidad general, bastante después del mediodía los dos carruajes, el del señor Musgrove con las cuatro señoras, y el carricoche de Charles, que llevaba al capitán Wentworth, descendieron la larga colina en dirección a Lyme y enfilaron la tranquila calle del pueblo. Era evidente que no habrían tenido tiempo de recorrerla antes de que desapareciesen la luz y el calor del día.

Después de encontrar alojamiento y pedir la comida en una de las posadas, como es natural, lo que correspondía hacer era preguntar el camino del mar. Habían llegado a una altura demasiado avanzada del año para disfrutar de cualquier entretenimiento o variedad que Lyme pudiese proporcionar como lugar público. Las habitaciones estaban cerradas y los huéspedes retirados. Ya casi no quedaban más familias que las de los residentes y, como hay muy poco que ver en los edificios por sí mismos, lo único que podían admirar los visitantes era la notable disposición del pueblo, con su calle principal que se dirige directamente hacia el mar, el camino a Cobb, que rodea la pequeña y agradable bahía que en verano tiene la animación que le prestan las casetas de baños y la agradable compañía de la gente. Quedaba Cobb, con sus antiguas maravillas y las nuevas mejoras, con la hermosa línea de riscos que descuellan al este de la ciudad. Esto era lo que debían buscar los forasteros, nada más, y lo cierto es que un forastero debía ser muy raro si al ver los encantos de la población no desease conocerla mejor para descubrir nuevas bellezas, como los alrededores, esto es, Charmouth, con sus alturas y su limpia campiña, y, más aún, su suave bahía retirada detrás de unos negros peñascos con fragmentos de rocas bajas entre la arena, en donde podían sentarse tranquilamente a contemplar el flujo y reflujo de la marea.

Los habitantes de Uppercross pasaron por delante de las hospederías, en esa época del año desiertas y melancólicas. Al descender más, se encontraron a orillas del mar y, deteniéndose el tiempo necesario para admirarlo, continuaron su marcha a Cobb para cumplir con sus respectivos propósitos, tanto ellos como el capitán Wentworth. En una casita al pie de un viejo pilar, colocado allí desde tiempos inmemoriales, vivían los Harville. El capitán Wentworth se quedó para visitar a su amigo y los demás continuaron su marcha hacia Cobb, donde él se reuniría con ellos más tarde.

No estaban en modo alguno cansados de admirar y vagabundear. Ni siquiera Louisa creía lejos el tiempo en que se habían separado del capitán Wentworth cuando lo vieron regresar acompañado por tres amigos, bien conocidos ya por el grupo gracias a las descripciones del capitán. Eran los señores Harville y el capitán Benwick, que estaba pasando una temporada con ellos.

El capitán Benwick había sido primer teniente a bordo del *Laconia*. Al relato que había hecho sobre su carácter el capitán Wentworth, al cálido elogio que hizo de él, presentándolo como un joven y excelso oficial, a quien apreciaba muchísimo, le habían seguido pequeños detalles sobre su vida privada que contribuyeron a volverlo interesante a los ojos de las señoras. Había estado comprometido en matrimonio con la hermana del capitán Harville y por aquel entonces lloraba su pérdida. Durante un año o dos habían esperado una fortuna y una mejora de posición. La fortuna llegó, al ser su sueldo de teniente bastante elevado, y finalmente la promoción, pero Fanny Harville no vivió para verlo. Había fallecido el año anterior mientras él se encontraba en el mar. El capitán Wentworth creía imposible que un hombre pudiese amar más a una mujer de lo que amó el pobre Benwick a Fanny Harville, o que nadie hubiera quedado más profundamente afectado por la terrible realidad. El capitán Wentworth creía que este joven era de los que sufren intensamente, uniendo sentimientos muy profundos a modales tranquilos, serios y retirados, un decidido gusto por la lectura y una vida sedentaria. Para hacer aún más interesante la historia, su amistad con los Harville se había acrecentado a raíz del suceso que hacía imposible para siempre una alianza entre ambas familias y, en esos momentos, podía afirmarse que vivía enteramente en compañía del matrimonio. El capitán Harville había alquilado la casa durante medio año. Sus gustos, su salud y sus medios económicos no le permitían una residencia lujosa y, por otra parte, estaba a la orilla del mar.

El esplendor de la comarca y el aislamiento de Lyme en invierno parecían hechos a propósito para el estado de ánimo del capitán Benwick. La simpatía y la buena voluntad que todos sintieron hacia él fue grande.

«Sin embargo —pensó Anne mientras iban al encuentro del grupo— no creo que sufra más que yo. Sus perspectivas de felicidad no pueden haber terminado tan radicalmente. Es más joven que yo. Al menos es más joven de sentimientos en el caso de que no lo sea por edad. Es más joven por ser un hombre. Podrá rehacer su vida y ser feliz con alguna otra mujer».

Se encontraron y fueron presentados unos y otros. El capitán Harville era un hombre alto, moreno, de un rostro bondadoso y sensible. Cojeaba un poco y su falta de salud y sus facciones más duras le hacían parecer más mayor que el capitán Wentworth. El capitán Benwick parecía y era el más joven de los tres y, comparado con los otros dos, era un hombre bajito. Tenía un rostro agradable y semblante melancólico, tal como le correspondía, y evitaba la conversación.

El capitán Harville, aunque no igualaba los modales del capitán Wentworth, era un perfecto caballero, sin afectación, sincero y simpático. La señora Harville, algo menos pulida que su esposo, parecía igualmente bondadosa y nada podía ser más agradable que su deseo de considerar al grupo como amigos personales, ya que eran amigos del capitán Wentworth, ni nada más agradable que la manera de invitar a todos para que comiesen con ellos. La comida, que ya había sido encargada en la posada, fue finalmente aceptada como excusa, pero parecieron sentirse ofendidos por el hecho de que el capitán Wentworth hubiese llevado un grupo de amigos a Lyme sin considerar que debían, como cosa natural, comer con ellos.

Había en todo esto tanto afecto hacia el capitán Wentworth y un encanto tan atrayente en esta hospitalidad tan desusada, tan fuera del intercambio común de invitaciones y comidas por puro formulismo y aburrimiento, que Anne debió luchar contra la sensación de comprobar que ella no recibiría ningún beneficio del encuentro con gentes tan encantadoras. «Estos habrían sido mis amigos», era su doloroso pensamiento y tuvo que luchar con una gran depresión.

Al salir de Cobb, se dirigieron a la casa en compañía de los nuevos amigos y hallaron habitaciones tan pequeñas como solo aquellos que hacen invitaciones realmente de corazón podrían haber creído capaces de alojar a un grupo tan nutrido. La propia Anne se sintió sorprendida por un momento, pero pronto prevalecieron los sentimientos agradables que nacían al ver los acomodos y las pequeñas privaciones del capitán Harville para obtener el mayor espacio posible, para minimizar las deficiencias de los muebles y defender ventanas y puertas de los intensos temporales que vendrían. La variedad en el arreglo de los cuartos, donde los utensilios menos valiosos de uso habitual contrastaban con algunos objetos de maderas raras, excelentemente trabajados, y con algunos otros, curiosos y valiosos, procedentes de los distintos países que había visitado el capitán Harville, eran de lo más ameno para Anne. Todo revelaba su profesión, era el fruto de sus trabajos, la influencia de sus hábitos. Esto, en un marco de felicidad doméstica, le hacía sentir algo que en cierto modo podía compararse con el agradecimiento.

El capitán Harville no era buen lector, pero había hecho hueco para unos bonitos estantes que contenían los libros del capitán Benwick y los había adornado. Su cojera le impedía hacer demasiado ejercicio, pero su ingenuidad y su deseo de ser útil hacían que constantemente estuviese ocupado en algo. Engomaba, hacía trabajos de carpintería, barnizaba, construía juguetes para los niños, renovaba agujas y alfileres y remendaba en sus ratos perdidos, su red de pesca, que reposaba en un extremo de la estancia.

Cuando se fueron de la casa, Anne pensó que dejaba atrás una gran felicidad. Mientras caminaban juntas, Louisa tuvo explosiones de admiración y contento al referirse a la Marina —su cordial manera de ser, su camaradería, su sinceridad y su dignidad—, convencida de que eran los mejores y más cariñosos hombres de Inglaterra, que únicamente ellos sabían vivir y solamente ellos merecían respetos y ser amados.

Regresaron a vestirse para la cena y el plan había dado tan buenos frutos que nada estaba fuera de lugar pese a que «no era la estación», que «no era la época para recorrer Lyme», y que «no esperaban compañía», como decían los dueños de la posada.

En esos momentos se sintió Anne menos inclinada a la compañía del capitán Wentworth de lo que pudo imaginar en un principio. Sentarse a la misma mesa con él y el intercambio de cortesías propias de la ocasión, pues nunca fueron más allá de eso, carecían para ella de significado. Las noches eran demasiado oscuras para que las señoras se visitasen a horas que no fuesen las matinales, pero el capitán Harville había prometido una visita nocturna.

Llegó con su amigo, que era una persona más importante de lo que esperaban. Todos estuvieron de acuerdo en que el capitán Benwick parecía alterado por la presencia de tantos desconocidos. Volvió con ellos de nuevo, aunque su ánimo no parecía ser el adecuado a la alegría de aquella reunión.

Mientras los capitanes Wentworth y Harville hablaban en un extremo de la estancia y, recordando los viejos tiempos, narraban multitud de anécdotas para entretener a sus oyentes, Anne se sentó más bien lejos, con el capitán Benwick, y un impulso bondadoso de su naturaleza la obligó a trabar conversación con él. Benwick era tímido y tendía a ensimismarse, pero la encantadora dulzura del rostro de Anne y la amabilidad de sus modales pronto surtieron efecto, de modo que fue recompensada en su primer esfuerzo de aproximación. Al joven le gustaba mucho la lectura, sobre todo la poesía, y, además de la convicción de haberle proporcionado una velada agradable al hablar de temas por los cuales sus compañeros posiblemente no sentían ninguna inclinación, ella tenía la esperanza de serle útil en algunas observaciones, como el deber y la utilidad de luchar con las penas morales, tema que había surgido de forma natural durante su conversación. Era tímido, pero no reservado, y parecía contento de no tener que reprimir sus sentimientos. Habló sobre poesía, de la riqueza de la actual generación, e hizo una breve comparación entre los poetas de primera línea, procurando decidirse por *Marmion* o *La dama del lago*,[6] analizó el valor de *Giauor* y *La doncella de Abydos*.[7] Señaló además cómo debía pronunciarse *Giauor*, demostrando así estar íntimamente relacionado con los más tiernos poemas de ese poeta y las apasionadas descripciones de desesperado dolor en ese otro. Repetía con voz estremecida los versos que describían un corazón deshecho o un espíritu herido por la maldad. Se expresaba con tanta vehemencia que ella deseó que el joven no solo leyera poesía. Dijo ella que la desgracia de la poesía era que no pudiese ser gozada libremente por quienes de verdad

---

[6] Poemas de Walter Scott situados en Escocia y publicados en 1808 y 1810 respectivamente.
[7] Poemas de lord Byron publicados en 1813.

la disfrutaban y que los violentos sentimientos que permitían apreciarla eran los mismos que debían aconsejarnos la prudencia en su manejo.

Como el rostro de él no parecía afligido, sino, por el contrario, halagado por esta alusión, Anne se atrevió a seguir. Consciente del derecho que le otorgaba una mayor madurez mental, se animó a recomendarle que leyese más obras en prosa. Al preguntarle el joven qué clase de obras, ella sugirió algunas obras de nuestros mejores moralistas, algunas colecciones de nuestras cartas más bellas, algunas memorias de personas dignas golpeadas por el dolor, las cuales en ese momento le parecieron idóneas para elevar y fortificar el ánimo por medio de sus nobles preceptos y los ejemplos más vigorosos de perseverancia moral y religiosa.

El capitán Benwick atendía poniendo los cinco sentidos y parecía agradecer aquel interés, aunque manifestó con una sacudida de la cabeza y varios suspiros su escasa fe en la eficacia de semejantes lecturas para curar un dolor como el suyo. No obstante, tomó nota de los libros recomendados, prometiendo hacerse con ellos y leerlos.

Al finalizar la velada, Anne no pudo dejar de pensar con ironía en la idea de haber ido a Lyme a aconsejar paciencia y resignación a un joven a quien jamás había visto. Tampoco pudo dejar de pensar, reflexionando más seriamente, que al igual que algunos grandes moralistas y predicadores, ella había sido muy elocuente sobre un punto en el que su propia conducta dejaba un tanto que desear.

# CAPÍTULO 12

Anne y Henrietta, que fueron las primeras en levantarse al día siguiente, acordaron bajar a la playa antes del desayuno. Llegaron hasta el arenal y contemplaron el ir y venir de las olas, a las que la brisa del sudeste hacía lucir con toda la belleza que permitía una playa tan extensa. Alabaron la mañana, se alborozaron con el mar, gozaron de la fresca brisa y guardaron silencio hasta que Henrietta se puso a hablar de repente.

—¡Oh, sí! Estoy convencida de que, salvo raras excepciones, el aire de mar siempre es beneficioso. No cabe duda de que lo ha sido en gran medida para el doctor Shirley después de su enfermedad, que tuvo lugar hace un año en la primavera. Él dice que un mes en Lyme le ayuda más que todas las fórmulas de la botica y que el mar lo hace sentirse rejuvenecido. Creo que es una lástima que no viva junto al mar. Yo creo que debería dejar Uppercross para siempre y fijar su residencia en Lyme. ¿No le parece, Anne? ¿No cree, como yo, que sería lo mejor que podrían hacer tanto él como la señora Shirley? Él tiene primos aquí y muchos conocidos que harían la estancia de ella muy animada. Estoy segura de que a ella le gustaría vivir en un lugar donde puede tener a mano los cuidados médicos en caso enfermar de nuevo. Lo cierto es que creo que es muy triste que personas tan excelentes como el doctor y su esposa, que han pasado toda su vida haciendo el bien, pasen sus últimos días en un lugar como Uppercross, donde, aparte de nuestra familia, están alejados del mundo. Me gustaría que sus amigos le propusieran esto al doctor..., en realidad creo que deberían hacerlo. En cuanto a obtener una licencia para ejercer, no creo que hubiese dificultad, dados su edad y su carácter. Mi única duda es que algo pueda disuadirlo de abandonar su parroquia. ¡Es tan severo y escrupuloso! En realidad es demasiado escrupuloso. ¿No piensa lo mismo, Anne? ¿No cree que sea un error que un clérigo sacrifique su salud por deberes que podrían ser cumplidos de igual modo por otra persona? Por otra parte, estando en Lyme a una distancia de veintisiete millas, podría recibir inmediatamente noticias si sucede cualquier cosa.

Anne sonrió más de una vez para sí misma al oír estas palabras, interesándose por el tema y tratando de ayudar a la joven como lo había hecho antes con Benwick, aunque en este caso la ayuda careciese de importancia, pues ¿qué podía ofrecer que no fuese un asentimiento general? Dijo todo lo que le pareció razonable y propio al respecto. Estuvo de acuerdo en que el doctor Shirley necesitaba reposo. Comprendió lo deseable que era que recurriese a los servicios de algún joven activo y respetable como párroco. Fue incluso tan cortés que insinuó la ventaja de que dicho párroco estuviese casado.

—Me gustaría —dijo Henrietta, muy satisfecha por su compañera—, me gustaría que lady Russell viviese en Uppercross y fuese amiga del doctor Shirley. He oído decir que es una mujer que es capaz de influir fuertemente en todo el mundo. La considero una persona capaz de convencer a cualquiera. Le temo por su gran inteligencia, pero la respeto muchísimo y me gustaría tenerla como vecina en Uppercross.

A Anne le hizo gracia el reconocimiento de Henrietta y que el curso de los acontecimientos y de los nuevos intereses de la joven hubiesen puesto a su amiga en una situación favorable con un miembro de la familia Musgrove. No obstante, solo tuvo tiempo de para dar una respuesta vaga y desear que semejante mujer viviese en Uppercross antes de que la charla fuera interrumpida por la llegada de Louisa y el capitán Wentworth. Ellos también habían ido a pasear antes del desayuno, pero al recordar entonces Louisa que debía comprar algo en una tienda, los invitó a volver al pueblo. Todos se pusieron a su disposición.

Al llegar a la escalera por la que se bajaba hasta la playa se encontraron con un caballero que en ese momento se preparaba para bajar y que se retiró cortésmente para cederles el paso. Subieron y lo dejaron atrás. Sin embargo, al pasar, Anne observó sus ojos, que la miraron con cierta respetuosa admiración a la cual ella no fue insensible.

Tenía muy buen aspecto. Sus facciones regulares y bonitas habían recobrado la frescura de la juventud por obra del aire salutífero y sus ojos estaban muy animados. Era evidente que el caballero —pues su aspecto demostraba que lo era— la admiraba muchísimo. El capitán Wentworth la miró de una forma que probaba que había notado aquel hecho. Fue una mirada fugaz y brillante que parecía decir: «El hombre está prendado de ti, y yo mismo creo ver en este momento algo de la Anne Elliot de antaño». Después de acompañar a Louisa en su compra y pasear otro rato, regresaron a la posada. Al pasar Anne de su dormitorio al comedor, casi arrolló al mismo caballero de la playa, que salía en ese momento de una habitación contigua. En un principio ella había pensado que era un forastero como ellos, suponiendo además que un muchacho con buen aspecto que habían encontrado discutiendo en las dos posadas que recorrieron debía ser su criado. El hecho de que tanto el señor como el presunto criado guardasen luto parecía corroborar la idea. Era ahora un hecho que se alojaba en la misma posada que ellos. Pese a su brevedad, este segundo encuentro también demostró, por las miradas del caballero, que encontraba a Anne encantadora. Eso, sumado a la presteza y corrección de sus maneras al excusarse, probaba que se trataba de todo un caballero. Representaba unos treinta años y, aunque no puede decirse que fuese guapo, su persona era agradable sin lugar a duda. Anne comprendió que le gustaría saber de quién se trataba.

Acababan de terminar el almuerzo, cuando el ruido de un coche, el primero que habían oído desde su llegada a Lyme, atrajo a todos hacia la ventana.

—Ese es el coche de un caballero —comentó un huésped—. Es un cochecillo que venía desde el establo a la puerta principal. Alguien que se marcha seguramente. Lo conducía un criado vestido de luto.

La palabra «cochecillo» despertó la curiosidad de varios de los Musgrove, que en el acto desearon comparar aquel coche con el suyo. Las palabras «un criado de luto» atrajeron la atención de Anne. De este modo, los seis se vieron en la ventana justo en el momento en que el dueño del coche, entre los saludos y cortesías de la servidumbre, tomó su puesto para conducirlo.

—¡Vaya! —exclamó el capitán Wentworth y, mirando de reojo a Anne, agregó—: Es el hombre con quien nos hemos cruzado antes en la playa.

Las señoritas Musgrove convinieron en ello. Todos miraron el coche hasta que desapareció tras la colina y luego regresaron a la mesa. El mozo entró en la sala poco después.

—Si es usted tan amable —dijo el capitán Wentworth—, ¿podría decirnos quién es el caballero que acaba de marcharse?

—Sí, señor, es un tal señor Elliot, un caballero de gran fortuna. Llegó ayer procedente de Sidmouth. Es posible que hayan oído el coche mientras se encontraban cenando. Iba ahora hacia Crewherne, camino de Bath y Londres.

—¡Elliot! —exclamaron mirándose unos a otros y todos repitieron el nombre, antes de que este relato terminara, pese a la rapidez del mozo.

—¡Dios mío! —exclamó Mary—. ¡Este señor Elliot debe ser nuestro primo, sin duda! Charles, Anne, ¿no les parece? De luto, tal como debe estar. ¡Es increíble! ¡En la misma posada que nosotros! Anne, ¿este señor Elliot no es el heredero de nuestro padre? Haga el favor —dijo dirigiéndose al mozo—, ¿no ha oído a su criado decir si pertenecía a la familia Kellynch?

—No, señora; no ha mencionado ninguna familia en concreto. Pero el criado dijo que su amo era un caballero muy rico y que sería barón algún día.

—¡Eso es! —exclamó Mary extasiada—. Lo que he dicho. ¡Es el heredero de sir Walter Elliot! Ya sabía yo que llegaríamos a saberlo. De veras que es una circunstancia que los criados se encargarán de que se sepa por todas partes. ¡Anne, imagina qué asombroso! Me habría gustado mirarlo más detenidamente. Me habría gustado saber a tiempo quién era para poder ser presentados. ¡Es sin duda una lástima que no nos hayan presentado! ¿Les parece que tiene el aspecto de la familia Elliot? Me sorprende que no me hayan llamado la atención sus brazos. Pero ese capote que llevaba le ocultaba los brazos o, si no, estoy segura de que los hubiese visto. Y la librea también. Si el criado no hubiera estado de luto, lo habríamos reconocido por la librea.

—Teniendo en cuenta todas estas circunstancias —dijo el capitán Wentworth—, debemos creer que la Providencia ha sido la que ha impedido que fuésemos presentados a su primo.

Cuando finalmente pudo llamar la atención de Mary, Anne trató de convencerla con serenidad de que su padre y el señor Elliot no habían mantenido tan buenas relaciones durante muchos años como para hacer deseable una presentación.

Sentía al mismo tiempo la satisfacción de haber visto a su primo y de saber que el futuro dueño de Kellynch era sin duda un caballero y daba la impresión de poseer buen juicio. En ninguna circunstancia mencionaría que se había topado con él por segunda vez. A Dios gracias, Mary no había intentado acercársele en su primer encuentro, pero era indiscutible que no estaría conforme con su segundo encuentro, en el cual Anne había huido casi del pasillo, recibiendo sus excusas mientras que Mary no había tenido ocasión de estar cerca de él. Sí, aquella entrevista debía quedar en secreto.

—Naturalmente —dijo Mary—, tendrás que mencionar nuestro encuentro con el señor Elliot la próxima vez que escribas a Bath. Nuestro padre debe saberlo. Cuéntaselo todo.

Anne no respondió, pues se trataba de una circunstancia cuya comunicación no solo creía, sino que no debía mencionarse bajo ningún concepto. Sabía bien la ofensa que varios años atrás había recibido su padre. Sospechaba la parte que Elizabeth había tenido en esto. Por otra parte, la sola mención del señor Elliot siempre les causaba desagrado a ambos. Mary jamás se molestaba en escribir a Bath. La tarea de mantener una correspondencia insatisfactoria con Elizabeth recaía sobre Anne.

Hacía bastante rato que habían terminado de desayunar cuando se les unieron el capitán Harville, su esposa y el capitán Benwick, con quienes habían quedado en dar un último paseo por Lyme. Pensaban irse a Uppercross alrededor de la una, así que pasearían todos juntos al aire libre mientras llegaba la hora.

Anne vio que el capitán Benwick se le acercaba tan pronto como estuvieron en la calle. Su conversación de la velada anterior lo predisponía a buscar de nuevo la compañía de ella. Caminaron juntos cierto tiempo, conversando como la vez anterior de Walter Scott y de Lord Byron. Como en la anterior ocasión, al igual que muchos otros lectores, no fueron capaces de discernir exactamente los méritos de uno y otro hasta que un cambio en la disposición general del grupo condujo a Anne al lado del capitán Harville.

—Señorita Elliot —dijo este hablando en voz más bien baja—, ha hecho usted mucho bien logrando que este pobre muchacho converse tanto. Desearía que pudiese disfrutar de su compañía más a menudo. Estar siempre solo es nefasto para él, pero ¿qué podemos hacer nosotros? No podemos separarnos de él, por otra parte.

—Lo comprendo —dijo Anne—. Pero con el tiempo… Ya sabe usted bien cuánto influye el tiempo sobre cualquier aflicción… Y no debe olvidar, capitán Harville, que nuestro amigo hace poco tiempo que guarda luto… Creo que sucedió el último verano, ¿no es así?

—Eso es, en junio… —dijo él emitiendo un hondo suspiro.

—Y es posible que haga aún menos tiempo que él lo supo…

—Lo supo durante la primera semana de agosto, cuando volvió del Cabo, en el *Grappler*. Yo estaba en Plymouth y temía encontrarlo. Él envió cartas pero el *Grappler* debía ir a Portsmouth. Debieron llegarle allí las noticias, pero ¿quién se hubiera atrevido a decírselo cara a cara? Yo no. Habría preferido que me colgasen. Nadie hubiese podido hacerlo salvo ese hombre —dijo señalando al capitán Wentworth—. El *Laconia* había arribado a Plymouth la semana anterior y no iba a ser enviado a la mar nuevamente. Él había aprovechado la ocasión para descansar.

»Escribió pidiendo permiso, pero sin esperar la respuesta, cabalgó día y noche hasta Portsmouth, se precipitó en el *Grappler* y no abandonó al pobre joven desde ese momento durante una semana. ¡Ningún otro habría podido salvar al pobre James! Ya puede imaginar, señorita Elliot, cuánto lo estimamos por esto.

Anne parecía un poco confusa, y respondió según le permitieron sus sentimientos o, mejor dicho, lo que él podía soportar, ya que el asunto era tan doloroso para él que no pudo continuar con el mismo tema, de modo que cuando volvió a hablar, lo hizo refiriéndose a otra cosa.

Tras juzgar que su esposo habría caminado bastante cuando llegaran a casa, la señora Harville dirigió al grupo en lo que iba a ser su último paseo. Deberían acompañar al matrimonio hasta la puerta de su residencia para regresar después y preparar la marcha. Según calcularon, tenían el tiempo justo para hacer todo eso. Sin embargo, cuando llegaron cerca de Cobb todos sintieron el deseo de caminar por allí una vez más. Estaban tan dispuestos y Louisa mostró de pronto tanta determinación que pensaron que un cuarto de hora más no supondría una gran diferencia. Así pues, se separaron del capitán y de la señora Harville en su misma puerta con todo su pesar e intercambio de promesas e invitaciones que quepa imaginar. Entonces, acompañados por el capitán Benwick, que parecía querer estar con ellos hasta el último minuto, se encaminaron a despedirse verdaderamente de Cobb.

Anne se vio de nuevo junto al capitán Benwick. Los oscuros mares azules de Lord Byron volvían con el panorama, de manera que Anne prestó con su mejor voluntad al joven cuanta atención le fue posible, puesto que pronto esta se vio distraída en otro sentido.

Había demasiado viento para que la parte alta de Cobb resultase agradable a las señoras, así que acordaron descender a la parte baja y todos estuvieron felices de pasar rápida y calladamente bajo el escarpado risco, todos menos Louisa. A ella tuvo que ayudarla el capitán Wentworth a saltar allí. En todos los paseos que habían dado, él debió ayudarla a saltar los peldaños y la sensación era deliciosa para ella. La dureza del pavimento esta vez amenazaba con lastimar los pies de la joven y el capitán temía esto de algún modo. No obstante, la esperó mientras saltaba y todo salió a la perfección, tanto fue así que, para mostrar su alegría, ella trepó otra vez de inmediato para saltar de nuevo. Él la previno, pues temía que la sacudida resultase muy violenta, así que razonó y habló en vano. Ella sonrió y repuso: «Quiero hacerlo y lo haré». Él le tendió pues los brazos para recibirla, pero Louisa se adelantó la fracción de un segundo y cayó a plomo sobre el pavimento de la parte baja Cobb.

Aunque no hubiese heridas ni sangre visibles, sus ojos estaban cerrados, no se escuchaba su respiración y su semblante parecía el de un cadáver. ¡Con qué horror la contemplaron todos!

El capitán Wentworth, que la había levantado, se arrodilló con ella en brazos, mirándola con un rostro tan pálido como el de ella en su agonía silenciosa.

—¡Está muerta, está muerta! —gritó Mary abrazando a su esposo y contribuyendo con su propio miedo a mantenerlo inmóvil de espanto. Henrietta, desmayándose ante la idea de su hermana muerta, también habría caído al suelo de no impedirlo Anne y el capitán Benwick, que llegaron a tiempo de sostenerla.

—¿Es que nadie puede ayudarme? —fueron las primeras palabras del capitán Wentworth, dichas en tono desesperado y como si hubiera perdido toda su fuerza.

—¡Ayúdenlo! —gritó Anne—. ¡Por amor de Dios, ayúdenlo! —y agregó dirigiéndose a Benwick—: Yo puedo sostenerla. Déjeme y vaya con él. Frótenle las manos y los brazos. Aquí tengo sales, tómelas, tómelas.

El capitán Benwick obedeció y Charles, zafándose de su esposa, acudió al mismo tiempo. Entre todos levantaron a Louisa y se hizo todo lo que Anne indicó, pero en vano. El capitán Wentworth, apoyándose contra el muro, exclamaba en la más amarga consternación:

—¡Oh, Dios! ¡Su padre y su madre!

—¡Un médico! —dijo Anne.

Él escuchó la palabra y su ánimo pareció renacer de pronto, diciendo solamente:

—¡Un médico; eso es, un médico!

Se dispuso a partir, cuando Anne sugirió:

—¿No será mejor que vaya el capitán Benwick? Él sabe dónde encontrar uno.

Cualquiera capaz de pensar en aquellos momentos habría comprendido la ventaja de la idea e inmediatamente, pues todo esto estaba sucediendo vertiginosamente, el capitán Benwick hubo soltado en los brazos del hermano a la pobre figura desmadejada y corrió a la ciudad todo lo deprisa que pudo.

En cuanto a los que quedaron, apenas podría decirse de quienes conservaban sus sentidos quién sufría más, si el capitán Wentworth, Anne o Charles, que al ser realmente un hermano cariñoso sollozaba con amargura y solo podía apartar los ojos de sus dos hermanas para encontrarse con la desesperación histérica de su esposa, que le exigía un consuelo que no podía prestarle.

Anne, haciendo gala de toda su fuerza, celo e instintos para con Henrietta, aún trataba a intervalos de animar a los otros tranquilizando a Mary, animando a Charles y reconfortando al capitán Wentworth. Ambos parecían contar con ella para cualquier decisión.

—¡Anne!, ¡Anne! —clamaba Charles—, ¿qué debemos hacer luego? Por Dios, ¿qué debemos hacer?

Los ojos del capitán Wentworth también estaban vueltos hacia ella.

—¿No sería mejor llevarla a la posada? Sí, llevémosla con cuidado a la posada.

—Sí, eso es, a la posada —repitió el capitán Wentworth, un tanto aliviado y deseoso de hacer algo—. Yo la llevaré, Musgrove. Usted encárguese de los demás.

Para entonces el rumor del accidente había corrido entre los pescadores y barqueros de Cobb, de modo que muchos se habían acercado a brindar sus servicios o a disfrutar de la visión de una joven muerta o, mejor dicho, de dos jóvenes muertas, pues eso era lo que parecían ambas, lo cual por cierto era una cosa inusual, digna de ser vista y repetida después. Henrietta les fue confiada a quienes tenían mejor aspecto. La joven, pese a haber vuelto un poco en sí, aún era incapaz de caminar sin apoyo. Así pues, con Anne a su lado y Charles atendiendo a su esposa, se pusieron en marcha presas de sentimientos inenarrables por el mismo camino por el que hacía tan poco, ¡tan poco!, habían pasado con el corazón henchido de alegría.

No habían salido aún de Cobb, cuando los Harville se les unieron. Habían visto pasar corriendo al capitán Benwick con el semblante demudado y los había informado de todo mientras se dirigían al lugar. Pese a la conmoción, el capitán Harville mantenía su temple y su sentido común, lo cual desde luego era inapreciable en aquel momento. Una mirada cambiada entre él y su esposa resolvió lo que debía hacerse. La llevarían a su casa —todos debían ir— y allí aguardarían la llegada del médico. No querían oír excusas y fueron prontamente obedecidos. A Louisa la llevaron al piso de arriba siguiendo las indicaciones de la señora Harville, que le dejó su propia cama y le brindó su asistencia, medicamentos y sales, mientras su esposo proporcionaba calmantes a los demás.

Louisa había abierto los ojos una vez, pero volvió a cerrarlos. Parecía inconsciente del todo. No obstante, esta prueba vital había sido útil a su hermana. Henrietta, que era completamente incapaz de permanecer en la misma habitación que Louisa, entre el miedo y la esperanza, no podía recobrar sus sentidos. Por su parte, Mary pareció calmarse poco a poco.

El médico llegó antes de lo que creían. Todos sufrieron lo indecible mientras duró el examen, pero el doctor no perdió la esperanza. La cabeza había sufrido una seria contusión, pero las había visto más graves que no habían resultado fatales. No parecía en modo alguno descorazonado y hablaba con confianza.

Nadie se había atrevido a concebir un desenlace que no fuese desventurado, lo cual explica la profunda y silenciosa felicidad experimentada por todos tras darle las gracias al cielo.

El tono y la mirada con que el capitán Wentworth dijo: «¡A Dios gracias!», fueron algo que Anne jamás olvidaría. Tampoco habría de olvidar cuando, más tarde, con los brazos cruzados sobre la mesa, como abrumado por sus emociones, pareció tratar de calmarse mediante la oración y la reflexión.

Todos los miembros de Louisa estaban bien y solo la cabeza había recibido algún daño. Había llegado el momento de pensar qué convenía hacer para resolver la situación general planteada. Podían hablar y consultarse. Que Louisa debía quedarse allí, pese a la molestia que sentían todos de abusar de los Harville, era algo que no admitía réplica. Llevársela era imposible. Los Harville rechazaron todo escrúpulo y, en tanto les fue posible, toda gratitud. Habían preparado y arreglado todo antes de que nadie tuviese tiempo de pensar. El capitán Benwick les dejaría su habitación y conseguiría una cama en cualquier parte. Todo estaba arreglado. El único problema era que la casa no pudiese albergar a más gente. Sin embargo, «si se ponía a los niños en la habitación de la criada» o «se colgaba una cortina de alguna parte», podían alojarse allí dos a tres personas si es que deseaban quedarse. En cuanto a atender a la señorita Musgrove, no debía haber reparos en dejarla en las manos de la señora Harville, que era una enfermera experimentada, al igual que su criada, que la había acompañado a muchos sitios y estaba a su servicio desde hacía bastante tiempo. Entre las dos la atenderían día y noche. Todo esto fue dicho con una claridad y sinceridad irresistibles.

Charles, Henrietta y el capitán Wentworth consultaron algo entre ellos: Uppercross, que era necesario que alguien fuese a Uppercross… a dar las noticias…, la sorpresa de los señores Musgrove conforme pasaba el tiempo sin verlos llegar…, haber tenido que marcharse hacía ya una hora…, la imposibilidad de estar allí a una hora razonable… Al principio solamente podían exclamar, pero transcurridos unos minutos el capitán Wentworth dijo:

—Debemos decidirnos ahora mismo. Cada minuto es precioso. Alguien debe ir a Uppercross. Musgrove, usted o yo debemos ir.

Charles asintió, pero declaró que no deseaba ir. Quería molestar lo menos posible a los señores Harville, pero de ningún modo deseaba o podía abandonar a su hermana en semejante estado. Así lo había decidido. Por su parte, Henrietta declaró lo mismo. Sin embargo, muy pronto le hicieron cambiar de idea. ¡Era inútil que se quedase! ¡Ella, que había sido incapaz de permanecer en la habitación de Louisa o mirarla, con aflicciones que la convertían en un cero a la izquierda para cualquier ayuda eficaz! La obligaron a reconocer que no podía hacer nada bueno. Pese a ello, no quiso irse hasta que le recordaron a sus padres. Entonces consintió, pues estaba deseosa de volver a casa.

Todo estaba arreglado cuando Anne, volviendo en silencio del cuarto de Louisa, oyó lo que sigue, pues la puerta de la sala estaba abierta:

—Está decidido, Musgrove —decía el capitán Wentworth—, usted se quedará aquí y yo acompañaré a su hermana a casa. Como es natural, la señora Musgrove deseará volver junto a sus hijos. Basta una sola persona para ayudar a la señora Harville y, si Anne quiere quedarse, nadie es más capaz que ella en estas circunstancias.

Anne se detuvo un momento para sobreponerse de la emoción de oírse nombrar. Los demás asintieron calurosamente a la sugerencia del capitán y entonces fue cuando entró Anne.

—Usted se quedará, estoy seguro —exclamó él—, se quedará y la cuidará.

Se había girado hacia ella y le hablaba con una viveza y una gracia tales que parecían pertenecer al pasado. Anne se sonrojó hasta la raíz del cabello y él, recobrándose, se alejó. Ella manifestó de inmediato su voluntad de quedarse. Era lo que en realidad había pensado. Solo se necesitaba una cama en la habitación de Louisa si la señora Harville deseaba tomarse la molestia.

Una cosa más y todo quedaría arreglado. Lo más probable era que los señores Musgrove ya estuviesen alarmados por la tardanza y, dado que el tiempo que tardarían en llevarlos de vuelta los caballos de Uppercross sería demasiado largo, el capitán Wentworth y Charles Musgrove acordaron que sería mejor que el primero tomase un coche en la posada y dejase el carruaje y los caballos del señor Musgrove hasta la mañana siguiente, cuando además podría enviar noticias recientes sobre el estado de Louisa.

El capitán Wentworth se apresuró por su parte a disponerlo todo y las señoras pronto hicieron lo mismo. Sin embargo, cuando Mary conoció el plan, se terminó la paz. Se sentía terriblemente ultrajada ante la injusticia de querer enviarla de vuelta y dejar a Anne en el puesto que realmente le correspondía a ella. Anne, que no era familiar de Louisa mientras que ella era su hermana política y le correspondía el derecho de permanecer allí en el lugar que debía ser de Henrietta. ¿Por qué no iba a ser ella tan útil como Anne? ¡Tener que regresar a casa y, para colmo, sin Charles, sin su marido! ¡No, aquello era demasiado cruel! Poco después había dicho más de lo que su esposo podía soportar y, desde el momento en que él abandonó el plan inicial, nadie pudo insistir y el reemplazo de Anne por Mary se hizo inevitable.

Anne jamás había cedido de peor gana a los celos y los juicios erróneos de Mary, pero así debía hacerse. El capitán Benwick, acompañándola a ella y Charles a su hermana, partieron en dirección al pueblo. Mientras se alejaban, recordó por unos instantes las escenas que habían contemplado durante la mañana en esos mismos parajes. Allí había oído ella los proyectos de Henrietta para que el doctor Shirley dejase Uppercross. También allí había visto por primera vez ala señor Elliot. Todo eso desaparecía ahora para aquellos que se vieron envueltos en el accidente de Louisa.

El capitán Benwick se mostró muy atento con Anne y, unidos por las angustias sufridas durante el día, ella sentía cierta inclinación hacia él e incluso cierta satisfacción ante la idea de que tal vez fuese esta una ocasión de conocerse mejor.

El capitán Wentworth los esperaba junto con un coche para cuatro que se hallaba estacionado para mayor comodidad en la parte baja de la calle. Sin embargo, su sorpresa ante el cambio de una hermana por otra, el cambio de su fisonomía y el aire atónito de sus expresiones mortificaron a Anne o, mejor dicho, la convencieron de que ella solo tenía valor en aquello en lo que pudiese ser útil a Louisa.

Procuró parecer tranquila y ser justa. Sin los sentimientos de una Emma por su Henry[8] habría atendido a Louisa con una diligencia más allá de lo común, por afecto a él. Esperaba que no fuese injusto al suponer que ella abandonaba tan rápidamente los deberes para con su amiga.

Para entonces ya estaba montada en el coche. Las había ayudado a subir y se había sentado entre ellas. De esta manera y, en estas circunstancias, llena de sorpresa y emoción, Anne dejó Lyme. Cómo transcurriría el largo viaje y en qué disposición de ánimo estarían, era algo que ella no podía prever. Sin embargo, todo pareció natural. Él habló en todo momento con Henrietta, volviéndose hacia ella para atenderla o animarla. En general, su voz y sus modales parecían estudiadamente serenos. Evitar agitaciones a Henrietta parecía ser lo fundamental. Solo

---

[8] Hace referencia al poema *Henry and Emma* del poeta inglés Matthew Prior, publicado en 1709.

una vez, cuando ella comentó el desdichado paseo por Cobb y lamentó haber ido allí, él pareció dar rienda suelta a sus sentimientos:

—No diga nada, no hable de ello —exclamó—. ¡Oh, Dios mío, no debí haber dejado que siguiese su impulso en el fatal momento! ¡Debí cumplir con mi deber! ¡Pero se la veía tan ansiosa y resuelta! ¡Querida y adorable Louisa!

Anne se preguntó si no pensaría él que en muchas ocasiones más vale un carácter persuasivo que la firmeza de un carácter resuelto.

Viajaban a toda velocidad. Anne se sorprendió de ver tan pronto los mismos objetos y colinas que ella suponía más lejanos. La celeridad de la marcha y el temor al final del viaje hicieron parecer el camino mucho más corto que la víspera. No obstante, ya estaba bastante oscuro cuando llegaron a los alrededores de Uppercross. Habían guardado silencio durante un tiempo. Henrietta se había recostado en el asiento con un chal sobre el rostro y estuvo llorando hasta quedarse dormida. Cuando ascendían por la última colina, el capitán Wentworth le habló a Anne y dijo con voz recelosa:

—He estado pensando lo que nos conviene hacer. Ella no debe aparecer en el primer momento. No podría soportarlo. Yo creo que lo mejor es que se quede usted en el coche con ella mientras yo veo a los señores Musgrove. ¿Le parece una buena idea?

Anne asintió. Él pareció satisfecho y no dijo nada más. No obstante, el recuerdo de que le hubiera dirigido la palabra le hacía feliz. Era una demostración de amistad, una deferencia hacia su buen criterio y, por lo tanto, un gran placer. Pese a ser casi una despedida, el valor de la consulta no se desvanecía.

Cuando fueron comunicadas en Uppercross las inquietantes noticias, los padres estuvieron tan tranquilos como permitían las circunstancias y la hija se quedó satisfecha de encontrarse entre ellos, Wentworth anunció su decisión de regresar a Lyme en el mismo coche. Cuando los caballos hubieron descansado y estuvieron apacentados, se marchó.

# CAPÍTULO 13

El resto del tiempo que Anne tendría que pasar en Upper-cross, solamente dos días, los pasó en la casa solariega y le gustó sentirse útil allí, tanto haciendo compañía como ayudando a los preparativos para el futuro, los cuales no podían atender los señores Musgrove debido a la intranquilidad que sentían.

A la mañana siguiente recibieron muy temprano noticias de Lyme. Louisa seguía igual. No había aparecido síntoma grave alguno. Unas horas más tarde llegó Charles para dar noticias más detalladas. Estaba de bastante buen ánimo. No cabía esperar una recuperación rápida, pero su estado era todo lo bueno que permitía la gravedad del golpe. Hablando de los Harville, le parecía increíble la bondad de aquella gente, en especial los desvelos de la señora Harville como enfermera. La verdad es que no había dejado que Mary hiciese nada. Ella y él habían sido persuadidos para que volviesen a la posada a la mañana siguiente. Mary se había puesto histérica por la mañana. Cuando él partió, ella se disponía a salir de paseo con el capitán Benwick, pues suponía que le haría mucho bien. Charles casi se alegraba de que no hubiese vuelto a casa la víspera, pero lo cierto era que la señora Harville no dejaba hacer nada a nadie.

Charles pensaba volver a Lyme esa misma tarde y su padre tuvo la intención de acompañarlo durante un momento, pero las señoras no se lo permitieron. Solo aumentaría las molestias de los otros y se intranquilizaría aún más. Se propuso un plan mucho mejor, que al final se siguió. Se envió un coche a

Crewherne para que fuese a buscar a una persona que sería mucho más útil: la antigua niñera de la familia. Ella había educado a todos los niños hasta que el mimado y delicado Harry fue enviado al internado. En aquel entonces vivía en la desierta habitación de los pequeños, zurciendo calcetines, componiendo todas las abolladuras y arreglando los desperfectos que caían en sus manos. Como es natural, se sintió feliz de ir a ayudar y atender a su querida señorita Louisa. La señora Musgrove y Henrietta sintieron vagos deseos de enviar allí a Sarah, pero sin Anne aquello difícilmente podía resolverse.

Al día siguiente quedaron en deuda con Charles Hayter. Tomó como algo personal ir a Lyme y las noticias que trajo fueron aún más alentadoras. Los momentos en los que recuperaba el sentido parecían ser cada vez más frecuentes. Todas las noticias decían que el capitán Wentworth continuaba inamovible en Lyme.

Anne debía dejarlos al día siguiente y todos temían aquel acontecimiento. ¿Qué harían sin ella? Mal podían consolarse entre sí. Tanto dijeron en este sentido que Anne no tuvo más remedio que comunicar a todos su deseo secreto: que fuesen enseguida a Lyme. No le costó persuadirlos, así que decidieron irse a la mañana siguiente, alojarse en alguna posada y aguardar allí hasta que Louisa pudiese ser trasladada. Debían evitar cualquier molestia a las buenas personas que la cuidaban y al menos debían relevar a la señora Harville del cuidado de sus hijos. En líneas generales estuvieron tan contentos de la decisión que Anne se alegró de lo que había hecho y pensó que la mejor forma de pasar su última mañana en Uppercross era ayudando con los preparativos de ellos y enviándolos allí a una hora temprana, aunque la consecuencia inmediata fuese quedarse sola en la casa desierta.

¡Ella era la última, a excepción de los niños en el *cottage*, la última de todo el grupo que había animado y llenado ambas casas, dando a Uppercross su carácter alegre! ¡Qué gran cambio, sin lugar a duda, en tan pocos días!

Si Louisa se ponía bien, todo estaría bien de nuevo. Habría aún más felicidad que antes. No cabía duda, al menos para ella, de lo que seguiría a la recuperación. Unos pocos meses y la estancia, ahora desierta, habitada únicamente por su silencio, sería ocupada de nuevo por la alegría, la felicidad y el brillo del amor, por todo aquello que menos en común tenía con Anne Elliot.

Una hora sumida en estas cavilaciones durante un sombrío día de noviembre, con una llovizna que emborronaba los objetos que podían verse desde la ventana, bastó para hacer más que bienvenido el sonido del coche de lady Russell. Sin embargo, pese al deseo de irse, no pudo abandonar la casa solariega o decir adiós desde lejos al *cottage*, con su terraza oscura y poco atractiva, o mirar a través de los cristales empañados las humildes casas del pueblo, sin sentir pesadumbre en su corazón. Las escenas pasadas en Uppercross lo volvían un lugar precioso. Guardaba el recuerdo de muchos dolores, intensos una vez, pero acallados en ese momento y también ciertos momentos de sentimientos más dulces, atisbos de amistad y de reconciliación, que jamás volverían ni dejarían de ser un precioso recuerdo. Todo esto dejaba tras de sí…, todo menos el recuerdo.

Anne no había regresado a Kellynch desde que se marchó de casa de lady Russell en septiembre. No había sido necesario y había evitado las ocasiones que se le presentaron. Ahora iba a ocupar su lugar en los modernos y elegantes apartamentos, bajo los ojos de su señora.

Hubo cierta ansiedad mezclada con la alegría de lady Russell al volver a verla. Sabía quién había frecuentado Uppercross. Pero por suerte Anne había mejorado de aspecto y apariencia o eso imaginó la dama. Al recibir el testimonio de su admiración,

Anne la comparó en secreto con la de su primo y esperó ser bendecida con el milagro de una segunda primavera de juventud y belleza.

Durante la conversación comprendió que también había un cambio en su espíritu. Los asuntos que habían colmado su corazón cuando dejó Kellynch y que tanto había sentido parecían haberse aplacado entre los Musgrove, siendo ahora de interés secundario. Había descuidado incluso a su padre y hermana y a Bath. Lo más relevante parecía ser lo de Uppercross, de modo que cuando lady Russell volvió a sus antiguas esperanzas y temores y habló de su satisfacción de la casa de Camden Place, que había alquilado, y su satisfacción por el hecho de que la viuda Clay aún estuviese con ellos, Anne se avergonzó de cuánta importancia tenían para ella Lyme, Louisa Musgrove y todas las personas que había conocido en aquel pueblo. Le abochornó que fuese más interesante para ella la amistad de los Harville y del capitán Benwick que su propia casa paterna en Camden Place, o la intimidad de su hermana con la viuda Clay. Debía esforzarse para aparentar ante lady Russell una atención semejante en asuntos que, saltaba a la vista, deberían interesarle más.

Hubo cierta dificultad al principio cuando trataron otro asunto. Hablaban del accidente de Lyme. No hacía ni cinco minutos de la llegada de lady Russell el día anterior cuando le informaron en detalle de todo lo ocurrido, pero ella deseaba saber más, conocer las particularidades, lamentar la imprudencia y el fatal resultado. Como es natural, el nombre del capitán Wentworth fue mencionado por las dos. Anne tuvo conciencia de que no tenía ella la presencia de ánimo de lady Russell. No era capaz de pronunciar el nombre y mirar a la cara a lady Russell hasta no haber informado brevemente a la dama de lo que ella creía que existía entre el capitán y Louisa. Una vez que lo hubo dicho, pudo hablar con más serenidad.

Lady Russell solo podía escuchar y desear felicidad a ambos. Pero en su corazón sentía un placer rencoroso y despectivo al pensar que el hombre que a los veintitrés años parecía entender algo lo que valía Anne Elliot, estuviera entonces, ocho años después, encantado por una joven como Louisa Musgrove.

Los primeros tres o cuatro días pasaron sin sobresaltos, sin ningún suceso excepcional, salvo una o dos notas de Lyme enviadas a Anne, no sabía ella cómo, y que informaban satisfactoriamente sobre la salud de Louisa. Pero la tranquila pasividad de lady Russell no pudo continuar más tiempo y el ligero tono amenazante del pasado regresó en tono decidido:

—Debo ver a la señora Croft. Debo verla cuanto antes, Anne. ¿Te importaría acompañarme a visitar su casa? Será una prueba para nosotras dos.

Anne no se negó. Por el contrario, sus sentimientos fueron sinceros cuando dijo:

—Creo que será usted quien más sufra. Tus sentimientos son más difíciles de cambiar que los míos. Al estar en el vecindario, mis afectos se han endurecido.

Podrían haber dicho algo más sobre el asunto. Sin embargo, tenía tan buena opinión de los Croft y consideraba a su padre tan afortunado con sus inquilinos, creía tanto en el buen ejemplo que recibiría toda la parroquia, así como en las atenciones y en la ayuda que recibirían los pobres que, aunque acongojada y abochornada por la necesidad del reencuentro, no podía dejar de pensar que quienes se habían ido eran los que debían irse, y que lo cierto era que Kellynch había pasado a mejores manos. Esta convicción era sin lugar a duda dolorosa y muy dura, pero serviría para evitar el mismo dolor que experimentaría lady Russell al entrar una vez más en la casa y recorrer sus tan conocidas dependencias.

En esos momentos Anne no podría dejar de decirse a sí misma: «¡Estas habitaciones deberían ser nuestras! ¡Oh, cuánto han desmerecido con sus ocupantes! ¡Qué indignamente ocupadas están! ¡Que haya sido arrojada así una antigua familia! ¡Extraños en un lugar que no les corresponde!». Solamente dejaba de pensar así cuando recordaba a su madre y el lugar en el cual ella solía sentarse y presidir.

La señora. Croft siempre la había tratado con una amabilidad que le hacía sospechar una secreta simpatía. Esta vez, al recibirla en su casa, las atenciones fueron muy especiales.

El desgraciado accidente de Lyme se convirtió pronto el centro de toda la conversación. Por lo que sabían de la enferma estaba claro que las señoras hablaban de las noticias recibidas el día anterior. De este modo se supo que el capitán Wentworth había estado en Kellynch el último día —por primera vez desde que sucedió el accidente— y que había despachado desde allí a Anne la nota cuya procedencia ella no había podido explicarse. Después había regresado a Lyme, al parecer sin intenciones de volver a alejarse de allí. Había preguntado en concreto por Anne. Había hablado de los esfuerzos realizados por ella encomiándolos. Aquello fue hermoso y le causó más placer que cualquier otra cosa.

En cuanto a la catástrofe en sí misma, solamente era juzgada en un sentido por las tranquilas señoras, cuyos juicios únicamente debían darse sobre los hechos. Concordaban en que había sido el resultado de la irreflexión y la imprudencia. Las consecuencias habían sido alarmantes y asustaba pensar cuánto había sufrido ella y cuán fácil sería que continuara sufriendo del golpe después de curada. El almirante zanjó todo diciendo:

—¡Ay, en verdad que es un asunto feo! Esta sí que es una nueva forma de cortejar. ¡Un joven partiéndole la crisma a su pretendida! ¿No es así, señorita Elliot? ¡Esto sí que se llama romper una cabeza y vendarla luego!

Los modales del almirante Croft no eran del agrado de lady Russell, pero a Anne le encantaban. La bondad de su corazón y la sencillez de su carácter eran irresistibles.

—Sin duda esto debe de ser muy malo para usted —dijo de pronto, como despertando de un sueño—, venir y encontrarnos aquí. No lo había pensado antes, lo confieso, pero debe ser terrible... Vamos, no me sea ceremoniosa. Levántese y dese una vuelta por todas las habitaciones de la casa si así lo desea.

—En otra ocasión, señor. Muchas gracias, pero no ahora.

—Bien, pues cuando a usted le venga bien. Puede mirar cuanto guste. Ya encontrará nuestros paraguas colgando detrás de la puerta. Es un buen lugar, ¿a que sí? Bien —dijo recobrándose—, a usted no le parecerá que sea un buen lugar porque ustedes los guardaban siempre en el cuarto del criado. Eso es siempre así, según creo. La forma que tiene una persona de hacer las cosas puede ser tan buena como la de otra, pero cada cual quiere hacerlo a su manera. Ya juzgará usted por sí misma si es que al final se recorre la casa.

Anne, sintiendo que debía negarse, así lo hizo, pero dio las gracias.

—¡Hemos hecho pocos cambios, la verdad! —continuó el almirante, después de pensar un momento—. Muy pocos. Ya le informamos sobre el lavadero en Uppercross. Esta ha sido una gran mejora. ¡Lo que me sorprende es que una familia haya podido soportar tanto tiempo la manera tan incómoda en que se abría! Dígale a sir Walter lo que hemos hecho y que el señor Shepherd opina que es la mejora más acertada hecha hasta ahora. La verdad es que hago justicia al decir que los pocos cambios que hemos realizado han servido para mejorar el lugar. Mi esposa es quien ha dirigido todo. Yo bien poco he hecho, salvo quitar algunos grandes espejos de mi vestidor, que era el de su padre. Es un buen hombre y un verdadero caballero, cierto, pero... creo, señorita Elliot —comentó mientras miraba pensativamente—, creo que debe haber sido un hombre muy pendiente de su atuendo cuando era joven. ¡Qué cantidad de espejos! Dios mío, uno no podía huir de sí mismo. Por eso le pedí a Sophia que me ayudase y los sacamos de allí. Ahora estoy muy cómodo con mi espejito de afeitar en un rincón y otro gran espejo al que no me acerco jamás.

Anne, muy divertida a pesar suyo, rebuscó con cierta angustia una respuesta, y el almirante, temiendo no haber sido lo bastante amable, insistió en el mismo tema.

—La próxima vez que escriba usted a su padre, señorita Elliot, envíele mis saludos y los de la señora Croft. Dígale que estamos muy cómodos en esta casa y que no le hemos encontrado ni un solo defecto. La chimenea del comedor humea un poco, si le digo la verdad, pero solo cuando sopla fuerte el viento del norte, lo cual ocurre solo tres veces en invierno. En realidad, ahora que hemos estado en la mayoría de las casas del vecindario y podemos juzgar, ninguna nos gusta más que esta. Dígale eso y transmítale mis saludos. Quedará muy contento.

Por su parte, lady Russell y la señora Croft estaban encantadas la una con la otra. Sin embargo, la relación que entabló esta visita no pudo continuar mucho tiempo, pues cuando fue devuelta, los Croft anunciaron que se ausentarían unas cuantas semanas para visitar a sus parientes en el norte del condado, de modo que era probable que no estuvieran de regreso antes de que lady Russell partiera a Bath.

Se desvaneció así el peligro de que Anne se topase con el capitán Wentworth en Kellynch Hall o de verlo en compañía de su amiga. Todo resultaba seguro y sonrió al recordar los angustiosos sentimientos que le había inspirado semejante perspectiva.

# CAPÍTULO 14

Aunque Charles y Mary permanecieron en Lyme mucho tiempo tras la partida de los señores Musgrove, tanto que Anne llegó a pensar que serían allí necesarios, no obstante, fueron los primeros de la familia en regresar a Uppercross y, en cuanto les fue posible, se dirigieron a Lodge. Habían dejado a Louisa cuando ya comenzaba a levantarse para sentarse. Sin embargo, su mente, aunque clara, estaba extremadamente débil y sus nervios muy sensibles. Si bien podía decirse que iba bastante bien, aún era imposible decir cuándo estaría en condiciones de ser llevada a casa. El matrimonio, que debía estar a tiempo para recibir a los niños más pequeños durante las vacaciones de Navidad, apenas tenía esperanzas de llevarla con ellos.

Todos habían estado en posadas. La señora Musgrove había mantenido a los niños Harville tan apartados como le había sido posible. Todo cuanto pudo llevarse de Uppercross para facilitar la tarea de los Harville se lo había llevado y estos invitaban a comer a los Musgrove todos los días. En resumen, parecía haberse entablado una competición entre ambas partes por ver cuál era más desinteresada y hospitalaria.

Mary había superado sus males y en conjunto, según revelaba a las claras su larga ausencia, había hallado más diversiones que padecimientos. Charles Hayter había estado en Lyme más de lo que hubiese querido. Durante las cenas con los Harville solo había una doncella para atender y al principio la señora Harville siempre había dado preferencia a la señora Musgrove.

Sin embargo, luego había recibido unas excusas tan agradables al descubrir de quién era hija y se habían llevado a cabo tantas actividades todos los días, había habido tantas idas y venidas entre la posada y la casa de los Harville, y ella había tomado libros de la biblioteca y los había cambiado tan a menudo, que el balance final era favorable a Lyme en lo que a atenciones se refiere. Además, la habían llevado a Charmouth, en donde había tomado los baños y asistido a la iglesia, en la cual había muchos más fieles que mirar que en Lyme o Uppercross. Todo esto, unido a la sensación de sentirse útil, había contribuido a una estancia muy agradable.

Anne preguntó por el capitán Benwick. El rostro de Mary se ensombreció y Charles soltó una carcajada.

—Oh, el capitán Benwick está muy bien, al menos eso creo. Sin embargo, es un joven muy raro. No sé lo que es, de veras. Le pedimos que viniese a casa uno o dos días. Charles tenía intención de llevárselo de montería, él parecía encantado y yo, por mi parte, creía que todo había quedado arreglado. Entonces, fíjense, la noche del martes dio una excusa bastante pobre diciendo que «jamás cazaba», que «había sido malinterpretado» y que había prometido esto y aquello. Resumiendo, que no pensaba venir. Supuse que tendría miedo de aburrirse, pero lo cierto es que creo que en el *cottage* somos gente demasiado alegre para un hombre tan desesperado como el capitán Benwick.

Charles rio de nuevo y dijo:

—Vamos, Mary, ya sabes lo que sucedió en realidad. Fue por ti —dijo volviéndose a Anne—. Pensó que iba a encontrarse muy cerca de ti si aceptaba. Cree que todo el mundo vive en Uppercross, así que cuando descubrió que lady Russell vive cinco kilómetros más lejos le faltó el ánimo. No tuvo el valor de venir. Esto es lo que realmente pasó y Mary lo sabe.

Aquello no era muy del agrado de Mary, ya fuese por no considerar al capitán Benwick de bastante buena cuna como para enamorarse de una Elliot, ya fuese porque no podía convencerse de que Anne fuese una atracción mayor que ella misma en Uppercross. En todo caso, era difícil adivinarlo. No obstante, la buena voluntad de Anne no disminuyó por lo que oía. Consideró que la halagaban en exceso, de modo que continuó haciendo preguntas:

—¡Oh, habla de ti —exclamó Charles— de una manera…!

Mary lo interrumpió:

—Confieso, Charles, que jamás le he oído mencionar el nombre de Anne dos veces en todo el tiempo que estuve allí. Confieso, Anne, que jamás ha hablado de ti.

—No —admitió Charles—, sé que nunca lo ha hecho de manera concreta, pero en todo caso es obvio que te admira muchísimo. Su cabeza está llena de libros que lee por recomendación tuya y desea comentarlos contigo. Ha encontrado algo en alguno de estos libros que piensa… Oh, no es que pretenda recordarlo, era algo muy bueno… Oí que se lo decía a Henrietta y allí se mencionó muy elogiosamente a «la señorita Elliot». Declaro que ha sido así, Mary, y lo escuché mientras tú estabas en el otro cuarto. «Elegancia, suavidad y belleza». ¡Oh, los encantos de la señorita Elliot no tenían fin!

—Y en mi opinión —exclamó Mary vivamente— que esto le hace flaco favor si es que se lo ha hecho. La señorita Harville falleció en junio pasado. Esto demuestra demasiada ligereza. ¿No le parece, lady Russell? Estoy segura de que será de mi misma opinión.

—Debería ver al capitán Benwick antes de pronunciarme —contestó lady Russell con una sonrisa.

—Pues pronto tendrá usted ocasión, señora —dijo Charles—. Aunque no se animó a venir con nosotros, después de acercarse hasta aquí para hacer una visita formal, irá a Kellynch por propia iniciativa, puede tenerlo por seguro. Le enseñé el camino, le dije la distancia y le conté que la iglesia era digna de ser visitada. Como le gustan estas cosas, me pareció que sería una buena excusa y él me atendió con los cinco sentidos. Estoy seguro por su forma de comportarse de que lo verán ustedes aquí con buenos ojos. Así que ya lo sabe usted, lady Russell.

—Cualquier conocido de Anne siempre será bienvenido —fue la bondadosa respuesta de lady Russell.

—Oh, en cuanto a eso de ser un conocido de Anne —terció Mary—, yo creo más bien que es un conocido mío, porque últimamente lo he visto a diario.

—Bien, pues como conocido suyo, también tendré sumo placer en ver al capitán Benwick.

—No hallará nada particularmente grato en él, señora. Es uno de los jóvenes más insulsos que he conocido. Ha caminado a veces conmigo de un extremo al otro de la playa sin abrir el pico. No está muy bien educado que digamos. Puedo asegurarle que no le agradará.

—Pues discrepo contigo, Mary —dijo Anne—. Creo que lady Russell se llevará bien con él y estará tan encantada con su inteligencia que no encontrará defectos a sus modales.

—Eso mismo pienso yo —dijo Charles—. Estoy seguro de que a lady Russell le parecerá muy agradable y como hecho a propósito para que se lleve bien con él. Dadle un libro y se pasará todo el día leyendo.

—Eso sí es cierto —dijo Mary con aspereza—. Se sentará con un libro y no prestará atención cuando alguien le hable, o bien cuando a una se le caiga una tijera o ninguna otra cosa que pase a su alrededor. ¿Creen que a lady Russell le gustará esto?

Lady Russell no pudo menos que reír:

—Doy mi palabra de honor —dijo— de que jamás creí que mi opinión pudiese dar pie a tantas conjeturas con lo simple y llana que soy. Siento mucha curiosidad por conocer a la persona que despierta tantas diferencias. Desearía que lo invitaran a que venga. Y cuando lo haga, Mary, tenga por cierto que le daré mi opinión. Pero estoy decidida a no juzgar de antemano.

—No le gustará. Estoy convencida.

Lady Russell comenzó a hablar de otra cosa. Mary habló animadamente de lo extraordinario de encontrarse o no con el señor Elliot.

—Es un hombre a quien no deseo encontrarme —dijo lady Russell—. Me parece fatal su negativa a estar en buenos términos con el cabeza de su familia.

Esta frase calmó el ardor de Mary y la detuvo de golpe en medio de su defensa de los Elliot.

En cuanto al capitán Wentworth, aunque Anne no aventuró ninguna pregunta, bastaron las informaciones gratuitas. Su ánimo había mejorado mucho los últimos días, como bien cabía esperar. A medida que Louisa mejoraba, él también lo había hecho. Ahora era un hombre muy distinto al de la primera semana. No había visto a Louisa y temía que un encuentro dañase a la joven, motivo por el cual no había insistido en visitarla. Por el contrario, parecía tener planeado irse una semana o diez días hasta que la cabeza de la joven estuviese más fuerte. Había hablado de irse a Plymouth una semana y deseaba que el capitán Benwick lo acompañase. Sin embargo, según afirmó Charles hasta el final, el capitán Benwick parecía mucho más dispuesto a ir a Kellynch.

Tanto Anne como lady Russell se quedaron pensando en el capitán Benwick. Lady Russell no podía oír la campanilla de la puerta de entrada sin imaginar que sería un mensajero del joven. Por su parte, Anne no podía volver de algún solitario paseo por lo que había sido la propiedad de su padre o de cualquier visita de caridad en el pueblo sin preguntarse cuándo lo veía. Sin embargo, el capitán Benwick no llegaba. O bien estaba menos dispuesto de lo que Charles imaginaba o era demasiado tímido. Transcurrida una semana, lady Russell juzgó que era indigno de la atención que le habían dispensado en un principio.

Los Musgrove vinieron a esperar a sus hijos pequeños, que volvieron del colegio donde estaban internos acompañados de los niños Harville para aumentar el alboroto en Uppercross y reducirlo en Lyme. Henrietta se quedó con Louisa, pero el resto de la familia había regresado.

Lady Russell y Anne los visitaron inmediatamente y Anne encontró en Uppercross la animación de antes. Aunque faltaban Henrietta, Louisa, Charles Hayter y el capitán Wentworth, la habitación presentaba un fuerte contraste con la última vez que ella la había visto.

Alrededor de la señora Musgrove estaban los pequeños del *cottage*, venidos casi solo para entretenerlos. A un lado había una mesa ocupada por unas niñas charlatanas, que recortaban seda y papel dorado, en el otro había fuentes y bandejas dobladas por el peso de los pasteles fríos en donde alborotaban unos niños. Todo esto sucedía acompañado del crepitar de un fuego navideño que parecía dispuesto a hacerse oír pese a la algarabía de la gente. Como cabía esperar, Charles y Mary se presentaron. El señor Musgrove creyó su deber presentar sus respetos a lady Russell, de modo que se sentó junto a ella diez minutos, hablando en voz muy alta para imponerse al griterío de los niños que trepaban por sus rodillas, aunque se le oía poco pese a sus esfuerzos. Era una hermosa escena familiar.

Anne, juzgando según su propio temperamento, habría considerado aquel huracán doméstico un mal restaurador para los nervios de Louisa, que habían sido tan afectados. Sin embargo, la señora Musgrove, que se sentó junto a Anne para agradecerle cordialmente sus atenciones, terminó ponderando cuánto había sufrido ella y, tras echar una ojeada alrededor de la habitación, recalcó que después de lo sucedido nada podría ser mejor que la tranquila alegría del hogar.

Louisa se reponía con tranquilidad. Su madre pensaba que tal vez hasta fuese posible su vuelta a casa antes de que sus hermanos regresasen al colegio. Los Harville habían prometido ir con ella y permanecer en Uppercross.

El capitán Wentworth había ido a visitar a su hermano en Shropshire.

—Espero que en el futuro —dijo lady Russell cuando estuvieron sentadas en el coche para volver— no olvides ahorrarme las visitas a Uppercross en las fiestas de Navidad.

Cada uno tiene sus gustos particulares en cuanto a ruidos se refiere como en cualquier otra cosa. Los ruidos carecen de importancia o son molestos más por su categoría que por su intensidad. Lady Russell no se quejó cuando no mucho tiempo después entró en Bath durante una tarde lluviosa, yendo su coche desde el puente viejo hasta Camden Place por las calles llenas de coches y pesados carretones, entre los gritos de los anunciadores, vendedores y lecheros y el incesante golpeteo de zuecos. No, aquellos ruidos formaban parte de las diversiones invernales. El ánimo de la dama se alegraba bajo su influencia y, al igual que la señora Musgrove, aunque sin decirlo, le parecía que después de una temporada en el campo nada podía hacerle tanto bien como un poco de alegría.

Anne no sentía lo mismo. Ella seguía experimentando una silenciosa pero firme antipatía por Bath. Recibió la nebulosa vista de los grandes edificios, difuminados por la lluvia, sin el menor deseo de verlos mejor. Sintió que su marcha por las calles, pese a ser desagradable, era muy rápida, ya que, ¿a quién le alegraría su llegada? Recordaba con pena el bullicio de Uppercross y la reclusión de Kellynch.

La última carta de Elizabeth contenía noticias de cierto interés. El señor Elliot estaba en Bath. Había ido a Camden Place.

Había regresado una segunda vez, una tercera, y había sido muy atento. Si Elizabeth y su padre no se engañaban, se había preocupado tanto por buscar la relación como antes por descuidarla. Eso sería maravilloso en caso de ser verdad. Además, lady Russell se sentía en un estado de agradable curiosidad y perplejidad con respecto al señor Elliot. Por el sentimiento con el que había expresado ante Mary, casi parecía retractarse de haber hablado de él como de un hombre a quien «no deseaba ver». Sentía grandes deseos de verlo. Si realmente deseaba cumplir con su deber de buena rama, le sería perdonado su alejamiento del árbol familiar.

Anne no se sentía igualmente animada dadas las circunstancias, pero sí que le apetecía ver al señor Elliot, cosa que sin duda podía decir de muy pocas personas en Bath.

Se apeó en Camden Place y lady Russell se dirigió a su alojamiento situado en Rivers Street.

# CAPÍTULO 15

Sir Walter había alquilado una buena casa en Camden Place, en una zona elevada y digna, tal como merece un hombre igualmente digno y encumbrado. Él y Elizabeth se habían establecido allí completamente satisfechos.

Anne entró en la casa con el corazón desfallecido, anticipando una reclusión de varios meses y diciéndose ansiosamente a sí misma: «Oh, ¿cuándo volveré a dejarlos?». Sin embargo, una inesperada cordialidad a su llegada le hizo mucho bien. Su padre y su hermana se alegraron de verla por el placer de enseñarle la casa y el mobiliario, y salieron a su encuentro dando muestras de cariño. Además, era una ventaja que fuesen cuatro para las comidas.

La viuda Clay estaba muy amable y sonriente, pero sus cortesías y sus sonrisas eran solo eso: cortesía. Anne presintió que ella siempre haría lo que más le conviniera, mientras que la buena voluntad de los otros era sorprendente y genuina. Estaban de un excelente humor y pronto supo el motivo. No les interesaba escucharla. Después de algunos cumplidos sobre haber lamentado las antiguas vecindades, tuvieron pocas preguntas que hacer y la conversación quedó en sus manos. Uppercross no despertaba interés y Kellynch muy poco. Lo que más importaba era Bath.

Tuvieron el placer de asegurarle que Bath había superado todas sus expectativas en varios aspectos. Su casa era sin lugar a duda la mejor de Camden Place. Su salón tenía todas las ventajas posibles sobre los que habían visitado o conocían de oídas, y su superioridad también consistía en lo adecuado del mobiliario. Todos trataban de relacionarse con ellos. Todos deseaban visitarlos. Habían rechazado muchas presentaciones y, empero, vivían asediados por tarjetas que dejaban personas de quienes nada sabían.

¡Qué cantidad de motivos para regocijarse! ¿Podía dudar Anne de que su padre y su hermana eran dichosos? Podía verse que su padre no se sentía rebajado con el cambio. No lamentaba nada de los deberes y la dignidad de un terrateniente y hallaba satisfacción en la vanidad de una pequeña ciudad. Así pues, Anne debió aprobar, sonreír y maravillarse de que Elizabeth se paseara de una habitación a otra, ponderando su amplitud, y sorprenderse de que aquella mujer que había sido la dueña de Kellynch Hall se enorgulleciera del reducido espacio de aquellas cuatro paredes.

Pero además tenían otras cosas que los hacían felices. Tenían al señor Elliot. Anne tuvo que oír mucho sobre él. No solo lo habían perdonado, sino que estaban encantados con él. Había estado en Bath hacía unos quince días —había pasado por Bath cuando se dirigía a Londres y sir Walter, pese a que solo estuvo veinticuatro horas, se había puesto en contacto con él—, pero en esta ocasión había pasado unos quince días en Bath y lo primero que hizo fue dejar su tarjeta en Camden Place. Le siguieron los mayores esfuerzos por renovar la relación y cuando se vieron su conducta fue tan sincera, tan dispuesta a excusarse por el pasado, tan deseosa de renovar la relación, que en su primera reunión se reanudó completamente el trato.

No hallaban ningún defecto en él. Había explicado todo lo que había parecido desinterés de su parte. Había borrado toda aprehensión de inmediato. Nunca había tenido la intención de tomarse muchas confianzas. Como temía haberlo hecho, aunque sin saber el motivo, la delicadeza le había hecho guardar silencio. Estaba indignado ante la sospecha de haber hablado irrespetuosa o ligeramente de la familia o de su honor. ¡Él, que siempre se había preciado de ser un Elliot y cuyas ideas, en lo tocante a la familia, eran demasiado estrictas para el democrático tono de los tiempos que corrían! Sin duda estaba asombrado. Pero su carácter y su comportamiento refutarían semejante sospecha. Pudo decirle a sir Walter que indagase entre la gente que lo conocía y, en verdad, el trabajo que se tomó durante la primera oportunidad de reconciliación para ser situado en el lugar de pariente y futuro heredero fue prueba suficiente acerca de sus opiniones al respecto.

Las circunstancias de su matrimonio también podían disculparse. Este tema no debía ser expuesto por él, pero un íntimo amigo suyo, el coronel Wallis, hombre muy respetable que daba el tipo del caballero (y no mal parecido, añadió sir Walter), que vivía muy cómodamente en las casas de Marlborough y que, por propia petición, había trabado conocimiento con ellos por intermedio del señor Elliot, fue quien mencionó una o dos cosas sobre el matrimonio que contribuyeron a menguar el desprestigio.

El coronel Wallis conocía al señor Elliot hacía mucho tiempo. Había conocido muy bien a su esposa y comprendió a la perfección el problema. No era una mujer de buena familia, pero estaba bien educada, era culta, rica y se enamoró perdidamente de su amigo. Allí radicaba el encanto. Ella lo había buscado. Sin aquella condición no habría bastado todo su dinero para tentar a Elliot. Además, sir Walter estaba convencido de que ella había sido una mujer muy honrada. Todo esto hizo atractivo el matrimonio. Una mujer muy buena, de gran fortuna y enamorada de él. Sir Walter admitía todo aquello como una excusa en forma. En cambio, Elizabeth no podía ver aquel asunto bajo una luz tan favorable, pero se vio obligada a admitir que todo era muy razonable.

El señor Elliot había hecho frecuentes visitas, había cenado una vez con ellos y se había mostrado encantado de recibir la invitación, ya que ellos no solían dar cenas. En pocas palabras, estaba encantado de cualquier muestra de afecto familiar y hacía depender su felicidad de estar íntimamente ligado con la casa de Camden.

Anne escuchaba, pero no entendía. Había que poner muy buena voluntad a las opiniones de los que hablaban. Ella mejoraba todo lo que oía. Lo que parecía extravagante o irracional en el progreso de la reconciliación podía tener su origen solo en el modo de hablar de los narradores. Sin embargo, tenía la sensación de que había algo más de lo que parecía en los deseos del señor Elliot de ser bien recibido por ellos tras un intervalo de tantos años. Desde un punto de vista mundano, no sacaría nada en limpio con la amistad de sir Walter, ni ganaría nada con que las cosas cambiaran. Seguramente él era el más rico y Kellynch sería alguna vez suyo, al igual que el título. ¿Por qué había de poner objeciones un hombre sensato? Y realmente parecía haber sido un hombre muy sensato. Ella podía presentar una sola respuesta: tal vez fuese a causa de Elizabeth. Tal vez hubo antaño cierta atracción, aunque la conveniencia y los accidentes los hubieran apartado y ahora que podía permitirse ser seductor podría dedicarle sus atenciones. Elizabeth era muy hermosa, de modales elegantes y cultivados, y el señor Elliot no conocía su manera de ser, pues la había tratado pocas veces y en público cuando muy joven. Otra preocupación muy penosa era cómo habrían de recibir la sensibilidad y la inteligencia de él conocer su actual modo de vida. Anne deseaba de verdad que él no fuese demasiado amable u obsequioso si era Elizabeth la causa de sus desvelos. El hecho de que Elizabeth se inclinaba a creer aquello y que su amiga la viuda Clay fomentaba la idea, se hizo obvio por una o dos miradas entre ambas mientras se hablaba de las frecuentes visitas del señor Elliot.

Anne mencionó el par de vistazos que le había echado en Lyme, pero sin que le prestara mucha atención. «Oh, sí, tal vez fuese el señor Elliot». Ellos no sabían. «Tal vez fuese él». No podían escuchar la descripción que ella hacía de él, pues ellos mismos lo describían, sobre todo sir Walter. Este hizo justicia a su aspecto distinguido, a su elegante aire a la moda, a su rostro bien cortado, a su mirada grave, pero al mismo tiempo «era de lamentar su aire sombrío, un defecto que parecía haber aumentado el tiempo». No podía ocultarse que los diez años transcurridos habían cambiado sus facciones de manera desfavorable. El señor Elliot parecía pensar que él (sir Walter) tenía «el mismo aspecto que cuando se separaron». Sin embargo, sir Walter «no había podido devolver del todo el cumplido», y eso lo había confundido. De todos modos, no pensaba quejarse. El señor Elliot tenía mejor aspecto que la mayoría de los hombres y él no pondría objeciones a que lo viesen en su compañía donde fuere.

El señor Elliot y su amigo fueron el principal tema de conversación durante toda la tarde. «¡El coronel Wallis había parecido tan interesado en ser presentado! ¡Y el señor Elliot tan ansioso de hacerlo!». Además, había una señora Wallis a quien solo conocían de oídas porque estaba enferma. Sin embargo, el señor Elliot hablaba de ella como de «una mujer encantadora digna de ser conocida en Camden Place». En cuanto se restableciera la conocerían. Sir Walter tenía un alto concepto de la señora Wallis. Decían que era una mujer de gran belleza y deseaba verla. Sería un contrapeso para las feas caras que continuamente veía en la calle. Lo peor de Bath era el asombroso número de mujeres feas. Eso no quiere decir que no hubiese mujeres bonitas, pero el número de feas era aplastante. Había observado a menudo en sus paseos que una cara bella era seguida por treinta o treinta y cinco adefesios. En cierta ocasión, estando en una tienda de Bond Street había contado ochenta y siete mujeres, una tras otra, sin hallar un solo rostro aceptable entre ellas. Claro que había sido una mañana helada, de un frío agudo de ese que solo habría podido soportar una entre treinta mujeres. Pero pese a ello…, el número de feas era incalculable. ¡En cuanto a los hombres…! ¡Eran infinitamente peores! ¡Las calles estaban abarrotadas de multitud de espantajos! Era obvio, por el efecto que producía un hombre de discreta apariencia, que las mujeres no estaban muy hechas a la visión de alguien tolerable. Nunca había caminado del brazo del coronel Wallis, que tenía una figura arrogante aunque su cabello pareciese tener el color de la arena, sin que todos los ojos de las mujeres se volviesen a mirarlo. En verdad, «todas las mujeres se fijaban en el coronel Wallis». ¡Oh, la modestia de sir Walter! Su hija y la viuda Clay no lo dejaron escapar, no obstante, y afirmaron que el acompañante del coronel Wallis tenía una figura tan buena como la suya, aunque sin la desventaja del color del cabello.

—¿Qué aspecto tiene Mary? —preguntó sir Walter con el mejor de los humores—. La última vez que la vi tenía la nariz roja, pero espero que esto no ocurra todos los días.

—Debe haber sido casualidad. En general ha gozado de buena salud y aspecto desde San Miguel.

—Espero que no le tiente salir de casa con vientos fuertes y que se le ponga un cutis basto. Le enviaré un nuevo sombrero y otra pelliza.

Anne estaba pensando si convendría sugerir que un abrigo o un sombrero no debían exponerse a semejante mal trato, cuando un golpe en la puerta los interrumpió a todos:

«¡Una llamada a la puerta a estas horas! ¡Debían ser más de las diez! ¿Y si fuese el señor Elliot?». Sabían que tenía que cenar en Lansdown Crescent. Era posible que se hubiese detenido en su camino de regreso para saludarlos. No podían pensar en nadie más. La viuda Clay creía que sí, que aquella era la manera de llamar del señor Elliot. La viuda Clay tuvo razón. Con toda la ceremonia que un criado y un recadero pueden desplegar, se introdujo en el salón al señor Elliot.

Era el mismo, el mismo hombre, sin otra diferencia que el traje. Anne se echó un poco atrás mientras los demás recibían sus cumplidos y su hermana las disculpas por haberse presentado a unas horas tan intempestivas. Pero «no podía pasar tan cerca sin entrar a preguntar si ella o su amiga se habían enfriado el día anterior, etcétera». Todo esto fue cortésmente dicho y recibido. Pero se acercaba el turno de Anne. Sir Walter habló de su hija más joven. «Debían presentar a su hija más joven al señor Elliot» (no hubo ocasión de recordar a Mary), de modo que Anne, sonriente y sonrojada, cosa que le sentaba muy bien, presentó al señor Elliot las hermosas facciones que él no había olvidado en absoluto, y pudo comprobar, por la sorpresa que él experimentó, que no había sospechado antes quién era ella. Pareció tremendamente sorprendido y muy agradado. Sus ojos se iluminaron y celebró el encuentro con la mayor rapidez, aludió al pasado, y dijo que podía considerársele un antiguo conocido. Era tan apuesto como había parecido serlo en Lyme, y sus facciones mejoraban al hablar. Sus modales eran los apropiados, tan corteses, fáciles y agradables que solo se podían comparar con los de otra persona. No eran los mismos, pero eran buenos.

Se sentó con ellos y la conversación mejoró de inmediato. No cabía duda de que era un hombre inteligente. Diez minutos bastaron para comprenderlo. Su tono, su expresión, la elección de los temas, su conocimiento de hasta dónde debía llegar, eran el fruto de una mente inteligente y esclarecida. En cuanto pudo, comenzó a hablar con ella de Lyme, deseando cambiar impresiones con respecto al lugar, pero deseando en especial comentar el hecho de haber sido huéspedes de la misma posada y al mismo tiempo, hablando de su ruta, interesándose un poco por la de ella, y lamentando no haber podido presentarle sus respetos en aquella ocasión.

Ella le informó en pocas palabras sobre su estancia y sus asuntos en Lyme. Su pesar aumentó al conocer los pormenores. Había pasado una tarde solitaria en la habitación contigua a la de ellos. Había oído voces regocijadas. Había pensado que debían ser personas encantadoras y deseó estar con ellos. Y todo esto sin saber que tenía derecho a ser presentado. ¡Ojalá hubiese preguntado quiénes eran! ¡El nombre de Musgrove habría bastado! «Bien, esto serviría para quitarle la mala costumbre de no hacer jamás preguntas en una posada, costumbre que había adoptado desde muy joven, pensando que no era de buena educación mostrarse curioso».

—Las nociones de un joven de veinte o veintidós años —dijo— en lo que se refiere a buenos modales son más absurdas que las de cualquier otra persona en el mundo. La estupidez de los medios que emplean únicamente puede ser igualada por la tontería de los fines que persiguen.

Pero no podía comunicar sus reflexiones únicamente a Anne. Él lo sabía y enseguida se perdió entre los otros, de manera que solo a ratos pudo volver a tocar el tema de Lyme.

No obstante, sus preguntas trajeron pronto a colación el relato de lo que había sucedido allí tras su partida. Habiendo oído algo sobre «un accidente», quiso saber el resto. Cuando preguntó, sir Walter y Elizabeth lo hicieron también. Sin embargo, la diferencia del modo en que lo hacían no podía menos que quedar de manifiesto. Ella solo podía comparar al señor Elliot con lady Russell por su deseo de comprender lo que había ocurrido, además de por el grado en que también parecían comprender cuánto había sufrido ella siendo testigo del accidente.

Se quedó una hora con ellos. El elegante relojito sobre la chimenea había dado «las once con sus toques argentinos» y se oía al sereno en la distancia entonando la hora cuando el señor Elliot o cualquiera de los presentes se dieron cuenta de que había pasado tanto tiempo.

¡Anne jamás supuso que su primera velada en Camden Place sería tan agradable!

# CAPÍTULO 16

Al volver con los suyos, había algo que Anne habría preferido saber aún más que si el señor Elliot estaba enamorado de Elizabeth: si su padre lo estaría de la viuda Clay. Después de haber permanecido en casa unas horas, se intranquilizó más a este respecto. Al bajar para desayunar a la mañana siguiente, supo que había habido una razonable intención de la dama de dejarlos. Imaginó que la viuda Clay habría dicho: «Ahora que Anne está aquí ya no soy necesaria», pues Elizabeth respondió en voz baja: «No hay ningún motivo, de veras. Le aseguro que no encuentro ninguno. Ella no es nada para mí comparada con usted». También tuvo tiempo de oír decir a su padre: «Mi querida señora, esto no puede ser. Aún no ha visto nada de Bath. Ha estado aquí solo porque ha sido necesaria. No nos dejará usted ahora. Debe quedarse para conocer a la señora Wallis, a la hermosa señora Wallis. Para alguien de su refinamiento estoy seguro de que la belleza es siempre un placer».

Habló con tanto entusiasmo que a Anne no le sorprendió que la viuda Clay evitase la mirada de ella y la de su hermana. Tal vez ella podría parecer un poco sospechosa, pero sin duda Elizabeth no pensaba nada sobre el elogio al refinamiento de la dama. Esta, ante tales requerimientos, no pudo menos de ceder y quedarse.

En el transcurso de esa misma mañana, estando Anne a solas con su padre, este comenzó a felicitarla por su mejor aspecto. La encontraba «menos delgada de cuerpo y de mejillas. Su piel y su aspecto habían mejorado... Su cutis estaba más claro y lozano. ¿Había estado usando algo? No, nada». «Nada más que Gowland»,[9] supuso él. «No, nada de nada». Ah, eso le sorprendía mucho y añadió: «No puedes hacer nada mejor que seguir así. Estás sumamente bien. Pero te recomiendo que uses Gowland con constancia durante los meses de primavera. La viuda Clay lo ha estado usando por recomendación mía y ya ves cuánto ha mejorado. Se le han borrado todas las pecas».

¡Si Elizabeth lo hubiera oído! Semejante elogio le habría chocado, en especial cuando, en opinión de Anne, las pecas seguían en su sitio. Pero hay que brindar una oportunidad a todo. El mal de semejante matrimonio disminuiría si Elizabeth también se casaba. En cuanto a ella, siempre tendría su hogar con lady Russell.

La compostura de lady Russell y la gracia de sus modales sufrieron una prueba en Camden Place. La visita de la viuda Clay, que gozaba de tanto favor frente a Anne siempre tan abandonada, era una provocación sin fin para ella. Esto la molestaba tanto cuando no se encontraba allí como puede sentirse molesta una persona que bebe en Bath el agua del lugar, lee las nuevas publicaciones y tiene gran número de conocidos.

Cuando conoció al señor Elliot, se volvió más caritativa o menos entusiasta hacia los demás. Los modales de él sirvieron de recomendación inmediata. Al charlar con él encontró enseguida lo sólido debajo de la superficie, de modo que se sintió inclinada a exclamar, según dijo a Anne: «¿Es posible que sea este el señor Elliot?», y en realidad no podía imaginar un hombre más agradable o estimable. Lo reunía todo: buen entendimiento, opiniones correctas, conocimiento del mundo y un corazón afectuoso. Tenía fuertes sentimientos de unión y honor familiares, carecía de debilidad u orgullo, vivía con el

---

[9] La loción Gowland fue un producto muy utilizado en la época en que se escribió esta obra. Era un tónico que actuaba como exfoliante de la piel.

desprendimiento de un hombre de fortuna, pero sin dilapidar; juzgaba por sí mismo en todas las cosas esenciales sin desafiar a la opinión pública en ningún punto del pundonor mundano. Era templado, observador, moderado, cándido. Jamás desaparecería por espíritu egoísta, creyendo hacerlo por sentimientos poderosos. Además, poseía una sensibilidad para todo lo que era amable o encantador y hacía una valoración de todo lo estimable en la vida doméstica, cosa que los caracteres falsamente entusiastas o de agitaciones violentas rara vez poseen. Estaba segura de que no había sido feliz en su matrimonio. El coronel Wallis lo decía y lady Russell podía verlo. Sin embargo, no se había agriado su carácter ni tampoco —pronto comenzó a sospecharlo— dejaba de pensar en una segunda oportunidad. La satisfacción que le producía el señor atenuaba la plaga que suponía la viuda Clay.

Hacía ya unos años que Anne había aprendido que ella y su excelente amiga podían discrepar. Así pues, no le sorprendió que lady Russell no hallase nada sospechoso o incongruente, nada detrás de los motivos que saltaban a la vista, en el gran deseo de reconciliación del señor Elliot. Lady Russell consideraba lo más natural del mundo que en la madurez de su vida él creyese lo más recomendable y deseable reconciliarse con el cabeza de la familia. Era lo natural con el paso del tiempo en una mente clara que solo había errado durante su juventud. En cambio, Anne sonreía y finalmente mencionó a Elizabeth. Lady Russell escuchó, miró y solo contestó: «¡Elizabeth! Bien. El tiempo ya nos lo dirá».

Tras una breve observación, Anne comprendió que ella también debía limitarse a esperar el futuro. Nada podía juzgar por el momento. En aquella casa, Elizabeth estaba primero y ella estaba tan acostumbrada a la general reverencia a la «señora Elliot» que cualquier atención particular le parecía imposible. Además, no debía olvidarse que el señor Elliot era viudo desde hacía tan solo siete meses. Una pequeña demora por su parte era más que perdonable. En pocas palabras, Anne no podía ver el crespón alrededor de su sombrero sin imaginar que ella carecía de excusas para suponerle semejantes intenciones porque su matrimonio, aunque desafortunado, había durado tantos años que no era fácil recuperarse tan rápidamente de la terrible impresión de verlo deshecho.

Al margen de cómo acabase todo aquello, no cabía duda de que el señor Elliot era la persona más agradable de las que conocían en Bath. No veía a nadie como él y era maravilloso charlar de vez en cuando sobre Lyme, lugar que parecía tener casi más deseos de ver nueva y más a fondo que ella. Comentaron los detalles de su primer encuentro varias veces. Él dio a entender que la había mirado con interés. Ella lo recordaba bien y también se acordaba de la mirada de una tercera persona.

No siempre estaban de acuerdo. Su respeto por el rango y el parentesco era mayor que el de ella. No era solo satisfacción, le agradaba tanto aquel tema que su padre y su hermana prestaban atención a cosas que Anne juzgaba indignas de entusiasmarlos. El diario matutino de Bath anunció una mañana la llegada de la vizcondesa viuda de Dalrymple y de su hija, la honorable señorita Carteret. Así pues, toda la comodidad de Camden Place número... desapareció durante varios días, pues los Dalrymple —por desgracia en opinión de Anne— eran primos de los Elliot, de modo que surgieron las angustias al pensar en una presentación correcta.

Anne no había visto antes a su padre y a su hermana en contacto con la nobleza y aquello la descorazonó un tanto. Había pensado mejor sobre la idea que ellos tenían de su propia situación en la vida y sintió un deseo que jamás habría sospechado que podría llegar a albergar: el deseo de que tuviesen más orgullo, ya que «nuestros primos lady Dalrymple y la señorita Carteret», «nuestros parientes, los Dalrymple», eran frases que resonaban todo el día en sus oídos.

Sir Walter había estado una vez en compañía del difunto vizconde, pero jamás había conocido a la familia. Las dificultades surgían debido a una completa interrupción en las cartas de cortesía, precisamente desde la muerte del citado vizconde, acontecida al mismo tiempo en que una peligrosa enfermedad de sir Walter había hecho que los moradores de Kellynch no hiciesen llegar ninguna condolencia. Ningún pésame fue a Irlanda. El pecado había sido expiado, ya que a la muerte de lady Elliot ninguna condolencia llegó a Kellynch y, por lo tanto, había razones de sobra para suponer que los Dalrymple consideraban la amistad terminada. Lo importante era cómo arreglar este enojoso asunto y ser admitidos de nuevo como primos, y era un asunto que, muy sensatamente, ni lady Russell ni el señor Elliot consideraban trivial. «Siempre es bueno conservar las relaciones familiares. La buena compañía es siempre digna de ser buscada. Lady Dalrymple había alquilado durante tres meses una casa en Laura Place y viviría a lo grande. Había estado en Bath el año anterior y lady Russell había oído hablar de ella como de una mujer encantadora. Sería muy agradable restablecer las relaciones y, si era posible, sin falta de decoro por parte de los Elliot».

Sin embargo, sir Walter prefirió recurrir a sus propios procedimientos y finalmente escribió dando una amplia explicación y expresando su pesar a su honorable prima. Ni lady Russell ni el señor Elliot pudieron admirar la carta; pero, en cualquier caso, la misiva cumplió su propósito y trajo a vuelta de correo una nota garabateada de la vizcondesa viuda. «Sería un gran placer y un honor conocerlos». Los esfuerzos del asunto habían terminado y comenzaban sus dulzuras. Visitaron Laura Place y recibieron las tarjetas de la vizcondesa viuda de Dalrymple y de la honorable señorita Carteret para concertar visitas. Y «nuestros primos en Laura Place», «nuestras parientas lady Dalrymple y la señorita Carteret», eran el tema obligado de todos los comentarios.

Anne estaba avergonzada. Aunque lady Dalrymple y su hija hubieran sido extremadamente agradables, se habría sentido avergonzada de la agitación que creaban, pero es que resultaba que no valían gran cosa. No tenían unos modales, dotes o entendimiento superiores. Lady Dalrymple había adquirido la fama de ser «una mujer encantadora» porque tenía una sonrisa amable y era cortés con todo el mundo. La señorita Carteret, de quien podía decirse aún menos, era tan repulsiva y desagradable que jamás la habrían recibido en Camden Place de no haber sido por su alcurnia.

Lady Russell confesó que había esperado algo más, pero «era una relación digna» y cuando Anne se atrevió a expresar su opinión al señor Elliot, él reconoció que por sí mismas no valían demasiado, pero aseguró que en cambio valían para el trato familiar, como buena compañía y para todos aquellos que buscan tener personas gratas alrededor. Anne sonrió y dijo:

—Mi idea de la buena compañía, señor Elliot, es la compañía de personas inteligentes, bien informadas y que tienen mucho que contar. Eso es lo que yo entiendo por buena compañía.

—Está usted en un error —dijo él cortésmente—. Esa no es buena compañía, sino la mejor. La buena compañía solo requiere cuna, educación y modales. En lo que a educación respecta se exige muy poca. La cuna y las buenas maneras son lo esencial. Sin embargo, un poco de conocimientos no hace daño a nadie, por el contrario, resulta beneficioso. Mi prima Anne mueve la cabeza. No está satisfecha. Está molesta. Mi querida prima —continuó, sentándose junto a ella—, tiene más derecho a ser desdeñosa que cualquier otra mujer que yo conozca. Pero ¿qué gana con ello? ¿No es acaso más provechoso aceptar la compañía de estas señoras de Laura Place y disfrutar de las ventajas de conocerlas en cuanto sea posible?

»Puede estar segura de que estarán entre lo más granado de Bath este invierno y, como el rango es el rango, el hecho de que sean ustedes parientes ayudará a que su familia, nuestra familia, reciba toda la consideración que se merece.

—¡Sí —afirmó Anne—, sin duda se sabrá que somos parientes de ellas! —Luego, recomponiéndose y no deseando una respuesta, prosiguió—: La verdad, creo que ha sido demasiado molesto recuperar esta relación. Creo —añadió con una sonrisa— que tengo más orgullo que ustedes, pero confieso que me molesta que hayamos deseado tanto la relación cuando a ellos les es del todo indiferente.

—Perdón, mi querida prima, es injusta con nosotros. Tal vez en Londres, con su modo tranquilo de vivir, podría decir eso que dice, pero en Bath, sir Walter Elliot y su familia siempre serán dignos de ser conocidos, siempre serán una compañía muy apreciable.

—Bien —dijo Anne—, soy demasiado orgullosa para disfrutar de una amistad que depende del lugar en que uno esté.

—Apruebo su indignación —dijo él—. Es natural. Pero están en Bath y lo que importa es poseer todo el crédito y la dignidad que merece sir Walter Elliot. Habla de orgullo. A mí me consideran orgulloso, y me gusta porque nuestros orgullos, en el fondo, son iguales, no lo dudo, aunque las apariencias los hagan parecer diferentes. De una cosa, mi querida prima —continuó hablando en tono quedo como si no hubiese nadie más en el salón—, de una cosa estoy seguro y es de que nuestros sentimientos son los mismos. Sentimos que debe ser bienvenida cualquier amistad nueva para su padre, entre sus iguales o superiores, que pueda distraer sus pensamientos de la que anda detrás de él.

Mientras hablaba se quedó mirando el lugar que la viuda Clay había ocupado, lo cual explicaba en grado suficiente su pensamiento. Si bien Anne no creyó que tuviesen el mismo orgullo, sintió simpatía hacia él por su desagrado hacia la viuda Clay y por su deseo de que su padre conociese gente nueva para quitar de en medio a aquella mujer.

# CAPÍTULO 17

Mientras sir Walter y Elizabeth probaban fortuna en Laura Place, Anne renovaba una antigua relación muy distinta.

Había visitado a su antigua institutriz y había sabido de sus labios que estaba en Bath una antigua compañera que recordaba por haber sido bondadosa con ella en el pasado y que en aquellos momentos era desdichada.

La señorita Hamilton, por entonces señora Smith, se había mostrado cariñosa con ella en uno de esos momentos en que más se aprecia esta clase de gestos. Anne había llegado muy angustiada al colegio, entristecida por la pérdida de una madre profundamente amada, extrañando su alejamiento de la casa y sintiendo, como puede sentir una niña de catorce años muy sensible en un caso como ese. Y la señorita Hamilton, que era tres años mayor que ella y había permanecido en el colegio un año más, debido a falta de parientes y de un hogar estable, había sido servicial y amable con Anne, mitigando su pena de un modo que ella jamás podría olvidar.

La señorita Hamilton había dejado el colegio, se había casado poco después, según decían, con un hombre de fortuna. Esto era todo lo que Anne sabía de ella hasta que el relato de su institutriz le hizo ver la situación de una manera muy distinta.

Era viuda y pobre. Su esposo había sido un derrochador y a su muerte, acaecida dos años antes, había dejado todos sus asuntos bastante embrollados. Había tenido graves dificultades a las que se sumó una fiebre reumática que le atacó las piernas y la había convertido en una inválida temporal. Había llegado a Bath por ese motivo y se alojaba cerca de los baños termales. Vivía con mucha modestia, sin poder pagar siquiera la comodidad de una sirvienta y, claro está, casi al margen de toda sociedad.

La amiga de ambas garantizó la satisfacción que una visita de la señorita Elliot daría a la señora Smith, y Anne no tardó en hacerla, por eso mismo. Nada dijo en su casa de lo que había oído y de lo que pensaba, pues allí no despertaría el interés que debía. Solamente consultó a lady Russell, que comprendió perfectamente sus sentimientos y tuvo el placer de llevarla lo más cerca posible del domicilio de la señora Smith en Westgate.

Se hizo la visita, se reanudaron las relaciones y su interés fue recíproco. Los primeros diez minutos fueron dificultosos y emocionantes. Habían transcurrido doce años desde su separación y cada una era una persona distinta de la que imaginaba la otra. Doce años habían convertido a la floreciente y silenciosa niña de quince años que era Anne en una elegante mujer de veintisiete con todas las bellezas, salvo la lozanía, y de unos modales tan circunspectos como amables. Pero doce años habían hecho de la bonita y ya crecida señorita Hamilton, entonces en pleno apogeo de la salud y la confianza de su superioridad, una pobre, débil y abandonada viuda que recibía la visita de su antigua protegida como un favor. Pero todo lo que hubo de ingrato en el encuentro pasó pronto y solo quedó el encanto de recordar y hablar sobre los tiempos pasados.

Anne halló en la señora Smith el buen juicio y los modales agradables de los que casi no podía prescindir, así como una disposición para pegar la hebra y ser alegre que realmente le sorprendieron. Ni los desórdenes del pasado —había vivido mucho en el mundo—, ni las limitaciones del presente, ni la enfermedad o el pesar parecían haber embotado su corazón o arruinado su espíritu.

En el transcurso de una segunda visita habló con toda franqueza y eso aumentó el asombro de Anne. Difícilmente puede imaginarse una situación menos agradable que la de la señora Smith. Había amado a su esposo y lo había visto morir. Había conocido la opulencia y ya no la tenía. No tenía hijos para estar unida por ellos a la vida y a la felicidad. Carecía de familia que le ayudase en el arreglo de sus embrollados negocios y no tenía salud que hiciese todo esto más llevadero. Sus habitaciones eran una ruidosa salita y un sombrío dormitorio detrás. No podía ir de una a otro sin ayuda y solo había una criada en la casa para este menester. Jamás salía de la casa salvo para ser llevada a los baños termales. Pese a eso, Anne no se equivocaba al creer que tenía momentos de tristeza y abatimiento en medio de horas ocupadas y alegres. ¿Cómo podía ser aquello? Ella vigiló, observó, recapacitó y finalmente concluyó que solo se trataba de un caso de fortaleza o resignación. Un espíritu sumiso puede ser paciente. Un entendimiento fuerte puede dar resolución, pero aquí había algo más. Aquí había viveza de pensamiento y disposición para consolarse. Existía el poder de transformar rápidamente lo malo en bueno y de interesarse en todo lo que venía como un don de la naturaleza, lo cual la mantenía ajena a sí misma y a sus pesares. Este era el don más escogido del cielo y Anne vio en su amiga uno de esos maravillosos ejemplos que parecen servir para atemperar cualquier frustración.

Hubo un momento —le informó la señora Smith— en que su espíritu había flaqueado. No podía llamarse a la sazón inválida, comparando su estado con aquel en que estaba cuando llegó a Bath. Entonces sí que era realmente digna de compasión, pues se había resfriado en el viaje y apenas había ocupado su alojamiento cuando se vio obligada a guardar cama presa de fuertes y constantes dolores. Todo esto entre extraños, necesitando una enfermera y no pudiendo pagársela por sus apuros económicos. No obstante, lo había soportado y podía afirmar que realmente había mejorado. Había aumentado su bienestar al sentirse en buenas manos. Sabía mucho del mundo como para esperar interés en alguna parte, pero su enfermedad le había demostrado la bondad de la patrona del alojamiento. Además tuvo la suerte de que la hermana de la patrona, enfermera de profesión y siempre en casa cuando sus obligaciones se lo permitían, estuviese libre en los momentos en que ella necesitó asistencia.

—Además de cuidarme admirablemente —contaba la señora Smith— me enseñó cosas muy valiosas. En cuanto pude utilizar mis manos, me enseñó a tejer, lo cual ha sido un gran entretenimiento. Me enseñó a hacer esas cajas para guardar agujas, acericos y tarjeteros en los que me encontrará usted siempre ocupada y me dan los medios para ser útil a una o dos familias pobres del vecindario. Gracias a su profesión, conoce mucho a la gente y a los que pueden comprar, de modo que dispone de mi mercadería. Siempre escoge el momento oportuno. El corazón de cualquiera se abre tras haber escapado de grandes dolores y adquirido nuevamente la bendición de la salud, y la enfermera Rooke sabe a la perfección cuándo es el momento de hablar. Es una mujer inteligente y sensible. Su profesión le permite conocer la naturaleza humana y tiene muy buen sentido y un don de observación que como compañía la hacen infinitamente superior a la de muchas gentes que han recibido «la mejor educación del mundo», pero que en realidad no se enteran de nada. Llámelo usted chismes, si le parece, pero cuando la enfermera Rooke viene a pasar una hora conmigo, siempre tiene algo útil y entretenido que contarme; algo que me hace pensar mejor de la gente. Uno desea enterarse de lo que pasa, estar al corriente de las nuevas maneras de ser trivial y bobo que se usan en el mundo. Para mí, que vivo tan sola, su conversación es un regalo.

Anne, deseando conocer más acerca de este placer, dijo:

—La creo. Las mujeres de esta clase tienen muchas oportunidades y, si son inteligentes, debe merecer la pena escucharlas. ¡Cuántas manifestaciones de la naturaleza humana tienen que conocer! Y no solo de las tonterías pueden aprender, sino que también pueden ver cosas interesantes o conmovedoras. ¡Cuántos ejemplos verán de abnegación ardiente y desinteresada, de heroísmo, de fortaleza, de paciencia y resignación! Todo conflicto y cualquier sacrificio nos ennoblecen. El cuarto de un enfermo podría llenar el mejor de los volúmenes.

—Sí —dijo, dudosa, la señora Smith—, sucede alguna vez, aunque la mayoría de las veces los casos que ve esta mujer no son tan elevados como usted presume. A veces la naturaleza humana puede mostrarse grande en los momentos de prueba, pero en la habitación de un enfermo suelen preponderar las debilidades y no la fuerza. Lo que se ve allí son el egoísmo y la impaciencia más que la generosidad y la fortaleza. ¡Es tan infrecuente la verdadera amistad en el mundo! Y por desgracia —agregó hablando quedo y trémulo—, ¡hay tantos que olvidan pensar con seriedad hasta que es demasiado tarde!

Anne comprendió la dolorosa miseria de estos sentimientos. El marido no había sido lo que debía y había dejado a su esposa entre personas que ocupan un lugar peor en el mundo del que merecen. Ese momento de emoción fue pasajero, no obstante. La señora Smith se repuso y continuó en tono inalterable:

—Dudo que la situación que tiene en estos momentos mi amiga, la señora Rooke, sirva de mucho para entretenerme o enseñarme algo. Atiende a la señora Wallis de Marlborough que, según creo, es una mujer a la moda, bonita, boba, gastadora y, como es natural, poco podrá contarme sobre encajes y fruslerías. Sin embargo, tal vez yo pueda sacar algún beneficio de la señora Wallis. Tiene mucho dinero y creo que podrá comprarme todas las cosas caras que tengo ahora entre manos.

Anne visitó varias veces a su amiga antes de que en Camden Place sospechasen de su existencia. Finalmente, fue necesario hablar de ella. Sir Walter, Elizabeth y la viuda Clay volvían un día de Laura Place con una invitación de la señora Dalrymple para la velada, pero Anne estaba ya comprometida a ir a Westgate. Ella no lamentaba excusarse. Habían sido invitados, no le cabía duda, pues Lady Dalrymple, a quien mantenía encerrada en casa un fuerte catarro, pensaba utilizar la amistad de los que tanto la habían buscado. Así pues, Anne se negó rápidamente: «He prometido pasar la velada con una antigua compañera». Aunque no les interesase nada relacionado con Anne, hicieron más que suficientes preguntas para enterarse de quién era esta antigua estudiante. Elizabeth manifestó desdén y Sir Walter se puso serio.

—¡Westgate! —exclamó—. ¿A quién puede visitar la señorita Anne Elliot en Westgate? A la señora Smith, una viuda llamada señora Smith. ¿Y quién fue su marido? Uno de los miles señores Smith que se encuentran en todas partes.[10] ¿Qué atractivos tiene? Que está vieja y enferma. Le doy mi palabra de honor, señorita Anne Elliot, que tiene usted unos gustos notables. Todo lo que les disgusta a los demás: gente inferior, cuchitriles, aire viciado, relaciones desagradables, le son gratas a usted. Pero tal vez podrá aplazar la visita a esa señora. No tiene un pie en la tumba, según creo, así que podría dejar la visita para mañana. ¿Qué edad tiene? ¿Cuarenta?

—No, señor; aún no tiene treinta y un años. Pero no creo que pueda dejar mi compromiso porque es la única tarde que nos viene bien a ambas en bastante tiempo. Ella va a los baños termales mañana, y nosotros, ya sabe usted, hemos comprometido ya el resto de la semana.

---

[10] Este comentario hace alusión a que el apellido Smith es el más común del Reino Unido y de los países de habla inglesa en general.

—Pero ¿qué piensa lady Russell de esta relación? —preguntó Elizabeth.

—No ve nada reprochable —repuso Anne—. ¡Por el contrario, la aprueba! Casi siempre me ha llevado cuando he ido a visitar a la señora Smith.

—Westgate debe estar sorprendido de ver un coche rodando sobre su pavimento —observó sir Walter—. La viuda de sir Henry Russell no tiene escudo de armas, pero aun así su coche es muy hermoso, sin duda digno de llevar a la señorita Elliot. ¡Una viuda de nombre Smith que vive en Westgate! ¡Una pobre viuda que apenas tiene con qué vivir y de treinta o cuarenta años!

¡Una señora Smith corriente y moliente, el nombre de todos en todo el mundo, haber sido elegida amiga de la señorita Elliot y ser preferida por ella a sus relaciones de familia de la nobleza inglesa e irlandesa! Señora Smith, ¡menudo nombre!

La viuda Clay, que había presenciado toda la escena, juzgó prudente en ese momento abandonar la estancia y Anne habría deseado hacer en defensa de su amiga algunos comentarios sobre los amigos de ellos, pero la natural obediencia a su padre la contuvo. No contestó. Dejó que comprendiera él solo que la señora Smith no era la única viuda en Bath entre treinta y cuarenta años, con escasos medios y sin un nombre distinguido.

Anne cumplió su compromiso, los demás cumplieron el suyo y, por supuesto, a la mañana siguiente debió oír que habían pasado una velada encantadora. Ella fue la única ausente. Sir Walter y Elizabeth no solo se habían puesto al servicio de su señoría, sino que habían buscado a otras personas, molestándose en invitar a lady Russell y al señor Elliot. Este había dejado temprano al coronel Wallis y lady Russell había terminado temprano sus compromisos para acudir. Anne supo por lady Russell todos los detalles adicionales de la velada. Para Anne, lo más importante era la conversación sostenida con el señor Elliot, el cual, habiendo deseado su presencia, sin embargo consideró comprensibles las causas que le impidieron ir. Sus bondadosas y compasivas visitas a su antigua compañera de colegio parecían haber encantado al señor Elliot. Creía que ella era una joven extraordinaria en sus maneras, su carácter y su alma, que era un prototipo excelente de feminidad. Las alabanzas que hacía de ella igualaban a las de lady Russell. Así pues, Anne entendió claramente por los elogios que hacía de ella este hombre inteligente lo que su amiga insinuaba en su relato.

Lady Russell ya tenía una opinión bien formada sobre el señor Elliot. Estaba convencida de su deseo de conquistar a Anne con el tiempo y no dudaba de que la mereciera. Pensaba en cuántas semanas tardaría él en estar libre de las ataduras creadas por su viudez y el luto para poder emplear abiertamente sus atractivos para conquistar a la joven. Sin embargo, no le dijo a Anne tan claramente cómo veía ella el asunto. Simplemente hizo unas pequeñas insinuaciones de lo que pronto ocurriría, esto es, de que él se enamorase y de la conveniencia de semejante alianza y la necesidad de que le correspondiese. Anne escuchó aquello y no profirió ninguna exclamación violenta. Se limitó a sonreír, se ruborizó y sacudió la cabeza suavemente.

—No soy una casamentera, como ya sabes, conociendo como conozco la debilidad de todos los cálculos humanos y de sus decisiones —dijo lady Russell—. Solo digo que si alguna vez el señor Elliot se dirige a ti y lo aceptas, tendréis la posibilidad de ser felices juntos. Será una unión deseada por todo el mundo, pero para mí será una unión feliz.

—El señor Elliot es un hombre muy agradable y en muchos aspectos tengo una alta opinión de él —dijo Anne—, pero no creo que nos convengamos el uno al otro.

Lady Russell no dijo nada al respecto y continuó:

—Desearía ver en ti a la futura lady Elliot, la dueña de Kelly-nch, ocupando la mansión que fue de tu madre, ocupando su puesto con los correspondientes derechos, la popularidad que ella tenía y todas sus virtudes. Esto sería para mí una gran recompensa. Eres idéntica a tu madre, en carácter y en físico. Sería fácil imaginarla de nuevo a ella si tú ocupases su lugar, su nombre y su casa; si presidieras y bendijeses el mismo sitio. Solo serías superior a ella porque te apreciarían más. Mi queridísima Anne, esto me haría más feliz que nada en el mundo.

Anne se vio obligada a levantarse, a caminar hasta una mesa distante y fingir que se ocupaba en algo para ocultar los sentimientos que despertaba en ella semejante cuadro. Por unos momentos su corazón y su imaginación quedaron fascinados. La idea de ser lo que su madre había sido, de tener el nombre precioso de «Lady Elliot» revivido en ella, de volver a Kellynch, de llamarlo nuevamente su hogar para siempre, tenía para ella un encanto innegable. Lady Russell no dijo nada más, dejando que el asunto se resolviese por sí mismo y pensando que el señor Elliot no habría podido escoger mejor momento para hablar.

Creía, en pocas palabras, lo que Anne no creía. La sola imagen del señor Elliot devolvió a la realidad a Anne. El encanto de Kellynch y de «Lady Elliot» se desvaneció. Jamás podría aceptarlo. Y no era solo que sus sentimientos fuesen sordos a todo hombre con excepción de uno. Su claro juicio, considerando fríamente las posibilidades, condenaba al señor Elliot.

Pese a conocerlo desde hacía más de un mes, no podía decir que supiese mucho sobre su carácter. Era un hombre inteligente y agradable, hablaba bien, sus opiniones eran sensatas, sus juicios eran rectos y tenía principios, todo aquello era irrefutable. Ciertamente sabía lo que era bueno y no podía hallar ella faltas en ningún aspecto de sus deberes morales. Sin embargo y pese a ello, no habría podido garantizar su conducta. Desconfiaba del pasado, puesto que no lo hacía del presente. Los nombres de antiguos conocidos, mencionados al pasar, las alusiones a antiguas costumbres y propósitos sugerían opiniones poco favorables acerca de lo que él había sido. Le quedaba claro que había tenido malos hábitos. Los viajes del domingo habían sido algo común. Hubo un período en su vida —posiblemente nada corto— en el que se había mostrado negligente en todos los asuntos serios. Aunque ahora pensara de otra manera, ¿quién podía responder por los sentimientos de un hombre hábil, reservado, lo bastante maduro como para apreciar un bello carácter? ¿Cómo podría cerciorarse de que esta alma estaba realmente limpia? El señor Elliot era razonable, discreto y cortés, pero no franco. Nunca había tenido un arrebato de sentimientos, ya fuese de indignación o de placer, por la buena o mala conducta del prójimo. Para Anne, esto era una imperfección a todas luces. Sus primeras impresiones eran imperecederas. Ella apreciaba la sinceridad, el corazón abierto, el carácter impaciente antes que nada. El calor y el entusiasmo aún la cautivaban. Sentía que podía confiar mucho más en la sinceridad de quienes en alguna ocasión podían decir algo en un descuido o alguna ligereza que en la de aquellos cuya presencia de ánimo jamás sufría alteraciones, aquellos cuya lengua jamás se escapaba.

El señor Elliot era demasiado agradable para todo el mundo. Pese a los diversos caracteres que moraban en la casa de su padre, él agradaba a todos. Se llevaba muy bien, se entendía de maravillas con todo el mundo. Había hablado con ella con cierta franqueza sobre la viuda Clay, había parecido comprender las intenciones de esa mujer y había exteriorizado su menosprecio hacia ella. Sin embargo, la viuda Clay estaba encantada con él.

Lady Russell, tal vez por ser menos exigente que su joven amiga, no observaba nada que pudiese inspirar desconfianza. No podía encontrar un hombre más perfecto que el señor Elliot, y su deseo más caluroso era verlo recibir la mano de su querida Anne Elliot, en la capilla de Kellynch el siguiente otoño.

# CAPÍTULO 18

A inicios de febrero, tras un mes en Bath, Anne se impacientaba por recibir noticias de Uppercross y Lyme. Deseaba saber más de lo que podían informarle las comunicaciones de Mary. Hacía tres semanas que no sabía prácticamente nada. Solo sabía que Henrietta estaba de nuevo en casa y que Louisa, aunque se recuperaba a ojos vistas, aún permanecía en Lyme. Estaba pensando intensamente en ellos una tarde cuando le entregaron una carta de Mary más abultada que de costumbre y, para aumentar el placer y la sorpresa, contenía saludos del almirante y de la señora Croft.

¡Así que los Croft debían estar en Bath! Una situación interesante. Era gente hacia los que sentía una natural inclinación.

—¿Qué es esto? —exclamó sir Walter—. ¿Los Croft han llegado a Bath? ¿Los mismos Croft que alquilan Kellynch? ¿Qué te han entregado?

—Una carta de Uppercross, señor.

—Ah, estas cartas son pasaportes muy convenientes. Aseguran una presentación. Habría visitado en todo caso al almirante Croft. Sé bien lo que se le debe a mi arrendatario.

Anne no pudo escuchar más. Ni siquiera podría haber dicho cómo había escapado la complexión del pobre almirante. La carta monopolizó su atención. Había sido comenzada varios días antes:

*1 de febrero*

*Mi estimada Anne:*

*No me disculpo por mi silencio, pues sé lo que la gente opina de las cartas en un lugar como Bath. Debes encontrarte demasiado feliz como para preocuparte por Uppercross, lugar del cual, como tú bien sabes, apenas puede decirse nada. Hemos pasado unas Navidades tediosas. Los señores Musgrove no han dado ni una sola comida durante todas las fiestas. No me parece que los Hayter sean gran cosa. Pero finalmente se han terminado las fiestas. Dudo que ningún niño las haya tenido más largas. Estoy segura de que yo no las tuve a la edad de ellos. La casa se quedó vacía por fin ayer, exceptuando a los pequeños Harville. Te sorprenderá saber que durante todo este tiempo no han ido a su casa. La señora Harville debe ser una madre muy dura si es capaz de separarse así de ellos. Yo no puedo entender esto. En mi opinión, estos niños son muy poco agradables, pero a la señora Musgrove parecen gustarle tanto o quizá más que sus propios nietos. ¡Qué tiempo tan horrendo hemos tenido! Tal vez no se haya sentido en Bath gracias a la pavimentación, pero en el campo ha sido bastante malo. Nadie ha venido a visitarme desde la segunda semana de enero, exceptuando a Charles Hayter, que ha venido más de lo deseado. Entre nosotras, te diré que creo que es una lástima que Henrietta no se haya quedado en Lyme tanto como Louisa, pues esto la habría mantenido alejada de él. El carruaje se ha ido para traer mañana a Louisa y a los Harville, pero no cenaremos con ellos hasta un día después, ya que la señora Musgrove teme que el viaje sea agotador para Louisa, cosa poco proba-*

*ble considerando los cuidados que le prodigarán. Por otra parte, para mí habría sido mucho mejor cenar con ellos mañana. Me alegra que encuentres tan agradable al señor Elliot. Yo también desearía conocerlo. Pero mi suerte es así y jamás estoy cuando ocurre algo interesante. ¡Soy siempre la última en mi familia! ¡Cuánto tiempo ha estado la viuda Clay con Elizabeth! ¿Ha querido marcharse en algún momento? Sin embargo, aunque ella dejase vacío su cuarto, es poco probable que nos invitasen. Dime lo que piensas de esto. No espero que inviten a mis hijos, ¿sabes? Puedo dejarlos perfectamente un mes o seis semanas en la casa solariega. En este momento oigo que los Croft se marchan casi ahora mismo a Bath. Me parece que el almirante sufre de gota. Charles se ha enterado por casualidad y ellos no han tenido la cortesía de avisarme u ofrecerme algo. No creo que hayan mejorado mucho como vecinos. No los vemos casi nunca y eso es una grave desatención. Charles te manda recuerdos y yo también con todo cariño,*

*Mary M.*

*Lamento decir que estoy muy lejos de sentirme bien y Jemima me ha dicho que el carnicero le ha contado que por aquí hay mucha gente con la garganta irritada. Imagino que yo seré la siguiente, pues sabes que sufro de la garganta más que nadie.*

Así terminaba la primera parte, que habían metido en un sobre que contenía mucho más:

*He dejado la carta sin cerrar para poder decirte cómo llegó Louisa y me alegro de haberlo hecho porque tengo mucho que contarte. En primer lugar recibí una nota de la señora Croft ayer en la que se ofrecía a llevar cualquier cosa que yo quisiera enviarte. La verdad es que era nota muy cortés y amistosa dirigida a mí, como correspondía. Así pues, podré escribirte tan largo y tendido como quiera. El almirante no parece muy enfermo y espero que Bath le haga mucho bien. Realmente me alegraré de verlos a su regreso. Nuestro vecindario no puede perder a una familia tan agradable. Hablemos ahora de Louisa. Tengo que contarte algo que te sorprenderá. Ella y los Harville llegaron el martes sin contratiempos y por la tarde le preguntamos cómo era posible que el capitán Benwick no formase parte del grupo, ya que lo habían invitado al igual que a los Harville. ¿A que no sabes el motivo? Pues ni más ni menos que se ha enamorado de Louisa y no quiere venir a Uppercross sin tener una respuesta del señor Musgrove, puesto que arreglaron ya todo entre ellos antes de que ella volviese y él le ha escrito al padre de ella por medio del capitán Harville. Todo esto es verdad, ¡te doy palabra de honor! ¿Estás asombrada? Me pregunto si alguna vez sospechaste algo, porque yo... en ningún momento. Sin embargo, estamos encantados porque, pese a que no es lo mismo que casarse con el capitán Wentworth, es muchísimo mejor que Charles Hayter. Así las cosas, el señor Musgrove ha escrito dando su consentimiento, y esperamos hoy al capitán Benwick. La señora Harville dice que su esposo echa muchísimo de menos a su hermana, pero en todo caso ambos quieren mucho a Louisa. Si te soy sincera, la señora Harville y yo estamos de acuerdo en que tenemos más afecto por ella por el hecho de haberla cuidado. Charles se pregunta qué dirá el capitán Wentworth, pero si haces memoria te acordarás de que yo jamás creí que estuviese enamorado de Louisa. En ningún momento pude ver nada parecido. Ya podrás imaginar que también es el final si suponemos que el capitán Benwick haya sido un admirador tuyo. Cómo pudo Charles creer semejante cosa es algo que no me cabe en la cabeza. Espero que sea un poco más amable a partir de ahora. La verdad es que este no es que sea un gran matrimonio para Louisa Musgrove, pero de todos modos es un millón de veces mejor que casarse con uno de los Hayter.*

Mary había acertado al imaginar la sorpresa de su hermana. Jamás en su vida se había quedado tan boquiabierta. ¡El capitán Benwick y Louisa Musgrove! Aquello era demasiado maravilloso como para creerlo. Únicamente haciendo un esfuerzo ímprobo pudo permanecer en la habitación manteniendo su aire sereno y contestando a las preguntas del momento. Felizmente para ella fueron pocas. Sir Walter deseaba saber si los Croft viajaban con un tiro de cuatro caballos y si se hospedarían en algún lugar de Bath que permitiera que los visitaran él y la señorita Elliot. Aquello era lo único que parecía interesarle.

—¿Cómo está Mary? —preguntó Elizabeth—. ¿Y qué es lo que trae a los Croft a Bath? —añadió sin esperar respuesta.

—Vienen por el almirante. Parece que sufre de gota.

—¡Gota y decrepitud! —exclamó sir Walter—. ¡Pobre hombre!

—¿Tienen conocidos aquí? —preguntó Elizabeth.

—No lo sé, pero supongo que un hombre de la edad y la profesión del almirante Croft debe de tener muy pocos conocidos en un sitio como este.

—Me temo que el almirante Croft debe ser más conocido en Bath como arrendatario de Kellynch —terció fríamente sir Walter—. ¿Crees, Elizabeth, que podríamos presentarlos en Laura Place?

—¡Oh, no! No lo creo. En nuestra situación de primos de lady Dalrymple debemos guardarnos bien de no presentárselo a nadie a quien ella pudiese desaprobar. Si no fuésemos sus parientes daría lo mismo, pero somos primos y debemos cuidar a quién presentamos. Será mejor que los Croft encuentren ellos solos el nivel que les corresponde. Abundan por ahí muchos ancianos de aspecto desagradable que son marinos, según he oído decir. Los Croft podrán relacionarse con ellos.

Aquel era todo el interés que tenía la carta para su padre y hermana. Cuando la viuda Clay hubo rendido también su homenaje preguntando por el señor Charles Musgrove y sus preciosos hijos, Anne se sintió en libertad.

Ya a solas en su habitación trató de comprender lo sucedido. ¡Claro que podía preguntarse Charles qué sentiría el capitán Wentworth! Tal vez había abandonado el campo y dejado de amar a Louisa. Tal vez había visto que no la amaba. No podía soportar la idea de una traición o de veleidad o cualquier cosa semejante entre él y su amigo. No podía imaginar que una amistad como la de ellos pudiese dar pie a ningún mal proceder.

¡El capitán Benwick y Louisa Musgrove! La alegre, la alborotadora Louisa Musgrove y el pensativo, sentimental y amigo de la lectura Benwick parecían las personas menos hechas a propósito la una para la otra. ¡Dos temperamentos tan desiguales! ¿Qué habría podido atraerlos? Pronto surgió la respuesta: había sido ni más ni menos que la situación. Habían estado juntos varias semanas, conviviendo en el mismo reducido círculo de familia. Desde el regreso de Henrietta debían haber dependido el uno del otro. Así pues, Louisa, al reponerse de su enfermedad, resultaría más interesante y el capitán Benwick no era inconsolable. Esto ya lo había sospechado Anne con anterioridad y, en vez de sacar la misma conclusión que Mary de los acontecimientos, todo esto la reafirmaba en la idea de que Benwick había experimentado un atisbo de ternura hacia ella. Sin embargo, en esto no hallaba ninguna satisfacción para su vanidad. Estaba convencida de que cualquier mujer joven y agradable que lo hubiese escuchado, pareciendo que lo comprendía habría despertado en él esos mismos sentimientos. Tenía un corazón afectuoso, de manera que era natural que amase a alguien.

No veía ningún motivo para que no fuesen felices. Para empezar, a Louisa le entusiasmaba la Marina y muy pronto sus temperamentos serían semejantes. Él adquiriría alegría y ella aprendería a entusiasmarse por Lord Byron y Walter Scott. No, esto ya estaba sin duda hecho. Seguramente se habrían enamorado leyendo versos. La idea de que Louisa Musgrove pudiese convertirse en una persona con un gusto literario refinado y de carácter reflexivo era ciertamente bastante cómica, pero no cabía duda de que así sucedería. El tiempo transcurrido en Lyme y la caída fatal de Cobb podían haber influido en su salud, en sus nervios, en su temple y en su talante hasta el final de su vida tanto como parecían haber influido en su destino.

Se podía concluir que si la mujer que se había mostrado sensible a los méritos del capitán Wentworth podía preferir a otro hombre, ya nada podría sorprender a nadie en relación con este asunto. Y si el capitán Wentworth no había perdido por ello un amigo, no había nada que lamentar. No, no era dolor lo que hacía que Anne sintiese palpitar su corazón a pesar de ella misma y lo que ruborizaba sus mejillas al pensar que el capitán Wentworth seguía libre. Se avergonzaba de escudriñar sus sentimientos. ¡Parecían ser de una gran e insensata alegría!

Deseaba ver a los Croft, pero cuando lo hizo comprendió que ellos aún no tenían noticia de las novedades. La visita de rigor fue hecha y devuelta. Se mencionó a Louisa Musgrove y al capitán Benwick sin que ni siquiera sonrieran.

Los Croft se habían alojado en Gay Street, cosa que sir Walter aprobaba. Este no se sentía avergonzado en modo alguno de aquellos conocidos. En pocas palabras, hablaba y pensaba más en el almirante que lo que este jamás había pensado o hablado de él.

Los Croft conocían en Bath a tanta gente como deseaban y consideraban su relación con los Elliot un asunto puramente ceremonial y que en absoluto les proporcionaba placer. Tenían el hábito campesino de estar siempre juntos. Él debía caminar para superar la gota y la señora Croft parecía compartirlo todo con él, además de que caminar junto a ella parecía hacerle bien al almirante. Anne los veía en todas partes. Lady Russell la sacaba a pasear en su coche casi todas las mañanas y ella jamás dejaba de pensar en ellos y de encontrárselos. Conociendo como conocía sus sentimientos, los Croft constituían un hermoso cuadro de felicidad. Los contemplaba tanto tiempo como le era posible y disfrutaba creyendo entender lo que ellos hablaban mientras caminaban solos y sin ataduras. De igual modo le encantaba el gesto del almirante al saludar con la mano a un antiguo amigo y observaba la excitación de la conversación cuando la señora Croft, estando en un grupito de marinos, parecía tan inteligente y al corriente de los asuntos náuticos como cualquiera de ellos.

Anne estaba demasiado ocupada por lady Russell para hacer caminatas. Sin embargo, pese a ello, una mañana, diez días después de la llegada de los Croft, decidió dejar a su amiga y el carruaje en la zona baja de la ciudad y regresar a pie a Camden Place. Mientras iba caminando por Milsom Street tuvo la suerte de toparse con el almirante. Estaba parado frente a un escaparate, con las manos a la espalda, observando atentamente un grabado, de modo que no solo habría podido pasar sin ser vista, sino que debió tocarlo y dirigirse a él para que reparase en ella. Cuando la vio y la reconoció, exclamó con su habitual buen humor:

—¡Ah, pero si es usted! Gracias, gracias. Esto sí que es tratarme como a un amigo. Aquí estoy, ya ve, contemplando un grabado. No puedo pasar por delante de este escaparate sin detenerme: ¡Lo que han puesto aquí pretendiendo que es un barco! Mire. ¿Ha visto usted algo semejante? ¡Qué individuos tan curiosos deben ser los pintores para imaginar que alguien arriesgaría su vida en esa vieja cáscara de nuez desfondada! Y, sin embargo, vea allí a dos caballeros contemplando cómodamente las rocas y las montañas, sin preocuparse de nada, lo que a todas luces es irracional. Me pregunto en qué lugar ha podido construirse un barco semejante —dijo riendo—. No me atrevería a navegar en ese barco ni en un estanque. Bueno —agregó volviéndose—, ¿hacia dónde va? ¿Puedo hacer algo por usted o acompañarla tal vez? ¿En qué puedo serle útil?

—En nada, gracias, salvo que quiera proporcionarme el placer de caminar conmigo el corto trecho que falta. Voy a casa.

—Lo haré con muchísimo gusto. Y si lo desea, la acompañaré más lejos también. Sí, juntos haremos que el camino sea más agradable. Además, tengo algo que decirle. Tome mi brazo..., así está bien. No me siento en absoluto cómodo si no llevo una mujer apoyada en él. ¡Dios mío, pero qué barco! —añadió echando una última ojeada al grabado mientras se ponían en marcha.

—¿Quería decirme algo, señor?

—Así es, ahora mismo, pero viene por allí un amigo, el capitán Bridgen. Le diré solo: «¿Cómo está usted?», al pasar. No nos detendremos. «¿Cómo está usted?». Bridgen se sorprenderá de verme con una mujer que no es mi esposa. Pobre, ha tenido que quedarse, en casa. Tiene una llaga en el talón más grande que una moneda de tres chelines. Si mira usted a la acera de enfrente verá al almirante Brand y a su hermano. ¡Son unos desharrapados! Me alegra que no vengan por esta acera. Sophia los detesta. Me jugaron una mala pasada en cierta ocasión… Se llevaron a algunos de mis mejores hombres. Ya le contaré la historia en otra ocasión. Allí vienen el viejo sir Archibald Drew y su nieto. Vaya, nos ha visto. Besa la mano en su honor porque la confunde con mi esposa. Ay, la paz ha venido demasiado deprisa para este señorito. ¡Pobre sir Archibald! ¿Le gusta Bath, señorita Elliot? A nosotros nos viene muy bien. Siempre encontramos algún antiguo amigo. Las calles están llenas de ellos cada mañana. Siempre hay alguien con quien conversar. Después nos alejamos de todos y nos encerramos en nuestros aposentos, no sentamos en nuestras sillas y estamos tan cómodamente como si estuviésemos en Kellynch o como cuando estábamos en el norte de Yarmouth o en Deal. Uno de nuestros aposentos no nos gusta porque nos recuerda los que teníamos en Yarmouth. El viento se cuela por uno de los armarios igual que allí.

Cuando hubieron caminado un poco, Anne se atrevió a preguntar de nuevo qué era lo que él deseaba decirle. Ella había esperado que al alejarse de Milsom Street su curiosidad se vería satisfecha. Pero debió esperar un poco más aún, ya que el almirante estaba dispuesto a no comenzar hasta que hubieran llegado a la honda y espaciosa tranquilidad de Belmont y, al no ser la señora Croft, no tenía otro remedio que dejarle hacer su voluntad. En cuanto iniciaron el ascenso de Belmont, él comenzó:

—Bien, ahora va a oír algo que la sorprenderá. Pero antes deberá decirme el nombre de la joven de la cual voy a hablar. Esa joven que tanto nos ha preocupado a todos. La señorita Musgrove, la que sufrió el accidente…, su nombre de pila, siempre olvido su nombre de pila.

Anne se avergonzó al comprender tan rápidamente de qué se trataba. Sin embargo, ahora podía citar sin problemas el nombre de «Louisa».

—Eso es, Louisa Musgrove, ese es el nombre. Desearía que las jovencitas no tuviesen semejante cantidad de nombres bonitos. Nunca me olvidaría si todas se llamasen Sophia o algún otro nombre por el estilo. Bien, esta señorita Louisa, ya sabe usted, todos creíamos que se casaría con Frederick. Él llevaba cortejándola desde hacía varias semanas. Lo único que nos sorprendía un poco era el retraso en declararse hasta que se produjo el accidente de Lyme. Como es natural, entonces supimos que él debería aguardar a que ella se recobrase. Pero aun así había algo curioso en su manera de actuar. En lugar de quedarse en Lyme, se fue a Plymouth y de allí se fue a visitar a Edward. Cuando nosotros volvimos de Minehead se había ido a visitar a Edward y allí se quedó desde entonces. No hemos vuelto a verlo desde noviembre. Ni siquiera Sophia puede entenderlo. Pero ahora viene lo más extraño de todo porque esta señorita, la joven Musgrove, en vez de casarse con Frederick va a hacerlo con James Benwick. Usted ya conoce a James Benwick.

—Un poco. Conozco un poco al capitán Benwick.

—Bien, ella se casará con él. De hecho, ya deberían estar casados y no sé a qué estarán esperando.

—Considero al capitán Benwick un joven muy agradable —dijo Anne— y tengo entendido que tiene un carácter excelente.

—¡Oh, claro que sí! No hay nada malo que decir contra James Benwick. Es solamente comandante, ¿sabe? Fue ascendido el último verano y corren malos tiempos para ascender, pero esta es la única desventaja que le conozco. Es un chico excelente, con un gran corazón, y muy activo e interesado en su carrera, puedo asegurárselo, cosa que por cierto usted no habrá sospechado, ya que sus ademanes tan suaves no revelan su carácter.

—En eso se equivoca, señor. En ningún momento he visto falta de entusiasmo en los modales del capitán Benwick. Lo encuentro especialmente agradable y puedo asegurarle que sus modales gustan a todo el mundo.

—Bien, las señoras son mejores jueces que nosotros. Pero James Benwick es demasiado tranquilo en mi opinión y, aunque pueda ser parcialidad por nuestra parte, Sophia y yo no podemos evitar encontrar que Frederick tiene mejores maneras. Creo que hay algo en él que es más acorde con nuestro gusto.

Anne había caído en la trampa. Solo había querido negar la idea de que entusiasmo y gentileza eran incompatibles sin decir con ello que los modales del capitán Benwick fuesen mejores. Tras un momento de vacilación dijo: «No había pensado en comparar a los dos amigos...», cuando el almirante la interrumpió diciendo:

—El asunto está muy claro. No se trata de un simple chisme. Lo hemos sabido por el propio Frederick. Su hermana recibió ayer una carta de él en la que nos lo cuenta todo, y él, a su vez, lo ha sabido por una carta de los Harville que le escribieron de inmediato desde Uppercross. Creo que están todos en Uppercross.

Esta fue una ocasión que Anne no pudo resistir. Así, pues, dijo:

—Espero, almirante, que no haya en la carta del capitán Wentworth nada que los inquiete a ustedes. El último otoño parecía que realmente había algo entre el capitán y Louisa Musgrove. Pero confío en que haya sido una separación sin animadversión para ninguna de las dos partes. Espero que esta carta no deje traslucir amargura.

—Para nada, de ningún modo. No hay ni una mala palabra ni un murmullo de principio a fin.

Anne giró el rostro para ocultar su sonrisa.

—No, no, Frederick no es un hombre que se queje. Tiene demasiado carácter para ello. Si a la muchacha le gusta más otro hombre, seguramente es porque ella es más apropiada para él…

—No cabe duda de eso, pero lo que he querido decir es que espero que no haya en la manera de escribir del capitán Wentworth nada que les haga pensar que guarda algún rencor contra su amigo, cosa que sería posible, aunque no lo dijese. Lamentaría mucho que una amistad como la que ha habido entre él y el capitán Benwick se terminase o deteriorase por una causa como esta.

—Sí, sí, comprendo. Pero no hay nada así en la carta. No lanza ningún dardo contra Benwick, ni siquiera dice: «Me sorprende, tengo mis motivos para sorprenderme». No; por la manera de escribir jamás sospecharía usted que la señorita… (¿cómo se llamaba?) hubiese podido interesarle. Desea de todo corazón que sean felices juntos sin que haya nada rencoroso en ello en mi opinión.

Anne no estaba igual de convencida que el almirante, pero era inútil continuar preguntando. Así pues, se dio por satisfecha, asintiendo calladamente o diciendo alguna frase de rigor a las opiniones del almirante.

—¡Pobre Frederick! —dijo finalmente este último—. Debemos empezar por algo. Creo que deberíamos traérnoslo a Bath. Sophia debe escribirle y pedirle que venga. Aquí hay muchas muchachas, de eso estoy seguro. Es inútil volver a Uppercross por la otra señorita Musgrove, pues por lo que sé está prometida a su primo, el joven pastor. ¿No cree, señorita Elliot, que lo mejor es que venga a Bath?

# CAPÍTULO 19

Mientras el almirante Croft paseaba con Anne y le expresaba su deseo de que el capitán Wentworth fuese a Bath, este ya se encontraba de camino allí. Antes de que hubiese escrito la señora Croft, ya había llegado, de manera que Anne lo vio la siguiente vez que salió de paseo.

El señor Elliot iba acompañando a sus dos primas y a la viuda Clay. Se encontraban en Milsom Street cuando comenzó a llover no muy fuerte, pero sí lo bastante como para que las damas desearan refugiarse. Para la señorita Elliot fue una gran ventaja tener el coche de lady Dalrymple para regresar a casa, pues lo vieron un poco más lejos. Así pues, Anne y la viuda Clay entraron en Molland, mientras el señor Elliot se dirigía al carruaje para solicitar ayuda. Pronto se les unió nuevamente. Como era de esperar, su intento había tenido éxito. Lady Dalrymple estaría encantada de llevarlos a casa y se presentaría allí en unos momentos.

En el coche de su señoría solo cabían cuatro personas cómodamente. La señorita Carteret acompañaba a su madre, de modo que no podía esperarse que cupieran allí las tres señoras de Camden Place. La señorita Elliot iría, de eso no cabía duda. Estaba decidida a no sufrir ninguna molestia. Así pues, el asunto se convirtió en una cuestión de cortesía entre las otras dos señoras. La lluvia era muy fina, de modo que Anne no tenía inconveniente en seguir caminando en compañía del señor Elliot. Por su parte, la viuda Clay también encontraba que la lluvia era inofensiva. Apenas si lloviznaba y, por otra parte, ¡sus zapatos eran tan gruesos!; mucho más que los de la señorita Anne. En pocas palabras, estaba cortésmente ansiosa de caminar con el señor Elliot, así que ambas discutieron tan educada y decididamente que los demás debieron solucionar la cuestión. La señorita Elliot sostuvo que la viuda Clay ya tenía un ligero resfriado y, al consultar al señor Elliot, este decidió que los zapatos de su prima Anne eran los más gruesos.

Se resolvió finalmente que la viuda Clay ocuparía el coche y ya estaban casi decididos cuando Anne, desde su asiento cerca de la ventanilla, vio clara y nítidamente al capitán Wentworth caminando por la calle.

Nadie, salvo ella misma, fue consciente de su sorpresa y comprendió también de inmediato que era la persona más simple y absurda del mundo. Durante unos minutos no pudo ver nada de lo que ocurría a su alrededor. Todo era confusión y se sentía perdida. Cuando volvió en sí, vio que los otros aún estaban aguardando el coche y el señor Elliot, en todo momento gentil, había ido a Union Street a por un pequeño encargo de la viuda Clay.

Sintió Anne un intenso deseo de salir. Deseaba ver si llovía. ¿Cómo podía pensarse que otro motivo la impulsara a salir? El capitán Wentworth debía estar ya demasiado lejos. Dejó su asiento. Una parte de su carácter era irreflexiva, como parecía, o tal vez estaba siendo mal juzgada por la otra mitad. Debía ver si llovía. Tuvo que volver a sentarse, no obstante, sorprendida por la entrada del propio capitán Wentworth con un grupo de amigos y señoras, sin duda conocidos que había encontrado un poco más abajo en Milsom Street. Se sintió visiblemente turbado y confundido al verla, mucho más de lo que ella había notado en otras ocasiones. Se sonrojó hasta la raíz del cabello. Por primera vez desde que habían vuelto a verse, se sintió más dueña de sí misma que él. Es cierto que jugaba con la ventaja de haberlo visto antes. Pudieron notarse en él todos los poderosos, ciegos y azorados efectos de una gran sorpresa. ¡Pero ella también sufría! Los sentimientos de Anne eran de agitación, dolor, placer, algo entre felicidad y la desesperación.

El capitán le dirigió la palabra y fue entonces cuando debió enfrentarse a él. Estaba trastornado. Sus gestos no eran fríos ni amistosos: estaba turbado.

Después de un momento, habló de nuevo. Se hicieron mutuamente preguntas de cortesía. Ninguno de los dos prestaba demasiada atención a lo que decían y Anne sentía que el aturdimiento de él iba en aumento. Al conocerse tanto habían aprendido a hablarse con calma e indiferencia aparentes. Sin embargo, en esta ocasión él no pudo adoptar ese tono. El tiempo o Louisa lo habían cambiado. Algo había sucedido. Tenía buen aspecto y no parecía haber sufrido física ni moralmente. Hablaba de Uppercross, de los Musgrove y de Louisa incluso con cierta picardía. No obstante y pese a ello, el capitán Wentworth no estaba tranquilo ni cómodo y tampoco era el que solía.

No la sorprendió, pero le dolió que Elizabeth fingiese no reconocerlo. Wentworth vio a Elizabeth, ella lo vio a él y ambos se reconocieron al momento —de eso no cabe duda—, pero Anne experimentó el dolor de ver a su hermana dar vuelta la cara fríamente, como si se tratase de un desconocido.

El coche de lady Dalrymple, por el que ya se impacientaba la señorita Elliot, llegó en ese momento. Un criado entró a anunciarlo. Había comenzado a llover de nuevo y se produjo un retraso, un murmullo y unas charlas que hicieron patente que todo el grupito sabía que el coche de lady Dalrymple venía a buscar a la señorita Elliot. Finalmente la señorita Elliot y su amiga, ayudadas por el criado, ya que el primo aún no había regresado, se pusieron en marcha. El capitán Wentworth se volvió entonces hacia Anne y por sus maneras, más que por sus palabras, ella supo que le brindaba sus servicios.

—Se lo agradezco mucho —fue la respuesta—, pero no voy con ellas. No hay lugar para tantos en el coche. Iré a pie. Prefiero caminar.

—Pero si está lloviendo.

—Muy poco. Le aseguro que no me molesta.

Al cabo de una pausa, él dijo:

—Aunque llegué ayer, ya me he preparado para el clima de Bath como puede ver —señaló un paraguas—. Puede usarlo si desea caminar, aunque creo que es más conveniente que me permita buscarle un asiento.

Ella agradeció mucho su atención y repitió que la lluvia carecía de importancia:

—Estoy esperando al señor Elliot. Llegará aquí en cualquier momento.

No había terminado de decir esto cuando entró el señor Elliot. El capitán Wentworth lo reconoció de inmediato. Era el mismo hombre que se había detenido en Lyme a admirar el paso de Anne, pero en aquel momento sus gestos y modales eran los de un amigo. Entró deprisa y solo pareció ocuparse de ella y pensar únicamente en ella. Se disculpó por su tardanza, lamentó haberla hecho esperar y dijo que deseaba ponerse en marcha sin perder un minuto antes de que la lluvia aumentase. Poco después se alejaron juntos, ella de su brazo, con una mirada airosa y turbada. Apenas tuvo tiempo para decir apresuradamente «Buenos días», mientras se alejaba.

En cuanto se perdieron de vista, los señores que acompañaban al capitán Wentworth se pusieron a hablar de ellos.

—Parece que al señor Elliot no le desagrada su prima, ¿verdad?

— ¡Oh, no! Esto salta a la vista. Ya podemos adivinar lo que ocurrirá aquí. Siempre está con ellos, casi vive con la familia. ¡Qué hombre tan apuesto!

—Así es. La señora Atkinson, que cenó una noche con él en casa de los Wallis, dice que es el hombre más encantador que ha conocido.

—Ella es muy guapa. Sí, Anne Elliot es muy guapa cuando se la mira bien. No está bien decirlo, pero me parece mucho más atractiva que su hermana.

—Eso mismo creo yo.

—Esa también es mi opinión. No pueden compararse. Pero los hombres se vuelven locos por la señorita Elliot. Anne es demasiado delicada para su gusto.

Anne habría agradecido a su primo que hubiese ido todo el camino hasta Camden Place sin decir una sola palabra. Jamás había encontrado tan difícil prestarle atención, pese a que nada podía ser más exquisito que sus atenciones y cuidados, y que como de costumbre sus temas de conversación eran interesantes y cálidos; justos y perspicaces los elogios a lady Russell y delicadas sus insinuaciones sobre la viuda Clay. Pero en esas circunstancias ella solo podía pensar en el capitán Wentworth. No era capaz de comprender sus sentimientos y si realmente se sentía o no despechado. No podría estar tranquila hasta saberlo.

Esperaba tranquilizarse, pero ¡Dios mío, Dios mío!, la tranquilidad se negaba en redondo a llegar.

Otra cosa muy importante era saber cuánto tiempo pensaba quedarse él en Bath. O bien no lo había dicho o bien ella no podía recordarlo. Era posible que estuviese solo de paso. Pero era más probable que pensase pasarse allí una temporada. En ese caso, siendo como era tan fácil encontrarse en Bath, lady Russell se toparía con él en alguna parte. ¿Lo reconocería ella? ¿Cómo irían las cosas?

Se había visto obligada a contar a lady Russell que Louisa Musgrove pensaba casarse con el capitán Benwick. Lady Russell no se había sorprendido demasiado, de modo que podía ocurrir por ello que, en caso de que se topase con el capitán Wentworth, ese asunto añadiera una sombra más al prejuicio que sentía contra él.

A la mañana siguiente, Anne salió con su amiga y durante la primera hora lo buscó sin cesar en las calles. Cuando ya volvían por Pulteney, lo vio en la acera derecha. Estaba a una distancia desde donde podía observarlo perfectamente durante el largo trecho que recorrerían por la calle. Había muchos hombres a su alrededor, varios grupos caminando en la misma dirección, pero ella lo reconoció enseguida. Miró instintivamente a lady Russell, pero no porque pensase que la señora lo iba a reconocer tan pronto como ella. No, lady Russell no lo vería al menos hasta que se cruzaran con él. No obstante, ella la miraba llena de ansiedad.

Al llegar el momento en que debía verlo por fuerza, sin atreverse a mirar de nuevo —ya que comprendía que sus facciones estaban demasiado alteradas—, fue perfectamente consciente de que la mirada de lady Russell se dirigía hacia él y que la dama lo observaba con mucha atención. Comprendió la especie de fascinación que ejercía él sobre la señora, lo mucho que le costaba quitarle los ojos de encima, la sorpresa que sentía al pensar que habían pasado sobre él ocho o nueve años en climas extraños y en duros servicios sin que por ello hubiese perdido su elegancia personal.

Finalmente lady Russell volvió el rostro… ¿Hablaría de él?

—Te sorprenderá que haya estado absorta tanto tiempo —dijo—. Estaba mirando las cortinas de unas ventanas de las que ayer me hablaron lady Alice y la señorita Frankland. Me describieron las cortinas del salón de una de las casas en esta calle y en esa acera como unas de las más hermosas y mejor colocadas de Bath. Pero no puedo recordar el número de la casa, así que he estado buscando cuál podría ser. Pero no he visto por aquí cortinas que hagan honor a su descripción.

Anne asintió, se ruborizó y sonrió con lástima y desdén, ya fuese por su amiga, ya fuese por sí misma. Lo que más le enfadaba era que en todo el tiempo durante el cual había estado pendiente de lady Russell había perdido la oportunidad de saber de si él las había visto o no.

Pasaron uno o dos días sin que sobreviniese nada nuevo. Los teatros o los rincones que él debía frecuentar no eran lo bastante elegantes para los Elliot, cuyas veladas transcurrían en medio de la sandez de sus propias reuniones, a las cuales prestaban cada vez más atención. Anne, hastiada ya de esta especie de estancamiento, harta de no saber nada y creyéndose fuerte porque no había sido puesta a prueba su fortaleza, aguardaba impaciente la noche del concierto. Era un concierto en beneficio de una persona protegida por lady Dalrymple. Como es natural, ellos debían acudir. En realidad se esperaba que fuese un buen concierto y el capitán Wentworth era un gran aficionado a la música. Ojalá pudiese conversar con él de nuevo unos minutos y se daría por satisfecha. En cuanto al valor para dirigirle la palabra, se sentía llena de coraje si se le presentaba la ocasión. Elizabeth le había vuelto la cara, lady Russell lo miraba de arriba abajo, circunstancias estas que fortalecían sus nervios. Sentía que debía prestarle alguna atención.

En cierta ocasión había prometido a la señora Smith que pasaría parte de la velada con ella, pero en una visita fugaz retrasó el compromiso para otro momento, prometiendo una larga visita para el día siguiente. La señora Smith asintió de buen humor.

—Solo pido que me cuente todos los detalles cuando venga mañana —dijo—. ¿Quiénes van con usted?

Anne los nombró a todos. La señora Smith no respondió, pero cuando Anne se iba, dijo con una expresión entre seria y burlona:

—Bien, espero que el concierto merezca la pena. Y no falte usted mañana si le es posible. Tengo el presentimiento de que no tendré más visitas suyas.

Anne se sorprendió y quedó confundida. Pero tras un primer momento de asombro, se vio obligada, dicho sea de paso que sin lamentarlo mucho, a marcharse.

# CAPÍTULO 20

Sir Walter, sus dos hijas y la viuda Clay fueron los primeros en llegar esa noche. Puesto que debían esperar a lady Dalrymple decidieron sentarse en el Cuarto Octogonal. Apenas se habían instalado cuando se abrió la puerta y entró el capitán Wentworth. Iba solo. Anne, que era quien estaba más cerca, se le acercó haciendo un esfuerzo y le habló. Él estaba dispuesto a saludar y a pasar de largo, pero su cortés: «¿Cómo está usted?», lo obligó a detenerse y a hacer algunas preguntas pese al formidable padre y a la hermana que se hallaban detrás. Que ellos estuvieran allí era de ayuda para Anne, pues al no ver sus rostros podía decir cualquier cosa que le pareciese bien a ella.

Mientras hablaba con él llegó a sus oídos un rumor de voces entre su padre y Elizabeth. No distinguió con claridad, pero adivinó de qué se trataba. Al ver que el capitán Wentworth saludaba, comprendió que su padre había tenido a bien reconocerlo y aún tuvo tiempo, echando una ojeada fugaz, de ver también una ligera cortesía por parte de Elizabeth. Todo aquello, aunque hecho tarde y con frialdad, era mejor que nada y le alegró el ánimo.

Después de hablar del tiempo, sobre Bath y acerca del concierto, su conversación comenzó a languidecer y ya podían decirse tan poco que ella esperaba que él se marchase de un momento a otro. Pero no lo hacía. No parecía tener prisa por dejarla. Luego, con un entusiasmo renovado y una ligera sonrisa, dijo:

—Apenas la he visto desde aquel día en Lyme. Temo que haya sufrido mucho por la impresión, sobre todo porque nadie la atendió a usted en aquel momento.

Ella aseguró que no había sido así.

—¡Fue un momento espantoso —exclamó él—, un día terrible! —y se pasó la mano por los ojos, como si ese recuerdo aún resultase doloroso. Pero enseguida, volviendo a sonreír, añadió—: Pero ese día dejó sus efectos y no son en absoluto terribles. Cuando usted tuvo la suficiente presencia de ánimo para sugerir que Benwick era la persona indicada para buscar un médico, no pudo ni imaginar cuánto significaría ella para él.

—Lo cierto es que no habría podido imaginarlo. Según parece y espero serán una pareja muy feliz. Ambos tienen buenos principios y buen carácter.

—Sí —dijo él sin rehuir la mirada—, pero me parece ahí que termina todo el parecido entre ambos. Les deseo la mayor de las felicidades con toda mi alma y me alegra cualquier circunstancia que pueda contribuir a ello. No tienen dificultades en su hogar, ni oposición ninguna o nada parecido que pueda retrasarlos. Los Musgrove están portándose según saben hacerlo, honorable y bondadosamente, pues desean de todo corazón la mayor felicidad para su hija. Todo esto ya es mucho y podrán ser felices, aunque tal vez…

Enmudeció. Un súbito recuerdo pareció asaltarlo y transmitirle algo de la emoción que encendía las mejillas de Anne, que mantenía la mirada en el suelo. Después de aclararse la voz, prosiguió:

—Confieso que creo que existe cierta disparidad o, mejor dicho, una gran disparidad en algo que es más esencial que el carácter. Considero a Louisa Musgrove una joven agradable, dulce y con luces, pero Benwick es mucho más. Es un hombre inteligente, instruido, de modo que confieso que me sorprendió un tanto que se enamorase de ella. Si fue efecto de la gratitud que él la haya amado porque creyó ser preferido por ella, eso ya es harina de otro costal. Pero no tengo motivos para imaginar nada. Por el contrario, parece haber sido un sentimiento genuino y espontáneo por parte de él, cosa que me sorprende. ¡Un hombre como él y en la situación en que se hallaba! ¡Con el corazón herido, casi hecho trizas! Fanny Harville era una mujer de una gran calidad y el amor que por ella sentía era verdadero. ¡Un hombre no puede olvidar el amor de una mujer como ella! No debe…, no puede.

Ya fuese porque era consciente de que su amigo la había olvidado o porque supiese alguna otra cosa, se calló. Anne, que no había perdido una sola palabra pese al tono agitado con que dijo aquello y a todos los ruidos de la habitación, al abrir y cerrar constante de la puerta, al alboroto de personas pasando de un punto a otro, se sintió sorprendida, agradecida y confundida, de manera que comenzó a respirar con agitación y a sentir cien impresiones a la vez. No podía hablar de ese asunto. Sin embargo, después de un momento, comprendió la necesidad de decir lo que fuese y no deseando en modo alguno cambiar completamente de tema, lo desvió tan solo un poco diciendo:

—Estuvo mucho tiempo en Lyme, me imagino.

—Unos quince días. No podía irme hasta estar seguro de que Louisa se recobraría. El daño hecho me atañía demasiado como para estar tranquilo. Había sido culpa mía, solo mía. Ella no se habría obstinado si yo hubiese sido débil. El paisaje de Lyme es muy bonito. Caminé y cabalgué mucho, así que cuanto más vi, más cosas encontré que admirar.

—Me gustaría mucho ver Lyme de nuevo —dijo Anne.

—¿De veras? No creía que hubiera encontrado nada en Lyme que pudiese inspirarle ese deseo. ¡El horror y la intranquilidad en los que se vio envuelta, la agitación, la pena! Yo habría dicho que sus últimas impresiones de Lyme habían sido desagradables.

—Las últimas horas fueron sin duda muy dolorosas —repuso Anne—, pero cuando el dolor ha pasado, muchas veces su recuerdo nos causa placer. Uno no ama menos un lugar por haber sufrido en él, salvo que todo allí solo fuese sufrimiento, un puro dolor. Pero no es precisamente el caso de Lyme. Solo sufrimos intranquilidad y ansiedad en las últimas horas. Antes nos lo habíamos pasado en grande. ¡Tanta novedad y belleza! He viajado tan poco que cualquier sitio que veo me resulta extremadamente interesante... Pero en Lyme se ve la verdadera belleza. En pocas palabras —dijo sonrojándose levemente al recordar algo—, mis impresiones de Lyme son muy agradables en conjunto.

Al terminar de hablar, se abrió la puerta del salón y entró el grupo que estaban esperando. «Lady Dalrymple, lady Dalrymple», se oyó murmurar por todas partes y, con toda la precipitación que permitía la elegancia, sir Walter y las dos señoras se levantaron para salir al encuentro de lady Dalrymple, la cual acababa de entrar en ese mismo instante junto con la señorita Carteret, escoltadas por el señor Elliot y el coronel Wallis. Los demás se le unieron y formaron un grupo en el que Anne se vio incluida a la fuerza. Se encontró separada del capitán Wentworth. Su interesante conversación, tal vez demasiado interesante, debió interrumpirse un tiempo. No obstante, el pesar que experimentó fue leve comparado con la satisfacción que le había proporcionado aquella conversación. Había sabido en los últimos diez minutos más sobre sus sentimientos hacia Louisa, más de todos sus sentimientos de lo que habría osado pensar. Se entregó a las atenciones de la reunión y a las cortesías del momento con unas sensaciones exquisitas y agitadas. Estuvo de buen humor con todos. Había recibido ideas que la predisponían a ser cortés ya mostrarse buena con todo el mundo, a compadecer a todos por ser menos felices que ella en esos momentos.

Las deliciosas emociones se apagaron un poco cuando, al separarse del grupo para unirse de nuevo al capitán Wentworth, vio que él había desaparecido. Solo tuvo tiempo de verlo entrar a la sala de conciertos. Se había ido, había desaparecido y sintió un momento de pesadumbre. Pero volverían a encontrarse. Él la buscaría y la hallaría antes de que hubiese concluido la velada. Un momento de separación era lo mejor. Ella necesitaba una pausa para recomponerse.

Con la llegada de lady Russell poco después se completó el grupo y ya solo les quedaba dirigirse a la sala de conciertos. Elizabeth, dando el brazo a la señorita Carteret y marchando detrás de la vizcondesa viuda de Dalrymple, no quería ver más allá de dicha dama y era totalmente feliz con eso. También lo era Anne, pero sería un insulto comparar la felicidad de Anne con la de su hermana, pues una era fruto de la vanidad satisfecha, mientras que la otra lo era del cariño generoso.

Anne no vio nada ni se fijó en absoluto en el lujo de la sala. Su felicidad era interior. Sus ojos refulgían y sus mejillas estaban sonrosadas, aunque ella no lo supiese. Solo pensaba en la última media hora y mientras ocupaban sus asientos, repasaba mentalmente los pormenores. La elección del tema de la charla, sus expresiones e incluso sus gestos y su fisonomía eran algo que ella podía ver únicamente de una manera. Su opinión acerca de la inferioridad de Louisa Musgrove, la cual parecía haber dado con placer, su asombro ante los sentimientos del capitán Benwick, los sentimientos de él por su primer y fuerte amor —las frases que se dejaron sin acabar—, su mirada un tanto esquiva, más de una mirada rápida y furtiva, todo aquello hablaba de que finalmente regresaba a ella. Habían desaparecido el enfado, el resentimiento y el deseo de evitar su compañía. Sus sentimientos ya no eran simplemente amistosos. Tenían la ternura del pasado. Sí, había en ellos algo de la antigua ternura. El cambio no podía significar ninguna otra cosa. Debía amarla.

Tales pensamientos y las visiones que conllevaban la ocupaban demasiado para que pudiese reparar en lo que ocurría a su alrededor, de manera que pasó a lo largo de la sala sin una mirada y sin siquiera tratar de verla. Cuando dieron con sus asientos y se hubieron acomodado, miró alrededor para ver si lograba encontrarlo en aquella parte de la sala, pero sus ojos no pudieron descubrirlo. Como el concierto comenzaba, debió contentarse con una felicidad más humilde.

El grupo quedó dividido y ocuparon dos bancos contiguos. Anne estaba en el frente, y el señor Elliot se las ingenió con la complicidad de su amigo, el coronel Wallis, para quedar sentado cerca de ella. Rodeada por sus primas y con las atenciones del coronel Wallis, la señora Elliot se daba por satisfecha.

El espíritu de Anne estaba favorablemente predispuesto para disfrutar de la velada. Era lo que necesitaba. Albergaba sentimientos tiernos, tenía el espíritu alegre, prestaba atención a lo científico y mostraba paciencia para lo tedioso. Jamás le había agradado más un concierto, al menos durante la primera parte. Al terminar esta, mientras durante el intermedio tocaban una canción italiana, le explicó al señor Elliot la letra de la canción. Entre ambos consultaron el programa de la velada.

—Este es más o menos el significado de las palabras —dijo ella—, ya que el sentido de una canción italiana de amor es algo que no debe pronunciarse. Este es el sentido que le doy, pues no pretendo entender el idioma. He sido una terrible alumna de italiano.

—Sí, ya me doy cuenta. Veo que no sabe nada. Solo tiene conocimientos para traducir estas torcidas, atravesadas y vulgares líneas italianas en un inglés claro, comprensible y elegante. No necesita decir nada más sobre su ignorancia. Me atengo a las pruebas.

—No diré nada a tanta cortesía, pero no me gustaría que me examinase alguien fuerte en la materia.

—No he tenido el placer de visitar durante tanto tiempo Camden Place sin haber aprendido algo de la señorita Anne Elliot —repuso él—. La considero demasiado modesta para que el mundo conozca la mitad de sus dones, y está tan bien dotada por la modestia que resultaría inmoderado en otra lo que en ella es natural.

—¡Qué vergüenza, pero qué vergüenza, esto es pura adulación! No sé lo que tendremos después —añadió volviendo al programa.

—Tal vez —dijo el señor Elliot hablando bajo— conozca más su carácter de lo que usted misma se imagina.

—¿De veras? ¿Cómo es eso? Me conoce desde que vine a Bath salvo que cuente lo que haya oído decir sobre mí a mi familia.

—Ya había oído hablar de usted mucho antes de que viniese a Bath. He oído su descripción a personas que la conocen de cerca. Conozco su carácter desde hace muchos años. Su persona, su temperamento, sus modales, todo eso me lo habían descrito con todo lujo de detalles.

El señor Elliot no quedó defraudado por el interés que pensaba despertar. Nadie podría resistir el encanto de aquel misterio. Haber sido descrita por desconocidos desde mucho tiempo atrás a un nuevo conocido era irresistible. Anne se moría de curiosidad. Ella dudaba y le preguntó con interés, pero fue en vano. A él le encantaba que le preguntasen, pero no pensaba decir nada.

No, no, tal vez en otra ocasión, pero no en aquel momento. Sus labios estaban sellados. Pero en realidad eso había sido cierto. Unos años antes había oído tal descripción de la señorita Anne Elliot que desde ese momento se hizo la más alta idea acerca de sus méritos y albergó el más ardiente deseo de conocerla.

Anne no podía pensar en nadie que hablase con tanta parcialidad de ella, salvo el señor Wentworth, el de Monkford, el hermano del capitán Wentworth. Elliot debía haber estado alguna vez en compañía de Wentworth, pero Anne no se atrevió a preguntar.

—El nombre de Anne Elliot tenía para mí hace mucho tiempo el más poderoso atractivo —prosiguió él—. Fue un extraordinario acicate para mi fantasía durante años y, si me atreviese, expresaría el deseo de que nunca cambiase este nombre tan encantador.

Esas fueron sus palabras, según le parecieron a ella. Sin embargo, apenas las había oído cuando escuchó detrás otras que hicieron que todo lo demás pareciese no importar. Su padre y lady Dalrymple estaban hablando.

—Ese hombre es muy buen mozo —dijo sir Walter—, muy buen mozo.

—Un hombre realmente apuesto —dijo lady Dalrymple—. Más porte que la mayoría de las personas que una encuentra en Bath. ¿Es acaso irlandés?

—No; sé su nombre, aunque apenas si es un conocido. Wentworth, el capitán Wentworth de la Marina. Su hermana está casada con mi arrendatario de Somersetshire, Croft, el hombre al le he alquilado Kellynch.

Antes de que su padre hubiese terminado de hablar, Anne había seguido su mirada y distinguía al capitán Wentworth entre un grupo de caballeros a cierta distancia. Cuando ella lo miró, los ojos de él parecieron atraídos por otra causa.

Eso le pareció al menos. Ella había mirado un segundo más tarde de lo que debió y, mientras ella permaneció con la mirada fija, él no volvió a mirar. Pero la interpretación comenzaba una vez más, de modo que se vio obligada a prestar su atención a la orquesta y a mirar al frente.

Cuando miró de nuevo, ya se había retirado. Él no habría podido acercársele aunque lo hubiera deseado, pues ella estaba rodeada de demasiada gente, pero habría podido cambiar miradas con él si hubiese querido.

El discurso del señor Elliot también la inquietaba. No deseaba hablar más con él. Habría deseado que no estuviese tan cerca de ella.

La primera parte del concierto había concluido y ella esperaba algún cambio agradable. Tras un momento de silencio en el grupo, alguien decidió ir a pedir té. Anne fue una de las pocas que prefirió no moverse. Permaneció en su asiento y lady Russell hizo lo mismo. No obstante, tuvo la suerte de verse libre del señor Elliot. No pensaba evitar en modo alguno a causa de lady Russell la conversación con el capitán Wentworth, si es que él acudía a hablarle. Por el gesto de lady Russell comprendió que ella lo había visto.

Pero él no se acercó. En ciertos momentos a Anne le pareció verlo a distancia, pero él no se aproximó. El ansiado intervalo pasó sin que sucediese nada nuevo. Los demás volvieron, la sala se llenó de nuevo, los asientos fueron reclamados y entregados, y dio comienzo otra hora de placer o de disconformidad. Era una hora de música que proporcionaría placer o aburrimiento dependiendo de si la afición a la música fuese sincera o fingida. Para Anne sería una hora de agitación. No podría alejarse de allí con tranquilidad sin antes haber visto al capitán Wentworth una vez más, sin haber cambiado con él una mirada amistosa.

Al acomodarse de nuevo hubo algunos cambios de sitio, lo cual la favoreció. El coronel Wallis no quiso sentarse otra vez y Elizabeth y la señorita Carteret invitaron al señor Elliot a ocupar su puesto de una manera que no daba pie a negarse. Además, por otra serie de cambios y un tanto de diligencia de su parte, Anne se vio mucho más cerca del final del banco que antes, mucho más cerca de quienes pasaban. No pudo hacer esto sin compararse a sí misma con señorita Larolles —la inimitable señorita Larolles—,[11] pese a lo cual los resultados no fueron felices. Así pues, haciendo lo que parecía una cortesía de cara a sus compañeros, se encontró en el borde del banco antes de que el concierto hubiese acabado.

Allí se encontraba ella, con un gran espacio vacío delante, cuando volvió a ver al capitán Wentworth, que no se hallaba lejos. Él también la vio, pero su aire era hosco, irresoluto y solo poco a poco llegó a acercarse hasta poder hablar con ella. Anne comprendió que sucedía algo. El cambio operado en él era incuestionable. Saltaba a la vista la diferencia entre sus modales en ese momento y las del Cuarto Octogonal. ¿Qué había ocurrido? Pensó en su padre, en lady Russell. ¿Sería posible que hubiesen cambiado algunas miradas de desagrado? Comenzó a hablar gravemente del concierto. No parecía el capitán Wentworth de Uppercross. Había quedado defraudado por la representación. Esperaba mejores voces de los cantantes. En pocas palabras, confesaba que no le molestaba que todo hubiese terminado por fin. Anne respondió y defendió la representación tan bien y con tanta gentileza que el rostro de él se alegró y respondió con una media sonrisa. Hablaron unos minutos más durante los cuales sus relaciones mejoraron un poco. Él miraba el banco buscando un sitio donde sentarse, cuando un golpecito en el hombro hizo volverse a Anne. Era el señor Elliot. Pidió disculpas, pero la necesitaba para otra traducción del italiano. La señorita Carteret estaba ansiosa por tener una idea general de lo que se cantaría. Anne no podía negarse, pero nunca en su vida hizo de tan mala gana un sacrificio por mor de la buena educación.

Se perdieron unos pocos minutos, pese a haberlos hecho lo más rápidos posible. Cuando pudo volver a lo que quería se encontró ante ella al capitán Wentworth listo para despedirse,

---

[11] Personaje de *Cecilia*, una novela de la escritora inglesa Fanny Burney que gustaba mucho a Jane Austen.

como si tuviese mucha prisa. Debía despedirse. Tenía que irse y llegar a casa cuanto antes.

—¿No se quedará para escuchar la próxima canción? —preguntó Anne, asaltada de pronto por una idea que le daba valor para insistir.

—No —respondió él con énfasis—, no hay nada por lo que merezca la pena quedarse —y se retiró sin más.

¡Estaba celoso del señor Elliot! Era el único motivo posible. ¡El capitán Wentworth celoso de ella! ¿Podría haberlo imaginado tres semanas antes…, tres horas antes? Por un instante sus sentimientos fueron deliciosos. Pero ay, ¡después brotaron pensamientos muy distintos! ¿Qué haría para volatilizar aquellos celos? ¿Cómo hacerle saber la verdad? ¿Cómo, en medio de todas las desventajas de sus situaciones respectivas, podría llegar él a saber sus verdaderos sentimientos? Le dolía pensar en las atenciones del señor Elliot. El daño que habían causado era incalculable.

# CAPÍTULO 21

Al día siguiente Anne recordó complacida su promesa de visitar a la señora Smith. Esto la tendría fuera de casa cuando fuese el señor Elliot. Evitarlo era en esos momentos lo más importante.

Ella sentía muy buena disposición hacia él. Pese al daño causado por sus atenciones, le debía ella cierta gratitud y tal vez también algo de compasión. No podía dejar de pensar en las raras circunstancias en que se habían visto por primera vez, así como en el derecho que tenía él de aspirar a su afecto por todas las circunstancias y por sus propios sentimientos. Todo eso era singular y halagüeño, pero doloroso. Había mucho que lamentar. Cuáles habrían sido sus sentimientos si no hubiese existido un capitán Wentworth, no merecía la pena pensarlo. Pero el hecho es que había un capitán Wentworth, y con él la certeza de que cualquiera que fuese el resultado de todo aquel asunto el afecto de Anne sería para siempre suyo. El unirse a él, creía ella, no la alejaría más de todos los hombres que separarse de él.

Era difícil que jamás hubiesen recorrido las calles de Bath unas meditaciones de amor y perseverancia eternos más hermosas. Anne fue cavilando esto desde Camden Place hasta Westgate. Esto bastaba para esparcir purificación y perfume por todo el camino.

Estaba segura de que tendría un agradable recibimiento. Su amiga pareció esa mañana especialmente agradecida por su visita. No parecía haberla esperado, aunque ella hubiese prometido ir.

Le pidió inmediatamente a Anne que le hiciese un cuadro del concierto. Como los recuerdos que Anne tenía eran muy gratos sus mejillas se encendieron y le divirtió contarlos. Todo lo que pudo decir lo relató de muy buena gana. No obstante, lo que podía decir era insuficiente para quien había estado allí y también para satisfacer una curiosidad como la de la señora Smith, que por medio del mozo y de la planchadora ya estaba al tanto del éxito de la velada y de más cosas de las que ella podía contar. La dama preguntaba por detalles sobre los asistentes. La señora Smith conocía de nombre a todo el mundo con alguna fama o notoriedad en Bath.

—Las pequeñas Durand estarían allí, supongo —dijo—, con las bocas abiertas para escuchar la música. Parecerían gorriones esperando que les llevasen alimento. Jamás faltan a un concierto.

—Así es. Yo no las vi, pero oí decir al señor Elliot que estaban en la sala.

—¿Los Ibbotson estaban también? ¿Y las dos nuevas beldades con el oficial irlandés que hablaba con una de ellas?

—No me fijé… No creo que estuvieran allí.

—¿Y la vieja Lady Maclean? Es inútil preguntar por ella. Nunca falta, lo sé. Debe haberla visto. Estaría muy cerca de ustedes, porque como fueron con lady Dalrymple, deben haber ocupado los sitios de honor alrededor de la orquesta.

—No, eso era lo que me temía. Habría sido muy desagradable para mí en todos los aspectos, pero por suerte lady Dalrymple prefiere colocarse un poco más lejos. Por otra parte, estuvimos maravillosamente bien situados en lo que a acústica se refiere. No digo lo mismo en cuanto a la vista, porque lo cierto es que pude ver bastante poco.

—Oh, vio lo suficiente para entretenerse. Me lo imagino. Hay cierta alegría en que la conozcan a una incluso en un grupo y usted pudo disfrutar de esa alegría. Eran un grupo grande y no necesitaban más.

—Pero debí observar un poco más alrededor —dijo Anne, al tiempo que reparaba en que realmente no es que hubiese dejado de mirar, sino que buscaba solo a uno.

—No, no; su tiempo estuvo mejor ocupado que eso. No necesita decirme que se ha divertido. Esto se ve a la legua. Veo perfectamente cómo han pasado las horas, cómo tenía algo placentero que oír. Y durante los intervalos, como es natural, estaría la conversación.

Anne sonrió un poco y preguntó:

—¿Puede ver eso en mis ojos?

—Claro que puedo. Veo por su aspecto que anoche estaba en compañía de la persona a quien juzga más amable del mundo, la que le interesa más que todo el mundo junto.

Anne se sonrojó y no pudo decir nada.

—Y siendo el caso —continuó la señora Smith tras una breve pausa—, podrá juzgar cuánto aprecio su bondad al venir a verme esta mañana. Es muy amable de su parte venir a estar conmigo cuando posiblemente deben ir a visitarla personas que son más de su agrado.

Anne no oyó nada de esto. Aún estaba confundida y azorada por la agudeza de su amiga. No podía ni imaginar cómo había llegado a enterarse de lo del capitán Wentworth. Hubo otro silencio.

—Por favor —dijo la señora Smith—. ¿Sabe el señor Elliot de su amistad conmigo? ¿Sabe que estoy en Bath?

—El señor Elliot —dijo Anne, sorprendida. Un momento de reflexión le reveló el error en el que incurría. Lo comprendió de inmediato y, tras recobrarse al sentirse ya más segura, añadió más compuesta—: ¿Conoce usted al señor Elliot?

—Lo he conocido mucho —repuso la señora Smith gravemente—. Pero esto ya parece haber quedado olvidado. Hace mucho tiempo que nos conocimos.

—No lo sabía. Jamás me lo había dicho usted. Si lo hubiese sabido, habría tenido el placer de conversar con él acerca de usted.

—A decir verdad —dijo la señora Smith con su habitual buen humor—, se trata de un placer que deseo que tenga usted. Deseo que hable de mí con el señor Elliot. Deseo que se interese en hacerlo. Él puede ser de gran utilidad para mí. Además, como es natural, mi querida señorita Elliot, huelga decir que él hará por mí todo lo que pueda si usted se interesa.

—Será un placer. No dude de mi deseo de ser útil —replicó Anne—, pero creo que supone que tengo demasiado ascendiente sobre el señor Elliot, más motivos para influir sobre él de los que realmente existen. No dudo que de una manera u otra le ha llegado a usted esta versión. Pero debe considerarme solo un familiar del señor Elliot. Si cree que hay algo que una prima pueda pedir a un primo, le ruego que no vacile en contar con mis servicios.

La señora Smith le lanzó una mirada penetrante y añadió con una sonrisa:

—Me doy cuenta de que he ido demasiado deprisa. Le ruego que me disculpe. Debí esperar que me lo comunicase usted misma. Pero ahora, mi querida señorita Elliot, como a una vieja amiga, dígame cuándo podremos hablar del asunto. ¿La próxima semana? Seguramente entonces todo quedará arreglado y podré dedicarme a pensar en la felicidad que le aguarda a la señorita Elliot.

—No —respondió Anne—, ni la semana que viene, ni la de después, ni la siguiente. Le aseguro que nada de lo que imagina se arreglará en el futuro. No me casaré con el señor Elliot. Me gustaría saber por qué se ha hecho esa idea.

La señora Smith la miró fijamente, sonrió y sacudiendo la cabeza añadió:

—¡Vamos, no la comprendo a usted! ¡Cuánto me habría gustado conocer su punto de vista! Pero espero que no sea tan cruel cuando llegue el momento. Hasta que llegue ese momento, sabe que las mujeres no tenemos en realidad a nadie. Entre nosotras, todo hombre es rechazado hasta que se declara. Pero ¿por qué iba a ser usted cruel? Déjeme abogar por mi... no puedo llamarlo amigo ahora..., por mi antiguo amigo. ¿Dónde podrá encontrar un matrimonio más ventajoso? ¿Dónde encontrará usted un hombre más caballero o más gentil? Deje que le recomiende al señor Elliot. Estoy convencida de que no oirá más que elogios de él de parte del coronel Wallis. ¿Quién puede conocerlo mejor que él?

—Mi querida señora Smith, la esposa del señor Elliot murió hace poco más de medio año. Nadie debería nadie imaginar que él anda cortejando ya a alguien.

—¡Oh, sí! ¡Este es el único inconveniente! —afirmó la señora Smith con vehemencia—. El señor Elliot está a salvo, así que no me preocuparé más por él. No se olvide de mí cuando se haya casado. Eso es todo lo que le pido. Hágale saber que soy amiga suya y entonces pensará que la molestia que yo le ocasione es muy poca, lo cual ocurriría sin duda ahora con tantos negocios y compromisos como tiene, con tantas cosas e invitaciones de las que se va librando como puede. El noventa y nueve por ciento de los hombres haría lo mismo. Como es natural, él no puede saber cuánta importancia pueden tener ciertas cosas para mí. Bien, mi querida señorita Elliot, deseo y espero que sea muy feliz. El señor Elliot es hombre que comprenderá todo lo que vale. Su paz no se verá alterada como se vio la mía. Estará protegida frente a todo y podrá confiar en su carácter. No será un hombre que se deje llevar por otros a la ruina.

—Sí, creo muy bien todo lo que usted dice de mi primo —dijo Anne—. Parece tener una naturaleza serena y resuelta, poco abierta a impresiones peligrosas. Me inspira un gran respeto. No tengo motivos para otra cosa por lo que he podido observar en él. Pero lo conozco muy poco y no es hombre, al menos eso me parece, que pueda conocerse de buenas a primeras. ¿No le convence a usted mi forma de hablar de que él no significa nada especial para mí? Mi discurso es bastante tranquilo. Y le doy mi palabra de honor de que él no significa nada para mí. En caso de que se me declare (y tengo muy pocos motivos para pensar que vaya a hacerlo) no lo aceptaré. Le aseguro que no. Le aseguro que el señor Elliot no ha tenido nada que ver en el placer que usted ha creído que experimenté anoche. No, no es el señor Elliot quien…

Se calló, ruborizándose hasta la raíz del cabello y comprendiendo que había dicho demasiado. Pero aquello fue entendido en el acto. La señora Smith no habría entendido el fracaso del señor Elliot si no hubiese imaginado que había otra persona. Cuando comprendió esto, admitió de inmediato el fracaso de su protegido y no dijo nada más. Pero Anne, deseosa de pasar por alto aquel suceso, estaba impaciente por saber de dónde se había sacado la señora Smith la idea de que ella debía casarse con el señor Elliot o de quién la había oído.

—¿Quiere decirme cómo se le ocurrió pensar algo así?

—Al principio —dijo la señora Smith— fue al saber cuánto tiempo pasaban juntos. Además, me parecía que era lo más deseable para cualquiera de los dos. Y puede dar por sentado que todos sus conocidos piensan lo mismo que yo. Sin embargo, nadie me habló de ello hasta hace dos días.

—¿Así que se ha hablado de ello?

—¿Se fijó a la mujer que le abrió la puerta cuando vino ayer?

—No. ¿No era la señora Speed, como siempre, o la doncella? No vi a nadie en particular.

—Era mi amiga la señora Rooke, la enfermera Rooke, quien, como es natural, sentía una gran curiosidad por verla a usted, de modo que estuvo encantada de abrirle la puerta. Regresó de Marlborough Buildings el domingo. Ella fue quien me dijo que se casaría con el señor Elliot. Ella se lo ha oído decir a la misma señora Wallis, que debe estar bien informada. Estuvo aquí el lunes durante una hora y me contó de cabo a rabo toda la historia.

—¡Toda la historia! —dijo Anne—. No puede haber contado una larga historia a partir de un asunto tan pequeño e infundado.

La señora Smith no respondió.

—Pero —prosiguió Anne— aunque no sea cierto que tenga algo que ver con el señor Elliot, haré cuanto pueda por usted. ¿Debo decirle que se encuentra en Bath? ¿Desea que le transmita algún mensaje?

—No, gracias. En el calor del momento y en circunstancias equivocadas tal vez yo haya podido haberle pedido su interés en estos asuntos. Pero ahora ya no. Le ruego que no se moleste.

—Creo que ha dicho que conoce al señor Elliot desde hace mucho tiempo, ¿no?

—Así es.

—No antes de que él se casara, supongo.

—No estaba casado cuando lo conocí.

—Y ¿eran ustedes muy amigos?

—Íntimos.

—¡De veras! Dígame entonces qué clase de persona era él. Siento una gran curiosidad por saber cómo era el señor Elliot en su juventud. ¿Se parecía mucho a lo que es hoy?

—Hace tres años que no veo al señor Elliot —dijo la señora Smith con su natural cordialidad—. Le ruego que me perdone por las respuestas tan cortas que le he dado, pero he dudado sobre lo que debía hacer. He dudado de si debía decirle algo a usted. Hay muchas cosas que se deben tener en cuenta. Es odioso ser demasiado oficioso, causar malas impresiones, hacer daño. Pero la amistad de los parientes merece ser conservada, aunque no haya nada bajo la superficie. Pero en todo caso, estoy decidida y creo que hago bien. Creo que usted debe conocer el verdadero carácter del señor Elliot. Aunque por el momento no parezca tener la menor intención de aceptarlo, nadie puede decir lo que puede depararnos el futuro. Tal vez alguna vez sus sentimientos con respecto a él cambien. Escuche la verdad ahora que ningún prejuicio turba su mente. El señor Elliot es un hombre sin corazón ni conciencia. Es un ser egoísta, de sangre fría, que solo piensa en sí mismo y que, por su propio interés, no vacilaría en cometer cualquier crueldad, cualquier traición, cualquier cosa siempre que no se vuelva más tarde contra él. No siente nada por los demás. Puede dejar y abandonar sin el menor remordimiento a aquellos de quienes él ha sido el principal motivo de ruina. Es ajeno a todo sentimiento de justicia o compasión. Oh, su corazón es negro. ¡Negro y vacío!

La sorpresa de Anne y sus exclamaciones de asombro le hicieron detenerse. Entonces prosiguió con aire más tranquilo:

—Mis expresiones la sorprenden. Creerá que soy una mujer rabiosa e injuriada, pero trataré de hablar con más calma y no lo calumniaré. Solo le diré lo que yo sé de él. Los hechos hablarán por sí solos. Él era íntimo amigo de mi difunto esposo, en quien confiaba, a quien quería y creía tan bueno como él. Al casarme supe que eran íntimos amigos y yo también simpaticé muchísimo con el señor Elliot. Entonces tenía el mejor concepto de él. A los diecinueve años, sabe que uno no piensa demasiado en serio. Pero el señor Elliot me parecía tan bueno como cualquier otro y más agradable que muchos, así que siempre estábamos juntos. Estábamos en la ciudad y vivíamos a todo tren. Él era entonces inferior a nosotros. Era pobre y tenía unas habitaciones en Temple.[12] Aquello era todo lo que podía hacer para mantener su apariencia de caballero. Venía a nuestra casa siempre que quería, pues allí siempre era bienvenido. Para nosotros era como un hermano. Mi pobre Charles, que tenía el corazón más bondadoso y generoso del mundo, habría compartido con él hasta el último penique. Me consta que sus bolsillos siempre estuvieron abiertos para su amigo. Estoy más que convencida de que en varias ocasiones le prestó ayuda.

—Ese debe ser el período de la vida del señor Elliot que siempre me ha excitado la curiosidad —dijo Anne—. Debió ser entonces cuando lo conocieron mi padre y mi hermana. Yo no lo conocía entonces, solo oía hablar de él. Sin embargo, hubo algo en su conducta de aquella época, en lo que se refiere a mi padre y a mi hermana y poco después al casarse, con lo que nunca he podido reconciliarme hasta ahora. Parecía como si fuese un hombre distinto.

—Ya lo sé, lo sé —exclamó la señora Smith—. Se lo presentaron a sir Walter y a su hermana antes de que yo lo conociese, pero le oí hablar mucho de ellos. Sé que lo invitaron y estuvo muy solicitado. También sé que jamás acudió a una invitación. Tal vez pueda darle detalles que ni sospecha. Por ejemplo, con respecto a su matrimonio, estoy al cabo de todas las circunstancias. Conozco todos los pros y los contras. Yo era la amiga a quien él confiaba sus esperanzas y planes. Aunque no conocí a su esposa con anterioridad, pues su situación inferior en sociedad lo hacía imposible, la conocí mucho después, durante los dos últimos años de su vida, así que puedo responder a cualquier pregunta que desee hacerme.

---

[12] Barrio londinense donde se sitúan muchos despachos de abogados y centros de derecho.

—No —dijo Anne—, no tengo ninguna pregunta particular que hacerle acerca de ella. Siempre he sabido que no eran un matrimonio feliz. Pero me gustaría saber por qué motivo él evitaba la relación con mi padre por aquella época. Mi padre tenía hacia él la mejor disposición. ¿Por qué lo rehuía el señor Elliot?

—El señor Elliot —respondió la señora Smith— por aquel entonces tenía una sola idea: amasar una fortuna por cualquier medio y rápidamente. Se había propuesto contraer un matrimonio ventajoso. Y sé que creía (si fue con razón o no, eso no puedo asegurarlo) que su padre y su hermana con sus invitaciones y cortesías deseaban una unión entre el heredero y la joven. Como es de imaginar, aquel matrimonio no satisfacía sus aspiraciones de bienestar e independencia. Ese fue el motivo por el que se mantenía alejado, puedo asegurárselo. Él mismo me lo contó. No tenía secretos para mí. Es curioso que, tras haberla dejado a usted en Bath, el primer amigo y el más importante que tuve después de casada haya sido su primo, y que por mediación de él haya tenido noticias constantes de su padre y de su hermana. Él me describía a una tal señorita Elliot y esto me parecía muy afectuoso de su parte.

—Tal vez habló de mí algunas veces con el señor Elliot —dijo Anne, asaltada por una súbita idea.

—Por supuesto y muy a menudo. Solía alabar a Anne Elliot y aseguraba que era una persona muy distinta de…

Se detuvo a tiempo.

—Eso tiene que ver con algo que el señor Elliot dijo anoche —exclamó Anne—. Esto lo aclara todo. Supe que se había acostumbrado a oír hablar de mí. No pude saber cómo o a través de quién. ¡Qué imaginación tan desbocada tenemos cuando se trata de algo relacionado con nuestra querida persona! ¡Cómo podemos equivocarnos! Pero le ruego que me perdone. La he interrumpido. Así que el señor Elliot se casó por dinero. Fue esta circunstancia, me imagino, la que le hizo entrever a usted por primera vez su verdadero carácter.

La señora Smith vaciló un momento.

—Oh, estas cosas suelen ocurrir. Cuando se vive en el mundo no es en absoluto sorprendente conocer a hombres y mujeres que se casan por dinero. Yo era muy joven y éramos un grupo alegre e irreflexivo, sin ninguna regla de conducta seria. Vivíamos para divertirnos. Ahora pienso muy diferente. El tiempo, la enfermedad y la pena me han dado otras nociones sobre las cosas. Sin embargo, debo confesar que por aquel entonces no vi nada reprochable en la conducta del señor Elliot. «Hacer lo mejor para uno mismo» era casi nuestro deber.

—Pero ¿no era ella una mujer muy inferior?

—Sí, y yo planteé ciertas objeciones por ello, pero él no las tuvo en cuenta. Dinero y dinero, eso era lo único que deseaba. El padre de ella había sido ganadero y su abuelo, carnicero, pero ¿qué más daba eso? Ella era una buena mujer con educación. La habían criado unos primos. Conoció por casualidad al señor Elliot y se enamoró de él. Por parte de él no hubo una sola vacilación ni un escrúpulo en lo que respecta al origen de ella. Su único interés era saber a cuánto ascendía la fortuna antes de comprometerse en serio. A juzgar por esto, cualquiera que sea ahora la opinión del señor Elliot sobre su posición en la vida, cuando era joven le tenía sin cuidado. La posibilidad de heredar Kellynch tal vez fuese algo, pero en general, en lo tocante al honor de la familia, lo situaba muy abajo y lo dejaba poco limpio. Muchas veces le oí decir que si las baronías fuesen vendibles él vendería la suya por cincuenta libras, con el escudo de armas, el lema, el nombre y la tierra incluidos. Pero no le repetiré la mitad de las cosas que decía sobre este asunto. No estaría bien que lo hiciese. No obstante, debería tener pruebas porque, ¿qué son más que simples palabras? Debería tener usted pruebas.

—Lo cierto, mi querida señora Smith, es que no necesito ninguna —exclamó Anne—. No ha dicho nada que contradiga lo que el señor Elliot era en esa época. Esto más bien confirma lo que nosotros creíamos y oíamos. Lo que despierta mi curiosidad es saber por qué es tan distinto ahora.

—Se lo diré encantada. Tenga la amabilidad de llamar a Mary o, mejor aún, le daré la satisfacción de que traiga usted misma una cajita que está en el estante más alto de mi ropero.

Anne, viendo que su amiga deseaba ardientemente esto, hizo lo que se le pedía. Llevó la cajita y la colocó delante de ella. Inclinándose y abriéndola, la señora Smith dijo:

—Esto está lleno de papeles pertenecientes a él y a mi marido. Es solo una pequeña parte de todo lo que encontré cuando enviudé. La carta que busco la escribió el señor Elliot a mi esposo antes de nuestro matrimonio y por suerte pudo salvarse. ¿Cómo? No sabría decírselo. Él era descuidado y negligente en esta materia, como muchos otros hombres. Y cuando me puse a examinar sus papeles vi muchas cosas sin importancia, mientras que muchos que eran realmente valiosos fueron destruidos. Aquí está. No la he quemado porque, aunque por aquel entonces conociese poco al señor Elliot, decidí guardar pruebas de la amistad que hubo entre nosotros. Ahora tengo un motivo más para alegrarme de haberlo hecho.

La carta estaba dirigida a Charles Smith, Esq. Tunbridge Wells y estaba fechada en Londres en julio de 1803.

*Querido Smith:*

*He recibido su carta y su bondad me abruma. Ojalá la naturaleza hubiese hecho más corazones como el suyo, pero he vivido veintitrés años en el mundo sin hallar a nadie que lo iguale. En estos momentos le aseguro que no necesito sus servicios, ya que dispongo nuevamente de fondos. Felicíteme.*

*Me he visto libre de sir Walter y de su hija. Han vuelto a Kellynch y casi me han hecho jurar que los visitaré este verano. Sin embargo, mi primera visita a Kellynch será acompañado de un agrimensor, lo cual me dará una idea sobre la manera de obtener los mayores beneficios. Es muy posible que el barón no se vuelva a casar. Es un estúpido, pero si lo hiciese al menos me dejarían en paz, lo cual sería una compensación. Está aún peor que el último año.*

*Desearía apellidarme lo que fuese menos Elliot. Me fastidia este apellido. ¡El nombre de Walter puedo dejarlo gracias a Dios! Desearía que nunca vuelva usted a insultarme usando mi segunda W. Entretanto, su afectuoso amigo.*

*W. Elliot*

Anne no pudo leer esta carta sin exaltarse y la señora Smith, al ver el color de sus mejillas, dijo:

—Este lenguaje es sumamente irrespetuoso, lo sé. Aunque había olvidado las palabras exactas, mi impresión general era imborrable. Pero ahí tiene usted al hombre. También indica el grado de amistad que tenía con mi difunto esposo. ¿Puede haber algo más fuerte que esto?

Anne no podía recuperarse del dolor y la desazón que le causaban las palabras referidas a su padre. Debió recordar que haber visto esta carta era en sí un quebrantamiento de las leyes del honor, que nadie debe ser juzgado por testimonios de esta índole, que la correspondencia privada solo debe ser vista por las personas a quienes va dirigida. Todo esto debió recordarlo antes de recuperar su calma y poder decir:

—Gracias. Esto es una prueba completa de lo que estaba diciéndome. Pero ¿a qué se deberá su amistad con nosotros ahora?

—También esto puedo explicarlo —dijo la señora Smith con una sonrisa.

—¿De veras que puede?

—Sí. Ya le he mostrado cómo era el señor Elliot hace doce años y le mostraré ahora cuál es su carácter en la actualidad. Esta vez no puedo proporcionarle pruebas escritas, pero mi testimonio oral será tan auténtico como desee usted. Le informaré sobre lo que desea y busca ahora. En la actualidad no está siendo hipócrita. Es verdad que desea casarse con usted. Sus atenciones hacia su familia ahora sí son del todo sinceras y realmente nacen de su corazón. Le diré por quién lo sé: por su amigo, el coronel Wallis.

—¡El coronel Wallis! ¿También lo conoce?

—No, no lo conozco. Las noticias no me han llegado de una fuente tan directa. Han dado unas cuantas vueltas sin importancia. La fuente de información es tan buena como al principio y los pequeños detalles que puedan haberse sumado son fáciles de discernir. El señor Elliot ha hablado sin ninguna reserva sobre usted con el coronel Wallis. Lo que el coronel pueda haberle dicho sobre este asunto supongo que debe ser algo sensato e inteligente. Sin embargo, el coronel Wallis tiene una esposa guapa pero tonta a quien le cuenta cosas que debería guardarse. Ella, estando eufórica por el restablecimiento de una enfermedad, le contó todo a su enfermera, y esta, que conocía su amistad conmigo, no tardó en traerme las noticias. La noche del lunes, mi buena amiga la señora Rooke me reveló los secretos de Marlborough. Así pues, siempre que le cuente a usted una historia a partir de ahora, puede tenerla por buena.

—Mi querida señora Smith, me temo que su información no baste en este caso. El hecho de que el señor Elliot tenga o no ciertas pretensiones con respecto a mí no es suficiente como para explicar los esfuerzos que ha hecho para reconciliarse con mi padre. Estos fueron anteriores a mi llegada a Bath. A mi llegada me enteré de que era muy amigo de mi familia.

—Ya lo sé, lo sé muy bien, pero...

—La verdad, señora Smith, no creo que obtengamos información fidedigna por este camino. Los hechos u opiniones que pasan por las bocas de tantos pueden terminar siendo tergiversados por algún necio, y la ignorancia que puede haber por alguna otra parte contribuye a que quede muy poco de la verdad.

—Le ruego que me escuche y pronto podrá juzgar si puede o no darse crédito a todo esto cuando sepa algunos detalles que usted misma podrá confirmar o negar. Nadie cree que haya sido usted su objeto en un primer momento. Es verdad que la había visto y la admiraba antes de que llegase a Bath, pero no sabía quién era usted. Al menos así me lo ha contado mi fuente. ¿Es realmente cierto? ¿Es verdad o no que la vio a usted el verano o el otoño pasado «en un sitio del oeste», por emplear sus palabras, sin saber quién era usted?

—Por supuesto. Eso es exacto. Fue en Lyme. Todo esto ocurrió en Lyme.

—Pues bien —continuó la señora Smith triunfante— ya empieza a conocer a mi amiga. Él la vio en Lyme y le gustó tanto que fue una gran satisfacción volver a verla en Camden Place y saber que se trataba de Anne Elliot. A partir de entonces (¿quién podría ponerlo en duda?) tuvo un doble interés en visitar su casa. Pero antes hubo un motivo y se lo explicaré. Si hay algo en mi historia que le parezca falso o improbable le ruego que me interrumpa. Mi relato dice que la amiga de su hermana, esa señora que es huésped de su familia en estos momentos y de la que le he oído hablar a usted, vino aquí con su padre y con su hermana en septiembre, cuando ellos llegaron, y ha estado aquí desde entonces. Es una mujer hábil, insinuante, hermosa y sin dinero. En pocas palabras, por su situación hace pensar que podría aspirar a ser lady Elliot y llama mucho la atención que su hermana esté tan ciega como para no verlo.

Aquí se calló la señora Smith, pero Anne no tenía nada que decir, de modo que continuó:

—Así opinaban los que conocían a la familia mucho antes de la llegada de usted. El coronel Wallis opinaba que su padre tendría buen criterio en este asunto, aunque por aquel entonces el coronel no se relacionaba con nadie de Camden Place. Pese a ello, el interés que tenía por su amigo, el señor Elliot, hizo que prestase atención a todo lo que pasaba allí. Por eso, cuando el señor Elliot vino un poco antes de Navidad a Bath a pasar uno o dos días, el coronel Wallis lo puso al corriente de cómo iban las cosas según los comentarios que andaban de boca en boca. Comprenderá que en ese momento las opiniones del señor Elliot con respecto al valor del título de barón eran muy diferentes. En todo lo que se relaciona con los lazos de sangre y los parentescos es un hombre completamente distinto. Como ya hace bastante tiempo que tiene todo el dinero que necesita y no desea nada desde este punto de vista, ha aprendido a estimar y a poner su felicidad y sus aspiraciones en la familia y en el título que heredará. Esto ya lo había presentido yo antes de que rompiésemos nuestra amistad, pero ahora es un hecho patente. No puede soportar la idea de no llamarse sir William. Así pues, comprenderá que las noticias que le comunicó su amigo no fueron para él en absoluto agradables y podrá suponer también los resultados que produjeron. Decidió regresar a Bath lo antes posible, establecerse aquí un tiempo, renovar la amistad y enterarse por sí mismo del grado de peligro y arruinar los planes de la tal señora en caso de creerlo necesario. Todo eso fue la consecuencia inmediata. Entre los dos amigos convinieron ayudarse en cuanto fuese posible. Él y la señora Wallis serían presentados y habría presentaciones entre todo el mundo. Así es que el señor Elliot volvió, se pidió una reconciliación y enviaron el mensaje a la familia. Su principal motivo y su único propósito (hasta que su llegada añadió un nuevo interés a sus visitas) era el de vigilar a su padre y a la viuda Clay. Ha estado con ellos siempre que ha podido. Se ha interpuesto entre ellos y ha hecho visitas a todas horas. Sin embargo, no tengo por qué darle detalles sobre este punto. Ya podrá imaginarse todas las artimañas de un hombre hábil. Tal vez usted misma, ahora que está al corriente, pueda recordar algo.

—Sí —dijo Anne—, no me ha dicho nada que no concuerde con lo que he visto e imaginado. Siempre hay algo que resulta ofensivo en los medios empleados por la astucia. Las maniobras del egoísmo y de la doblez son repugnantes, pero no me ha dicho nada que me sorprenda. Comprendo que muchas personas considerarían chocante este retrato del señor Elliot y les constaría que es acertado. Pero yo jamás me he sentido satisfecha. Siempre he sospechado que había algún motivo oculto en su conducta. Me gustaría conocer su opinión sobre el asunto que tanto teme. Si cree o no que aún existe peligro.

—El peligro disminuye según creo —repuso la señora Smith—. Cree que la viuda Clay lo teme, que sabe que él adivina sus intenciones y que no se atreve a actuar como lo haría en caso de que él no estuviese presente. Pero como él tendrá que irse alguna vez, no sé de qué forma pueda estar seguro mientras conserve su influencia la viuda Clay. La señora Wallis tiene una idea muy graciosa según me ha informado mi amiga la enfermera. Consiste en poner en las capitulaciones del contrato de matrimonio entre usted y el señor Elliot que su padre no se casará con la viuda Clay. Es una idea digna en todos los aspectos de la inteligencia de la señora Wallis y la señora Rooke ve claramente lo ridícula que resulta. «Es evidente, señora —me dice—, que eso no evitaría que pueda casarse con cualquier otra». Y, si le soy franca, no creo que mi amiga la enfermera sea del todo contraria a que sir Walter contraiga de nuevo matrimonio. Ella es una gran casamentera, de modo que ¿quién podría decir si no aspira a entrar al servicio de una futura lady Elliot gracias a una recomendación de la señora Wallis?

—Me alegra saber todo esto —dijo Anne tras reflexionar un momento—. Me resultará molesto estar en compañía del señor Elliot, pero sabré a qué atenerme. Ya sé a dónde dirigir mis pasos. El señor Elliot es un hombre falso y frívolo que jamás se ha guiado más que por sus propios intereses.

Sin embargo, la señora Smith aún no había terminado con el señor Elliot. Anne, que estaba interesada en todo lo relacionado con su familia, había distraído a su amiga del relato original. Entonces debió escuchar una narración que, aunque no justificaba del todo el actual rencor de la señora Smith, sí evidenciaba que la conducta del señor Elliot con ella había sido despiadada e injusta.

Supo de este modo —sin que la amistad se hubiese alterado por el matrimonio del señor Elliot— que la intimidad de las familias había continuado y el señor Elliot había prestado a su amigo cantidades que superaban con mucho su fortuna. La señora Smith no deseaba echarse ninguna culpa y con suma ternura atribuía toda la culpa a su esposo. Pero Anne pudo percibir que su renta nunca había sido igual a su tren de vida y que desde el principio hubo grandes despilfarros. Por el retrato que su esposa hacía de él, Anne adivinaba que el señor Smith era un hombre de sentimientos tiernos, carácter sencillos, hábitos descuidados, poco inteligente, mucho más amable que su amigo y muy poco parecido a él. Probablemente había sido dirigido y menospreciado por él. El señor Elliot, a quien su matrimonio hizo rico y a cuyo alcance puso todas las vanidades y placeres que podía sin comprometerse por ello, ya que con todo su desprendimiento siempre había sido un hombre prudente, al verse rico en el momento en que su amigo comenzaba a ser pobre, parecían haberle importado muy poco las finanzas de su amigo. Por el contrario, lo había animado a hacer gastos que únicamente podían conducirlo a la bancarrota. En consecuencia, los Smith se habían arruinado.

El marido había muerto a tiempo como para ignorar la verdad completa. No obstante, ya habían encontrado ciertos obstáculos con sus amigos y la amistad del señor Elliot era de esas que no convenía probar. Pero hasta la muerte del señor Smith no se supo del todo el desastroso estado de sus negocios. Con confianza en los sentimientos del señor Elliot más que en su criterio, el señor Smith lo había nombrado su albacea testamentario. Pero el señor Elliot se desentendió de sus obligaciones y las dificultades y los trastornos que ello causó a la viuda, unido a los sufrimientos inevitables en su nueva situación, eran tales que no podían ser narrados sin transmitir angustia o escuchados sin sentir indignación.

Anne tuvo que ver más cartas, respuestas a peticiones urgentes de la señora Smith, que mostraban una decidida disposición a no tomarse inútiles molestias y en las cuales, con una fría cortesía, aparecía una completa indiferencia por todo lo que pudiese ocurrirle a ella. Era un cuadro horrendo de ingratitud e inhumanidad. En ciertos momentos Anne sintió que ningún verdadero crimen podía haber sido peor. Tenía mucho que escuchar: todos los pormenores de tristes escenas pasadas, todas las menudencias, una angustia tras otra. Todo lo que en anteriores conversaciones solo se había sugerido era ahora relatado con todos sus detalles. Anne comprendió el alivio que le proporcionaba esto a su amiga y únicamente se admiró de la habitual compostura y discreción de la señora Smith.

Había una circunstancia en el relato de sus angustias especialmente irritante. Tenía ella motivos para creer que algunas propiedades de su esposo en las Indias Occidentales, que durante mucho tiempo no habían pagado sus rentas, podían darle un dinero si se adoptaban las medidas adecuadas. Estas propiedades, aunque no fuesen muy importantes, bastaban como para que la señora Smith pudiese disfrutar de una posición desahogada. Sin embargo, no había nadie que se hiciese cargo de ello. El señor Elliot no quería hacer nada y la señora Smith estaba incapacitada para ocuparse de ello personalmente debido a su debilidad física y a que era incapaz de pagar los servicios de otra persona a causa de su escasez de recursos. No tenía amistades que pudiesen ayudarla ni siquiera con un sano consejo y no podía asumir el gasto de un abogado. Esta era la consecuencia de los extremos a los que había llegado. Para ella era una zozobra constante sentir que podía encontrarse en mejores circunstancias y que un poco de molestia podría mejorar su situación, al mismo tiempo que el retraso podía debilitar sus derechos.

Deseaba que Anne le ayudase en este asunto con el señor Elliot. Había temido en algún momento que este matrimonio le hiciese perder a su amiga. Pero al enterarse después de que el señor Elliot no haría nada de esta índole, ya que incluso ignoraba que ella se encontraba en Bath, se le ocurrió que tal vez la mujer amada podría conmover al señor Elliot. Por eso se apresuró a buscar la simpatía de Anne tanto como podía permitirle su conocimiento del carácter del señor Elliot. En esto estaba cuando Anne, al rechazar tal matrimonio, cambiaba por entero las perspectivas y, aunque todas sus esperanzas se desvaneciesen, al menos le quedaba el consuelo de haber podido desahogarse.

Tras haber oído toda la descripción del carácter del señor Elliot, Anne estaba sorprendida de los términos favorables en los cuales se había expresado la señora Smith al comienzo de la conversación. Parecía haberlo elogiado e incluso recomendado.

—Mi querida amiga —respondió a esto la señora Smith—, no podía hacer otra cosa. Daba por sentada su boda con el señor Elliot, aunque él no se le hubiese declarado todavía. No podía hablar de él considerándolo como lo consideraba casi su marido. Mi corazón se desgarraba por usted mientras hablaba de felicidad. Aun así y pese a todo, él es inteligente y agradable, y con una mujer como usted nunca deben perderse las esperanzas. El señor Elliot se portó muy mal con su primera esposa. Fue un matrimonio funesto. Pero ella era demasiado ignorante y tosca como para inspirarle respeto y él nunca la amó. Yo estaba dispuesta a pensar que con usted tal vez las cosas serían distintas.

Anne sintió en lo más hondo de su corazón un estremecimiento al pensar en la desdicha que podría haber sufrido en caso de casarse con un hombre de aquella calaña. ¡Y hasta era posible que lady Russell hubiese llegado a persuadirla! Y en ese caso, ¿no habría sido aún mucho más infeliz cuando el tiempo revelase todo?

Era preciso desengañar a lady Russell. Así pues, una de las consecuencias de esta importante conversación que preocupó a Anne una buena parte de la mañana fue que se vio libre para contarle a su amiga cualquier cosa relacionada con la señora Smith en la cual estuviese involucrado el modo de actuar del señor Elliot.

# CAPÍTULO 22

Anne fue a casa para reflexionar sobre lo que había oído. Se sentía en cierto modo más tranquila al conocer el carácter del señor Elliot. Ya no le inspiraba ninguna ternura. Aparecía con toda su malintencionada intromisión frente al capitán Wentworth. Y el mal causado por sus atenciones de la víspera, el daño irreparable, la dejaban perpleja y llena de sensaciones indescriptibles. Ya no sentía piedad por él, pero se sentía aliviada solamente en esto. En otros aspectos, cuanto más buscaba alrededor y más ahondaba, más motivos hallaba para temer y recelar. Se sentía responsable por la decepción y el dolor que sufriría lady Russell, por las mortificaciones que sufrirían su padre y su hermana, así como por todas las cosas imprevistas que acaecerían y que serían inevitables. Gracias a Dios conocía al señor Elliot. Nunca había creído que tuviese derecho a aspirar a ninguna recompensa por su trato hacia una antigua amiga como la señora Smith y, pese a ello, la habían recompensado. La señora Smith había podido decirle cosas que nadie más podía. ¿Debía decírselo todo a su familia? Aquello era una idea absurda. Debía hablar con lady Russell, contarle todo, consultarle y esperar después con tanta calma como le fuese posible. Al fin y al cabo, donde necesitaba más sosiego era en la parte de su alma que no podía abrir a lady Russell, en aquel caudal de ansiedades y temores que solo ella soportaba.

Al llegar a casa comprobó que había podido evitar al señor Elliot. Él había estado allí y les había hecho una larga visita.

Pero apenas comenzaba a felicitarse de estar a salvo hasta el día siguiente, cuando supo que el señor Elliot regresaría por la tarde.

—No tenía la más mínima intención de invitarlo —dijo Elizabeth con afectado descuido—, pero él lanzó muchas indirectas. Al menos eso es lo que dice la viuda Clay.

—Lo digo en serio. Nunca he visto a nadie esperar con tanto interés una invitación. ¡Pobrecillo! Me ha entristecido de veras porque la dureza del corazón de Anne empieza a resultar cruel.

—Oh —dijo Elizabeth—, estoy demasiado habituada a esta clase de juegos para que me sorprendieran sus indirectas. Sin embargo, cuando me enteré cuánto lamentaba no haber encontrado a mi padre esta mañana, me sentí en cierto modo interesada, ya que jamás evitaré una ocasión de que se reúnan él y sir Walter. ¡Parecen obtener tanto beneficio de su mutua compañía! ¡Se conducen tan amablemente! ¡El señor Elliot lo mira con tanto respeto!

—¡Es realmente agradable! —exclamó la viuda Clay, sin mirar a Anne—. Parecen padre e hijo. Mi querida señorita Elliot, ¿es que no puedo llamarlos padre e hijo?

—No me preocupan las palabras. ¡Si usted piensa así…! Pero palabra de honor que apenas si he notado si sus atenciones superan a las de cualquier otro.

—¡Mi querida señorita Elliot! —exclamó la viuda Clay levantando las manos y mirando al cielo mientras guardaba de inmediato un conveniente silencio para manifestar su extremo azoramiento.

—Mi querida Penélope —prosiguió diciendo Elizabeth—, no debe alarmarse tanto. Yo lo he invitado a venir, ¿sabe? Lo rechacé con sonrisas, pero en cuanto supe que el día de mañana lo pasaría con unos amigos en Thomberry Park, me compadecí de él.

Anne no pudo dejar de admirar el talento como actriz de la viuda Clay, que era capaz de mostrar tanto placer y expectación por la llegada de la persona que dificultaba su principal objetivo. Era imposible que los sentimientos de la viuda Clay hacia el señor Elliot fuesen distintos del odio más enconado y, no obstante, podía adoptar una expresión plácida y cariñosa, y parecer muy satisfecha de dedicar a sir Walter la mitad de las atenciones que le habría prodigado en circunstancias diferentes.

A Anne le desazonaba ver entrar al señor Elliot en el salón. Era doloroso verlo acercarse y hablarle. Se había acostumbrado a juzgar sus actos como insinceros en ocasiones, pero ahora descubría la falsedad en cada gesto. La solicitud que mostraba hacia su padre, en contraste con su lenguaje anterior, le parecía odiosa. Cuando pensaba en la crueldad de su conducta hacia la señora Smith, apenas podía soportar la vista de sus sonrisas y su dulzura o el sonido de sus falsos buenos sentimientos. Ella deseaba evitar que cualquier cambio de modales provocase una explicación de parte de él. Deseaba evitar toda pregunta, si bien albergaba la intención de ser con él tan fría como lo permitiese la cortesía y echarse atrás tan rápidamente como pudiese de los escasos grados de intimidad que le había concedido. Por lo tanto, estuvo más apartada y en guardia que la noche anterior.

Él deseó despertar una vez más su curiosidad sobre cuándo y quién la había elogiado. Deseaba ardientemente que le preguntara. Pero el encanto estaba roto. Comprendió que el calor y la animación de la sala de conciertos eran necesarios para aguijonear la vanidad de su modesta prima. Supo que nada podría hacerse en esos momentos por ninguno de los habituales medios para atraer la atención de las personas. No llegó a imaginar que entonces existía algo contra él que cerraba el pensamiento de Anne a todo aquello que no fuesen sus actos más viles.

Ella tuvo la satisfacción de enterarse de que se marcharía de Bath al día siguiente temprano y que no regresaría hasta dos días después. Lo invitaron de nuevo a Camden Place la misma tarde de su regreso, pero de jueves a sábado su ausencia era segura. Ya resultaba bastante incómodo que la viuda Clay estuviera delante de ella en todo momento, pero que un hipócrita redomado formase parte de su grupo bastaba para destruir todo sosiego y bienestar. Era humillante pensar en el constante engaño en el que vivían su padre y Elizabeth y considerar las mortificaciones que se les preparaban. El egoísmo de la viuda Clay no era ni tan complicado ni tan repugnante como el del señor Elliot. Tanto era así que Anne habría accedido de buena gana al matrimonio de la viuda con su padre de inmediato, pese a todos sus inconvenientes, con tal de librarse de todas las sutilezas del señor Elliot para evitar la dichosa boda.

La mañana del viernes decidió ir temprano a ver a lady Russell para comunicarle lo que creía necesario. Habría ido inmediatamente después del desayuno, pero la viuda Clay salía también a hacer un recado que tenía por objeto evitar alguna molestia a su hermana, de modo que decidió aguardar hasta verse libre de tal compañía. La viuda Clay partió antes de que ella hablase de pasar la mañana en River Street.

—Muy bien —dijo Elizabeth—, solo puedo mandar mi cariño. Oh, también puedes llevarte ese libro tan aburrido que me ha prestado y decirle que lo he leído. Lo cierto es que no puedo preocuparme de todos los nuevos poemas y artículos que se publican en el país. Lady Russell me aburre bastante con sus publicaciones. No se lo digas, pero su vestido me pareció feísimo la otra noche. Pensaba que tenía cierto gusto para vestirse, pero sentí vergüenza ajena por ella durante el concierto. En ocasiones es tan formal y compuesta en sus ropas. ¡Y se sienta tan recta! Envíale mi cariño, naturalmente.

—Y también el mío —dijo sir Walter—. Mis mejores saludos. Puedes decirle también que iré a visitarla pronto. Dale un mensaje cortés. Pero dejaré mi tarjeta nada más. Las visitas matutinas jamás son agradables para las mujeres de su edad, que se arreglan tan poco como ella. Si simplemente utilizase colorete no debería temer que la vean, pero la última vez que fui observé que cerraron de inmediato las contraventanas.

Mientras su padre hablaba, llamaron a la puerta. ¿Quién podía ser? Anne recordó las inesperadas visitas del señor Elliot a todas horas, así que habría supuesto que era él si no hubiese sabido que se hallaba a más de once kilómetros de distancia. Después de los minutos de espera de rigor se oyeron ruidos de pasos que se acercaban y... los señores Musgrove entraron en el salón.

La sorpresa fue el principal sentimiento que provocó su llegada. Sin embargo, Anne se alegró sinceramente de verlos y los demás no lamentaron tanto la visita como para no poner un agradable gesto de bienvenida. En cuanto quedó claro que no llegaban con idea de alojarse en la casa, sir Walter y Elizabeth se mostraron más cordiales e hicieron muy bien los honores debidos. Habían ido a Bath unos pocos días con la señora Musgrove y se alojaban en White Hart. Esto se entendió enseguida, pero hasta que sir Walter y Elizabeth no enfilaron con Mary al otro salón y se deleitaron con la admiración de ella, Anne no pudo obtener de Charles una historia completa de los pormenores de su viaje o una explicación sonriente de los asuntos que los llevaban allí, los cuales Mary había insinuado junto con algunos datos confusos sobre la gente que formaba su grupo.

Supo entonces de que, además del matrimonio, estaban allí la señora Musgrove, Henrietta y el capitán Harville. Charles le hizo un relato breve, una narración de sucesos sumamente natural. Al principio había sido el capitán Harville quien debía viajar a Bath por negocios. Había comenzado a hablar de ello hacía una semana y, por hacer algo, dado que la temporada de caza había terminado, Charles propuso acompañarlo. A la señora Harville parecía haberle agradado la idea, que consideraba buena para su esposo. Mary no pudo soportar quedarse sola y pareció tan desdichada durante uno o dos días que todo quedó en suspenso o en apariencia abandonado. Pero luego el padre y la madre insistieron de nuevo en la idea. La madre tenía antiguos amigos en Bath a los que deseaba ver. Así pues, era pues, una buena ocasión para que fuese también Henrietta a comprar ajuares de boda para ella y para su hermana. Finalmente su madre organizó el grupo y todo resultó fácil y simple para el capitán Harville. Él y Mary fueron también incluidos para comodidad de todos. Habían llegado la noche anterior bastante tarde. La señora Harville, sus hijos y el capitán Benwick se quedaron con su madre y Louisa lo hizo en Uppercross.

La única sorpresa de Anne fue que las cosas hubiesen ido tan rápidamente como para que pudiese hablarse tan pronto del ajuar de Henrietta. Había supuesto que las dificultades económicas retrasarían la boda. Sin embargo, supo por Charles que hacía muy poco (tras recibir la carta de Mary) a Charles Hayter lo había requerido un amigo para ocupar el puesto de un joven que no podría tomar posesión de su cargo hasta que transcurrieran unos años y por esto, unido a su renta actual y a la certidumbre de obtener algún puesto permanente antes del término del que le acababan de ofrecer, las dos familias habían accedido a los deseos de los jóvenes. Se casarían en pocos meses, casi al mismo tiempo que Louisa. Y era un hermoso lugar —añadía Charles—, a solo cuarenta kilómetros de Uppercross y en una bella campiña cerca de Dorsetshire, en el centro de uno de los mejores rincones del país, rodeados de tres grandes propietarios, todos ellos muy cuidadosos. Y con dos de ellos Charles Hayter podría obtener una recomendación especial. «No estima esto en lo que vale —observó—; Charles es muy poco amante de la vida al aire libre. Se trata de su mayor defecto».

—Me alegro de veras —exclamó Anne—, y de que las dos hermanas, que la merecen ambas por igual, y que siempre han sido tan buenas amigas, tengan su felicidad al mismo tiempo;

que la alegría de una no opaque la de la otra y que compartan la prosperidad y el bienestar. Espero que sus padres sean igualmente felices con estas bodas.

—¡Oh, sí! Mi padre estaría más contento si los dos jóvenes fueran más ricos, pero esta es la única falta que ve. Casar dos hijas al mismo tiempo es un asunto importante que preocupa por muchos motivos a mi padre. Sin embargo no quiero decir que no tengan derecho a ello. Es lógico que los padres doten a las hijas. Mi padre siempre ha sido generoso conmigo. Mary está descontenta con el matrimonio de Henrietta. Ya sabes que nunca lo ha aprobado. Pero no le hace justicia a Hayter ni tiene en cuenta el valor de Wenthrop. No ha podido hacerle entender lo mucho que cuesta la propiedad. En los tiempos que corren es un buen matrimonio. A mí siempre me ha gustado Charles Hayter y no cambiaré mi opinión.

—Unos padres tan excelentes como los señores Musgrove deben ser felices con las bodas de sus dos hijas —exclamó Anne—. Se desviven por hacerlas felices, estoy segura. ¡Qué bendición para esas jóvenes estar en semejantes manos! Sus padres parecen estar completamente libres de esos ambiciosos sentimientos que han acarreado tanto mal proceder y desgracia tanto entre los jóvenes como entre los mayores. Espero que Louisa esté ahora del todo repuesta.

Él respondió con alguna vacilación:

—Sí, creo que lo está. Pero ha cambiado. Ya no corre ni salta, baila o ríe. La verdad es que está muy distinta. Si una puerta se cierra de golpe, se estremece como el agua por el débil picotazo de un pájaro. Benwick se sienta a su lado leyendo versos todo el día o musitando.

Anne no pudo evitar reír.

—Esto no es muy de su gusto, lo comprendo —exclamó—, pero creo que Benwick es un joven excelente.

—Por supuesto, nadie lo pone en duda. E imagino que no creerá que todos los hombres encuentren satisfacción y placer en las mismas cosas que yo. Aprecio mucho a Benwick y cuando se pone a hablar tiene mucho que contar. Sus lecturas no lo han estropeado porque también ha luchado. Es un hombre valeroso. He llegado a conocerlo más en persona el pasado lunes que en cualquier ocasión anterior. Tuvimos una cacería de ratas esa mañana en la granja grande de mi padre y se desenvolvió tan bien que desde entonces me gusta aún más.

Aquí fueron interrumpidos para que Charles acompañase a los demás a admirar los espejos y los objetos chinos. Sin embargo, Anne había oído bastante para comprender la situación de Uppercross y alegrarse de la felicidad que reinaba allí. Y aunque también se entristecía por algunas cosas, en su congoja no había ninguna envidia. Sin duda que uniría sus bendiciones a las de los otros.

La visita transcurrió en medio del buen humor generalizado. Mary estaba de un excelente ánimo, disfrutando de la alegría y del cambio. Se mostraba tan satisfecha con el viaje en el coche de cuatro caballos de su suegra y con su independencia con respecto a Camden Place que se sentía con ánimo para admirar cada cosa como debía, comprendiendo de inmediato todas las ventajas de la casa en cuanto se las detallaron. No tenía nada que pedir a su padre y a su hermana y, al ver el hermoso salón, toda su buena voluntad aumentó.

Elizabeth sufrió bastante durante un breve tiempo. Sentía que debía invitar a la señora Musgrove y a todo su grupo a comer con ellos, pero no podía soportar que la diferencia de estilo y la reducción del servicio que se revelaría en una comida fuesen vistos por personas inferiores a los Elliot de Kellynch. Fue una lucha entre la educación y la vanidad. Sin embargo, la vanidad se llevó la parte del león y Elizabeth fue feliz de nuevo. Se dijo para sus adentros: «Viejas costumbres…, hospitalidad campesina…, no damos comidas…, pocos en Bath lo hacen…

Lady Alice jamás lo ha hecho, no invita ni a la familia de su hermana y eso que han estado aquí un mes. Además, creo que será un inconveniente para la señora Musgrove…, echará por tierra sus planes. Estoy segura de que prefiere no venir…, no se sentiría cómoda entre nosotros. Les pediré que vengan esta velada. Eso será mucho mejor. Será novedoso y cortés. No han visto dos salones como estos antes. Estarán encantados de venir mañana por la noche. Será una reunión bastante corriente…, pequeña pero elegante». Esto satisfizo a Elizabeth y, cuando la invitación fue cursada a los dos que estaban presentes y se prometió la presencia de los ausentes, Mary pareció estar muy satisfecha. Deseaba en especial conocer al señor Elliot y que le presentasen a lady Dalrymple y a la señorita Carteret, que habían prometido asistir formalmente a esa velada. Para Mary esta era la satisfacción más grande. La señorita Elliot tendría el honor de visitar a la señora Musgrove por la mañana y Anne se encaminó con Charles y Mary para ver a Henrietta y a la señora Musgrove inmediatamente.

Su idea de visitar a lady Russell debería aplazarse por el momento. Los tres entraron en la casa de River Stret durante un par de minutos, pero Anne se convenció de que la demora de un día de lo que debía comunicar a lady Russell no supondría una gran diferencia, y tenía prisa por llegar a White Hart y ver a los amigos y compañeros del otoño, con una excitación que provenía de muchos recuerdos.

Encontraron solas a la señora Musgrove y a su hija, las cuales prodigaron el más amable recibimiento a Anne. Henrietta se hallaba en ese estado en el que todos nuestros puntos de vista han mejorado, en el que se forja una nueva felicidad que le hacía interesarse por gente que apenas le habrían gustado antes. Y el cariño verdadero de la señora Musgrove lo había obtenido Anne por su utilidad cuando la familia se vio sumida en la desgracia. Había allí una generosidad, un calor y una sinceridad que Anne apreciaba mucho más por la triste falta de semejante bendición en su hogar. Le hicieron prometer que pasaría con ellos los momentos libres que tuviera, invitándola para todos los días. Resumiendo, le pedían que fuese como de la familia. Como es natural, ella sintió que debía prestar toda su atención y buenos oficios. Así pues, cuando Charles las dejó solas, escuchó a la señora Musgrove referir la historia de Louisa y a Henrietta la suya propia. Le dio su opinión sobre varios puntos y recomendó algunas tiendas. Hubo intervalos en los que debía prestar ayuda a Mary, que pedía consejo sobre la clase de cinta que debería llevar y hasta acerca del arreglo de sus abalorios; desde encontrar sus llaves y ordenar sus cosas hasta tratar de convencerla de que no le caía antipática a nadie. Eran cosas que Mary, entretenida como estaba siempre que se sentaba junto a una ventana para vigilar la entrada de la habitación, ni siquiera imaginaba.

Cabía esperarse una mañana de mucha confusión. Un gran grupo en un hotel presenta una escena de bullicio y desorden. En un momento llega una nota, en el siguiente un paquete, y no hacía ni media hora que Anne estaba allí cuando el comedor, pese a ser espacioso, estaba casi lleno. Un grupo de viejas amigas se había sentado en torno a la señora Musgrove, y Charles regresó con los capitanes Harville y Wentworth. La aparición del segundo fue la sorpresa del momento. Era imposible para Anne no sentir que la presencia de sus antiguos amigos los acercaría una vez más. El último encuentro había dejado a la vista los sentimientos de él. Ella abrigaba esa deliciosa convicción, pero al ver su expresión temió que la misma infortunada persuasión que lo había alejado de la sala de conciertos lo siguiese dominando. Parecía no desear aproximarse y charlar con ella.

Anne quiso serenarse y dejar que las cosas siguieran su curso. Trató de darse tranquilidad con el argumento poco razonable de: «Seguro que si nuestro afecto es recíproco nuestros corazones se entenderán. No somos unos críos como para guardar una irritada reserva, dirigirnos mal por el descuido de algún momento o jugar como con un fantasma con nuestra propia felicidad». No obstante, momentos después sintió que su mutua compañía en esas circunstancias únicamente los exponía a inadvertencias y malas interpretaciones de la peor clase.

—Anne —exclamó Mary desde su ventana—, allí está la viuda Clay parada debajo de la rotonda. La acompaña un caballero. Los veo dar la vuelta a Bath Street en este mismo instante. Parecen enfrascados en su charla. ¿Quién es él? Ven y dímelo. ¡Dios mío! ¡Lo acabo de reconocer! ¡Es el señor Elliot!

—No —se apresuró a decir Anne—, no puede ser el señor Elliot, te lo aseguro. Iba a dejar Bath esta mañana y no volverá hasta dentro de dos días.

Mientras hablaba sintió que el capitán Wentworth la miraba y eso la alteró, haciéndole sentir que había dicho demasiado pese a la parquedad de sus palabras.

Lamentando que pudiesen sospechar que no conocía a su propio primo, Mary comenzó a hablar acaloradamente sobre el aire de familia y afirmó rotundamente que se trataba del señor Elliot, de modo que llamó una vez más a Anne para que se acercase a comprobarlo por sí misma. Pero Anne no tenía intención de moverse, así que fingió frialdad e indiferencia. Pero su incomodidad se reavivó al notar miradas significativas y sonrisas entre las damas visitantes, como si estuvieran al corriente del secreto. Era obvio que todos hablaban ya del asunto. Siguió una breve pausa por la que cabía esperar que aquello no se prolongaría.

—Ven, Anne —exclamó Mary—, ven y mira. Llegarás tarde si no te apresuras. Se están despidiendo, dándose la mano. Él se aleja. ¡Como si no conociese yo al señor Elliot!

Para tranquilizar a Mary y tal vez también para disimular su propia turbación, Anne se acercó deprisa a la ventana. Llegó a tiempo para convencerse de que se trataba sin lugar a duda del señor Elliot (lo cual no había imaginado ni por un instante) antes de que él desapareciese por un extremo y la viuda Clay por el contrario. Así pues, reprimiendo la sorpresa que le producía ver conversar a dos personas de intereses tan contrapuestos, dijo sosegadamente:

—Sí, es verdad, se trata del señor Elliot. Habrá cambiado la hora de su salida. Eso debe ser todo. Puede que me equivoque. No debo esperar más —agregó y volvió a su silla tranquilizada y con la esperanza de haberse justificado bien.

Los visitantes comenzaron a retirarse. Tras haberlos acompañado cortésmente hasta la puerta y después de haber hecho un gesto que significaba que no volviesen, Charles dijo:

—Mamá, he hecho algo por ti que sin duda aprobarás. He ido al teatro y he conseguido un palco para mañana por la noche. ¡Qué buen chico!, ¿a que sí? Sé que te divierten las comedias. Y hay sitio para todos. Estoy seguro de que Anne no se arrepentirá de acompañarnos. Podemos ir nueve. He invitado también al capitán Wentworth. A todos nos gusta la comedia. ¿No he hecho bien, mamá?

La señora Musgrove comenzaba de buen ánimo a expresar su agrado de acudir si a Henrietta y a los demás les venía bien, cuando Mary la interrumpió:

—¡Dios mío, Charles!, ¿cómo puedes pensarlo siquiera? ¡Un palco para mañana por la noche! ¿Te has olvidado de que tenemos un compromiso en Camden Place para mañana? ¿Y que nos han invitado ex profeso para conocer a lady Dalrymple, a su hija y al señor Elliot (los principales vínculos de familia), y que nos los presentarán mañana? ¿Cómo has podido olvidarlo?

—¡Bah! —replicó Charles—, ¿qué importa una reunión? Nunca valen nada. Tu padre podría habernos invitado a comer si deseaba vernos. Puedes hacer lo que te plazca, pero yo iré a la comedia.

—Pero, Charles, eso sería inexcusable. ¡Has prometido asistir!

—No; no he prometido nada. Sonreí y asentí y dije algo como «encantado», pero eso no es prometer.

—Debes ir, Charles. Faltar sería una grosería. Se nos ha pedido expresamente que vayamos para que nos presenten. Siempre ha habido una gran vinculación entre los Dalrymple y nosotros. Jamás ha ocurrido en las familias nada que no fuese comunicado de inmediato. Somos parientes muy cercanos, ya sabes. Y también el señor Elliot, a quien debes conocer. Debemos atenciones al señor Elliot. ¿Olvidas acaso que es el heredero de nuestro padre y el representante de la familia?

—No me hables de representantes y herederos —exclamó Charles—. No soy de los que abandonan el fuego actual para saludar al sol naciente. Si no voy por el placer de ver a tu padre, me parecería absurdo acudir por su heredero. ¿Qué me importa a mí ese tal el señor Elliot?

Estas expresiones despreocupadas fueron estimulantes para Anne, que estaba observando que el capitán Wentworth escuchaba con atención, poniendo toda su alma en cada palabra que decían. Y las últimas palabras desviaron su mirada interrogante de Charles a ella.

Charles y Mary seguían charlando de la misma manera: él entre bromas y veras, sosteniendo que debían ver la comedia, y ella oponiéndose tenazmente y procurando hacerle sentir que, aunque ella estaba decidida a cualquier precio a ir a Camden Place, consideraría bastante feo hacia ella que los demás se marchasen a la comedia. La señora Musgrove intervino.

—Es mejor que lo aplacemos. Puedes volver, Charles, y cambiar el palco para el martes. Sería una pena separarnos y además perderíamos la compañía de la señorita Anne, ya que se trata de una reunión de su padre, y estoy segura de que ni

Henrietta ni yo disfrutaremos de la comedia si no nos acompaña la señorita Anne.

Anne se sintió agradecida por tal bondad y, aprovechando la ocasión que se le brindaba, dijo decididamente:

—Si dependiera de mi gusto, señora, la reunión de casa (salvo lo que atañe a Mary) no será ningún inconveniente. No disfruto para nada esta clase de reuniones y la cambiaré gustosa por la comedia y por estar en su compañía. Pero tal vez sea mejor no intentarlo.

Lo dijo temblando mientras hablaba, consciente de que sus palabras eran escuchadas y no atreviéndose a observar su efecto.

Finalmente optaron por el martes. Y únicamente Charles continuó bromeando con su esposa, insistiendo en que iría él solo a la función si nadie quería acompañarlo.

El capitán Wentworth dejó su asiento y fue a la chimenea, posiblemente con la idea de dirigirse después a un lugar más próximo al ocupado por Anne.

—Sin duda no ha estado suficiente tiempo en Bath —dijo— para disfrutar de las reuniones de aquí.

—¡Oh, no! El carácter de estas reuniones no me atrae. No soy buena jugadora de cartas.

—Ya sé que no lo era antes… No le gustaban las cartas, pero el tiempo nos cambia, ¿no es así?

—¡Yo no he cambiado tanto! —exclamó Anne. Y se detuvo de inmediato, temiendo algún malentendido.

Tras aguardar unos momentos, él dijo, como respondiendo a sentimientos inmediatos:

—¡Mucho tiempo, sin duda! ¡Ocho años son mucho tiempo!

Si pensaba seguir, era algo que Anne debió reflexionar en horas de más tranquilidad, ya que, mientras ella aún escuchaba sus palabras, su atención se vio atraída por Henrietta, que deseaba aprovechar el momento para salir, y pedía a sus amigos que no perdieran tiempo antes de que llegasen nuevos visitantes.

Se vieron obligados a retirarse. Anne dijo estar lista y procuró parecerlo. Sin embargo, sentía que de haber sabido Henrietta el pesar de su corazón al dejar la silla, al dejar la habitación, habría sentido verdadera piedad por su prima.

Pero los preparativos se vieron interrumpidos de pronto. Ruidos alarmantes se dejaron oír. Se aproximaban otras visitas y la puerta se abrió y dejó paso a sir Walter y a la señorita Elliot, cuya entrada pareció helar a todos. Anne sintió una opresión instantánea y encontró síntomas parecidos dondequiera que miró. El bienestar, la alegría y la libertad del salón se habían esfumado, alejados por una fría compostura, un estudiado silencio y una conversación insípida para estar a la altura de la helada elegancia del padre y de la hermana. ¡Qué tortura era sentirse así!

Su ojo sagaz tuvo una satisfacción. Sir Walter y Elizabeth reconocieron de nuevo al capitán Wentworth, y Elizabeth fue aún más amable que la vez anterior. Se dirigió a él y lo miró a los ojos. Elizabeth estaba haciendo un gran juego y lo que vino enseguida explicó su actitud. Tras perder unos minutos diciendo formalidades, formuló la invitación que debía cancelar cualquier otro compromiso de los Musgrove: «Mañana por la noche nos reunimos unos amigos. No es nada formal». Esto lo dijo con mucha gracia. Sobre una mesa dejó, con una cortés y comprensiva sonrisa para todos, las tarjetas con las que se había escrito: «En casa de la señorita Elliot». Entregó una sonrisa y una tarjeta especiales al capitán Wentworth. La verdad era que Elizabeth había vivido en Bath lo suficiente como para comprender la importancia de un hombre con su aspecto y su físico. El pasado no importaba. Lo sustancial en aquel momento era que el capitán Wentworth adornaría su salón. Entregadas las tarjetas, sir Walter y Elizabeth se levantaron para retirarse.

La interrupción había sido breve pero severa y la alegría volvió a casi todos los presentes cuando se quedaron nuevamente solos, todos con excepción de Anne. Solo podía pensar en la invitación de la que había sido testigo. No podía olvidar la forma en que la citada invitación había sido recibida, más con sorpresa que con gratitud, más con cortesía que con sincera aceptación. Ella lo sabía y había visto el desdén en su mirada. No se atrevía a suponer que él aceptaría asistir, alejado aún por toda la insolencia del pasado. Ella se sentía desfallecer. Él aún conservaba la tarjeta en la mano, como considerándola con atención.

—¡Pensar que Elizabeth invita a todo el mundo! —murmuró Mary de modo que todos pudieron oírla—. No me sorprende que el capitán Wentworth esté encantado. No puede quitar los ojos de la tarjeta.

Anne vio su expresión, lo vio sonrojarse y sus labios adoptaron una fugaz expresión de desprecio. Ella se retiró entonces para no ver ni oír más cosas desagradables.

La reunión se disolvió. Los caballeros tenían sus intereses, las señoras debían proseguir con sus cosas, y rogaron encarecidamente a Anne que fuese luego a cenar o pasase con ellos el resto del día. Sin embargo, el espíritu de ella había estado tanto tiempo en tensión que solo deseaba estar en casa, donde al menos podría pensar y guardar silencio si le apetecía.

Prometiendo estar con ellas toda la mañana siguiente, terminó las fatigas de aquella mañana con una larga caminata hasta Camden Place, donde debió oír los preparativos de Elizabeth y la viuda Clay para el día siguiente, la enumeración de los invitados y los detalles embellecedores que harían de la reunión una de las más elegantes de Bath, mientras ella se atormentaba preguntándose si el capitán Wentworth asistiría o no.

Ellas daban por sentada su asistencia, pero esta certidumbre no le duraba a Anne dos minutos seguidos. A veces pensaba que iría, por creer que tenía el deber de hacerlo. Pero no podía asegurarse que esto fuese un deber para él, lo que le habría permitido estar a cubierto de sentimientos más desagradables.

Únicamente salió de esta agitación para hacer saber a la viuda Clay que la habían visto en compañía del señor Elliot tres horas después de que se suponía que él había dejado Bath. Había esperado en vano que la señora hiciese alguna mención con respecto al encuentro, así que decidió sacarlo ella misma a colación. Entonces le pareció que una sombra culpable cubría el rostro de la viuda Clay al escucharlo. Todo fue muy rápido, desapareció enseguida, pero Anne supuso que por alguna intriga compartida o por la autoridad que él ejercía sobre ella, la viuda se había visto obligada a escuchar (tal vez durante media hora) discursos y reprimendas sobre sus designios con sir Walter. Pero la viuda Clay exclamó con afectada naturalidad:

—Así es, querida. ¡Imagine mi sorpresa al encontrarme con el señor Elliot en Bath Street! Nunca me he sorprendido tanto. Me acompañó hasta Pumpyard. No ha podido partir para Thornberry, no recuerdo por qué motivo. Como tenía prisa no llegué a prestar mucha atención y solo pude comprender que tenía intención de regresar mañana lo antes posible. No hacía más que hablar de «mañana». Es obvio que yo estaba ya enterada de esto mucho antes de entrar en casa, pero cuando escuché los planes de ustedes y todo lo que había ocurrido, se me fue de la cabeza mi encuentro con el señor Elliot.

# CAPÍTULO 23

Solo había pasado un día desde la conversación de Anne con la señora Smith. No obstante, ahora tenía un interés más inmediato y no se sentía demasiado afectada por la mala conducta del señor Elliot, salvo porque aún le debía una visita de explicación a lady Russell, que debió aplazar una vez más. Había prometido quedarse con los Musgrove desde el desayuno hasta la cena. Lo había prometido y la explicación acerca del carácter del señor Elliot, al igual que la cabeza de la princesa Scherazade, tendría que ser para otro día.

Sin embargo, no pudo ser puntual. El tiempo se presentó malo y lo lamentó por sus amigos y por ella antes de tratar de salir de paseo. Cuando estaba llegando a White Hart enfiló a la casa y no solo descubrió había llegado tarde, sino que tampoco era la primera en estar ahí. Habían llegado antes la señora Croft, que conversaba con la señora Musgrove, y el capitán Harville, que conversaba con el capitán Wentworth. Supo enseguida que Mary y Henrietta, que estaban sumamente impacientes, habían aprovechado el momento en que había escampado, pero volverían pronto y habían comprometido a la señora Musgrove a no dejar que Anne se marchase hasta que ellas regresaran. No le tuvo más remedio que acceder, sentarse, adoptar un aspecto de compostura y sentirse de nuevo inmersa en todas las agitaciones de penas que había experimentado la mañana anterior. No había tregua. De la extrema miseria pasaba a la felicidad suprema, y de esta a otra negra miseria. Dos minutos después de haber llegado ella, el capitán Wentworth dijo:

—Escribiremos la carta de la que hemos hablado ahora mismo, Harville, si me proporciona los medios para hacerlo.

Los útiles estaban a mano, sobre una mesa apartada. Allí se dirigió él y, casi de espaldas a todo el mundo, se puso a escribir.

La señora Musgrove estaba refiriendo a la señora Croft la historia del compromiso de su hija mayor. Lo hacía en ese tono de voz que pretende ser un murmullo, pero que todo el mundo puede oír. Anne sentía que no formaba parte de esa conversación y, empero, como el capitán Harville parecía ensimismado y poco dispuesto a hablar, no pudo evitar oír una serie de detalles: «Cómo el señor Musgrove y mi hermano Hayter se encontraron varias veces para ultimar los detalles. Lo que mi hermano Hayter dijo un día y lo que el señor Musgrove propuso al siguiente, y lo que le sucedió a mi hermana Hayter, y lo que los jóvenes querían, y cómo aseguré en un primer momento que jamás daría mi consentimiento, y cómo después pensé que no estaría tan mal», y muchas más cosas por el estilo. Eran detalles que, pese a todo el gusto y la delicadeza de la buena señora Musgrove, no debían comunicarse. Eran cosas que solo tenían interés para los protagonistas del asunto. La señora Croft escuchaba de muy buen grado y, cuando decía algo, se mostraba siempre sensata. Anne confiaba en que los caballeros estuvieran demasiado ocupados para atender.

—Teniendo en cuenta todas estas cosas, señora —decía la señora Musgrove en un murmullo bastante alto—, aunque hubiésemos deseado otra cosa, no quisimos oponernos más tiempo, ya que Charles Hayter está loco por ella, y Henrietta más o menos lo mismo. Por eso creímos que sería mejor que se casaran cuanto antes y fuesen felices, como han hecho tantos otros antes que ellos. En todo caso, esto es mucho mejor que un compromiso eterno.

—¡Eso es lo que iba a decir yo! —terció la señora Croft—. Prefiero que los jóvenes se establezcan con una renta pequeña y compartan las penurias antes que pasar por las peripecias de un compromiso larguísimo. Siempre he pensado que...

—Mi querida señora Croft —exclamó la señora Musgrove, sin dejarle terminar—, no nada hay más odioso que un compromiso largo. Siempre he estado en contra de eso para mis hijos. Está bien eso de estar comprometidos si se tiene la seguridad de que uno va a casarse en seis meses o en un año si me apura..., pero ¡Dios nos libre de un compromiso largo!

—Sí, señora —asintió la señora Croft—, un compromiso que se toma por mucho tiempo siempre es incierto. Empezando porque no se sabe cuándo se tendrán los medios para casarse, creo que es poco seguro y sensato. Además, creo que todos los padres deberían evitarlo en la medida en que les fuese posible.

Anne se sintió entonces interesada. Le pareció que esto podía aplicársele a ella. Se estremeció de pies a cabeza y en el instante en que sus ojos se dirigían instintivamente a la mesa que ocupaba el capitán Wentworth, este terminaba de escribir, levantaba la pluma y escuchaba al tiempo que giraba la cabeza y cambiaba con ella una rápida mirada.

Las dos señoras prosiguieron hablando de las verdades admitidas, poniendo ejemplos de los males que había acarreado la ruptura de esta costumbre a personas conocidas, pero Anne no pudo oír bien. Únicamente sentía un murmullo y su mente daba vueltas.

El capitán Harville, que no había oído nada, abandonó en este momento su asiento y se acercó a la ventana. Anne pareció mirarlo, pero lo cierto es que su pensamiento estaba divagando. Finalmente comprendió que Harville la invitaba a sentarse a su vera. La miraba con una leve sonrisa y un movimiento de cabeza que parecía decir: «Venga a mi lado. Tengo algo que contarle», y sus modales sencillos y naturales, que parecían corresponder a un conocimiento más antiguo, invitaban también a que se sentase junto a él. Ella se levantó y se acercó. La ventana donde él estaba se hallaba al lado contrario de la estancia donde las señoras estaban sentadas y más cerca de la mesa ocupada por el capitán Wentworth, aunque bastante alejada de esta. Cuando ella llegó, el gesto del capitán Harville se tornó serio y pensativo como de costumbre.

—Vea —le dijo él, desenvolviendo un paquete y sacando una miniatura—, ¿sabe quién es?

—Por supuesto, es el capitán Benwick.

—Sí, y también podrá adivinar quién es el autor. Pero —dijo en tono profundo— no fue hecho para ella. Señorita Elliot, ¿recuerda nuestra caminata en Lyme, cuando lo compadecíamos? Qué poco imaginaba yo que…, pero esto no viene al caso. Esto se hizo en El Cabo. Allí encontró a un hábil artista alemán, así que cumpliendo una promesa hecha a mi pobre hermana posó para él y se trajo esto a casa. ¡Y ahora tengo que entregárselo cuidadosamente a otra mujer! ¡Menudo encargo! Pero ¿quién más podría hacerlo? El caso es que no me molesta haber encontrado otro a quien confiarlo. Él lo ha aceptado —dijo señalando al capitán Wentworth—. Está escribiendo ahora sobre ello. —Y añadió rápidamente, mostrando su herida—: ¡Pobre Fanny, ella sí que no lo habría olvidado tan pronto!

—No —repuso Anne en voz queda y cargada de sentimiento—; me lo creo.

—No estaba en su forma de ser. Ella lo adoraba.

—No estaría en la forma de ser de ninguna mujer que amase de veras.

El capitán Harville sonrió y dijo:

—¿Pide este privilegio para su sexo?

Y ella, sonriendo también, repuso:

—Sí. Nosotras no nos olvidamos tan pronto de ustedes como ustedes de nosotras. Quizá ese sea nuestro destino y no un mérito de nuestra parte. No podemos evitarlo. Vivimos en casa, calladas, apartadas, y nuestros sentimientos nos dominan. Ustedes se ven obligados a salir. Tienen una profesión, cosas que hacer, asuntos de una u otra índole que los llevan enseguida de regreso al mundo. Estar ocupado continuamente y cambiar mitiga las impresiones.

—Admitiendo que el mundo haga esto por los hombres (cosa que yo no admito), no puede aplicarse a Benwick. Él no se ocupaba de nada. La paz lo devolvió a tierra muy pronto, y desde ese momento vivió con nosotros en un pequeño círculo familiar.

—Cierto, así es; no lo recordaba —dijo Anne—. Pero ¿qué podemos decir, capitán Harville? Si el cambio no nace de circunstancias externas debe venir de dentro. Ha de ser la naturaleza, la naturaleza del hombre la que ha operado este cambio en el capitán Benwick.

—No, no es la naturaleza del hombre. No creeré que su naturaleza sea más inconstante que la femenina para olvidar a quienes ama o ha amado. Por el contrario, creo en una analogía entre nuestros cuerpos y nuestras almas. Si nuestros cuerpos son fuertes, también lo serán nuestros sentimientos. Serán capaces de soportar el trato más duro y podrán capear el peor de los temporales.

—Sus sentimientos podrán ser más fuertes —repuso Anne—, pero esa misma analogía me autoriza a creer que los femeninos son más tiernos. El hombre es más duro que la mujer, pero no vive más tiempo. Esto explica mi idea sobre los sentimientos. Si fuese de otra manera, sería muy duro para ustedes. Tienen dificultades, peligros y privaciones contra a los cuales deben enfrentarse. Trabajan siempre y se exponen a todos los riesgos y a todas las durezas. Su casa, su país, sus amigos, deben abandonarlo todo. No pueden decir que sean suyos el tiempo, ni la salud, ni la vida. Debe ser sin duda muy duro —su voz vaciló un poco— si a todo esto hubiese que unir los sentimientos de una mujer.

—Nunca nos pondremos de acuerdo sobre este punto —comenzó a decir el capitán Harville, cuando un leve ruido los hizo mirar al capitán Wentworth.

Se había caído su pluma, pero a Anne le sorprendió encontrarlo más cerca de lo que esperaba. Por ello sospechó que la pluma no había caído porque estuviese usándola, sino porque deseaba enterarse de lo que hablaban ellos, y hacía todo lo posible para lograrlo. No obstante, poco o nada pudo haber entendido.

—¿Ha terminado la carta? —preguntó el capitán Harville.

—Aún no; me faltan unas líneas. La terminaré en cinco minutos.

—No tengo prisa. Estaré listo cuando usted lo esté. Aquí tengo una buena ancla —le sonrió a Anne— y no deseo nada más. No tengo prisa. Bien, señorita Elliot —dijo bajando la voz—, como decía, creo que nunca nos pondremos de acuerdo en este punto. Ningún hombre y ninguna mujer lo harán probablemente. Pero deje que le diga que todas las historias están contra ustedes; todas, ya sea en prosa o en verso. Si tuviese una memoria tan buena como la de Benwick, le diría en un momento cincuenta frases para sostener mi argumento, y dudo que jamás haya abierto un libro en toda mi vida en el que no se mencionase la veleidad femenina. Canciones y proverbios, todos hablan de la fragilidad femenina. Pero tal vez diga usted que todos los han escrito hombres.

—Tal vez lo diga, pero, por favor, no ponga ningún ejemplo libresco. Los hombres tienen toda la ventaja sobre nosotras porque ellos cuentan la historia. Su educación ha sido mucho más completa. La pluma ha estado en sus manos. No permitiré que los libros me demuestren nada.

—Pero ¿cómo podemos demostrar algo?

—Nunca se podrá demostrar nada sobre este tema. Es una diferencia de opinión que no admite pruebas. Posiblemente ambos empezaríamos con una pequeña circunstancia a favor de nuestro sexo y construiríamos sobre ella cuanto se nos pasase por la cabeza y hayamos visto en nuestros círculos. Y muchas de las cosas que sabemos (tal vez las que más nos han llamado la atención) no podrían decirse sin traicionar una confidencia o decir lo que no se debe.

—¡Ah —exclamó el capitán Harville en un tono de hondo sentimiento—, ojalá pudiera transmitirle lo que sufre un hombre cuando ve por última vez a su esposa y a sus hijos, después de que el barco que los ha llevado hasta él alejarse, y se da vuelta y dice: «¡Quién sabe si los volveré a ver!»! Y luego, ¡si pudiera mostrarle la alegría del alma de ese mismo hombre cuando los ve de nuevo al encontrarlos, cuando al regresar tras un año de ausencia, obligado tal vez a detenerse en otro puerto, calcula cuánto le falta aún para verlos y se engaña a sí mismo diciéndose que «no podrán llegar ese día», pero esperando que se adelanten doce horas y, cuando por fin los ve llegar, como si el cielo les hubiese dado alas, mucho más pronto aún de lo que los esperaba! ¡Si pudiese describirle todo esto, todo lo que un hombre puede soportar y hacer, las glorias que puede obtener por estos tesoros de su existencia! Como es natural, hablo de hombres de corazón —dijo llevándose la mano al suyo con emoción.

—¡Ah! —dijo Anne—. Creo que hago justicia a todo lo que siente y a los que se le parecen. Dios no permita que no valore el calor y la fidelidad de sentimientos de mis semejantes. Me despreciaría si creyese que la constancia y el afecto son patrimonio exclusivo de las mujeres. No creo que no sean capaces de cosas grandes y buenas en sus matrimonios. Los creo capaces de sobrellevar cualquier cambio, cualquier problema doméstico, siempre que tengan un objeto, si se me permite decirlo. Quiero decir que entretanto la mujer que ustedes aman vive por y para ustedes. El único privilegio que reclamo para mi sexo (no es excesivamente envidiable, no se alarme) es que nuestro amor es más grande cuando se han desvanecido la existencia o la esperanza.

No pudo decir más, pues su corazón estaba a punto de estallar y su aliento era entrecortado.

—Tiene usted un gran corazón —exclamó el capitán Harville tomándole el brazo con afecto—. No habrá más discusiones entre nosotros. En lo tocante a Benwick, mi lengua está atada a partir de ahora.

Debieron prestar atención a los demás. La señora Croft se retiraba.

—Aquí debemos separamos, Frederick —dijo ella—. Me voy a casa y tú tienes un compromiso con tu amigo. Esta noche tendremos el placer de vernos todos nuevamente en su reunión —agregó dirigiéndose a Anne—. Ayer recibimos la tarjeta de su hermana, y creo que Frederick también tiene una invitación, aunque no la he visto. Tú estás libre, Frederick, ¿verdad?

El capitán Wentworth doblaba apresuradamente una carta y no pudo responder como es debido.

—Sí —dijo—, así es. Aquí nos separamos, pero Harville y yo saldremos detrás de ti. Si Harville está listo, yo solo necesito medio minuto. Estoy a tu disposición en un minuto.

La señora Croft los dejó y el capitán Wentworth, tras doblar con rapidez su carta, estuvo listo y pareció realmente impaciente por irse. Anne no sabía cómo interpretarlo. Recibió el más cariñoso: «Buenos días. Quede usted con Dios», del capitán Harville, pero ni un gesto ni una mirada de él. ¡Había salido de la habitación sin mirarla siquiera!

Apenas tuvo tiempo de acercarse a la mesa donde él había estado escribiendo, cuando se oyeron pasos de vuelta. Se abrió la puerta. Era él de nuevo. Pedía disculpas porque se había olvidado los guantes. Cruzó el salón hasta la mesa de escribir y, deteniéndose de espaldas a la señora Musgrove, sacó una carta de entre los papeles desperdigados y la colocó ante los ojos de Anne con mirada ansiosamente fija en ella durante unos segundos. A continuación, tomó sus guantes y se alejó del salón, casi antes de que la señora Musgrove se hubiera percatado de su vuelta.

La revolución que se produjo durante unos segundos en Anne fue casi inexplicable. La carta con una dirección apenas legible a la «Señorita A. E.» era sin duda la que había doblado tan deprisa. ¡Le había estado escribiendo a ella cuando se suponía que se dirigía únicamente al capitán Benwick! ¡Todo lo que el mundo podía ofrecerle dependía del contenido de esa carta! ¡Todo era posible y debía afrontarse antes que la duda! La señora Musgrove tenía en su mesa algunas pequeñas tareas. Ellos protegerían su soledad y, dejándose caer en la silla que había ocupado él mientras escribía, leyó:

*No puedo soportar más seguir en este silencio. Debo hablar con usted por cualquier medio que esté a mi alcance. Me desgarra el alma. Vivo entre la agonía y la esperanza. No me diga que es demasiado tarde y que unos sentimientos tan preciosos han desaparecido para siempre. Me presento a usted nuevamente con un corazón que es más suyo aún que cuando casi lo partió hace ocho años y medio. No se atreva a decir que el hombre olvida antes que la mujer, que su amor muere antes. Solo la he amado a usted. Tal vez haya sido injusto, débil y rencoroso, pero jamás inconsciente. He venido a Bath solamente por usted y únicamente por usted pienso y proyecto. ¿No se ha percatado? ¿No ha interpretado mis deseos? No habría esperado estos diez días si hubiese podido leer sus sentimientos como usted debe haber leído los míos. Apenas si puedo escribir. A cada instante escucho algo que me domina. Baja usted la voz, pero puedo captar los tonos de esa voz cuando se pierde entre otras.*

*¡Buenísima, excelente criatura! No nos hace justicia. Crea que también existe un verdadero afecto y constancia entre los hombres. Crea que estas dos cosas cuentan con todo el fervor de*

*F. W.*

*Debo irme, eso es verdad. Pero volveré o me reuniré con su grupo en cuanto pueda. Una palabra, una mirada me bastarán para saber si debo ir a casa de su padre esta noche o nunca.*

No era fácil reponerse del efecto de aquella misiva. Media hora de soledad y reflexión la hubiera serenado, pero los diez minutos que pasaron antes de ser interrumpida, con todos los inconvenientes de su situación, solo la pusieron más nerviosa. Su desazón crecía por momentos. Sentía una felicidad aplastante. Antes de que hubiese traspuesto el primer peldaño de sensaciones, Charles, Mary y Henrietta ya estaban de regreso.

La absoluta necesidad de reponerse produjo cierta pugna. Pero tras un momento no pudo hacer más. Comenzó por no entender una palabra de lo que decían, de modo que alegó una indisposición y se disculpó. Ellos pudieron ver que parecía enferma y no se habrían apartado de ella por nada del mundo. Eso era terrible. Si se hubiesen ido y la hubieran dejado tranquilamente sola en su habitación, se habría sentido mejor. Pero tener a todos alrededor de pie o aguardando era insoportable. Así pues, en su angustia, dijo que deseaba ir a casa.

—Desde luego, querida —dijo la señora Musgrove—, vaya a casa y cuídese para que esté bien esta noche. Desearía que Sarah estuviese aquí para cuidarla, ya que yo no sé hacerlo. Charles, llama un coche. No debe ir a pie.

¡No era un coche lo que necesitaba! ¡Eso era lo peor de lo peor! Perder la ocasión de cambiar dos palabras con el capitán Wentworth en su regreso a casa (pues casi abrigaba la certeza de encontrarlo) era insoportable. Protestó enérgicamente contra el coche. La señora Musgrove, que solo podía imaginar una clase de enfermedad, tras convencerse de que no había sufrido ninguna caída, que Anne no se había resbalado y no tenía ningún golpe en la cabeza, se despidió alegremente y esperó encontrarla bien por la noche.

Ansiosa de evitar cualquier malentendido, Anne dijo con cierta resistencia:

—Temo, señora, que no esté del todo claro. Tenga la amabilidad de decir a los demás caballeros que esperamos verlos a todos esta noche. Temo que haya habido alguna equivocación y deseo que asegure en especial al capitán Harville y al capitán Wentworth que deseamos verlos a ambos.

—Ah, querida mía, está todo muy claro, se lo aseguro. El capitán Harville no se perdería la reunión ni por todo el oro del mundo.

—¿Lo cree de veras? Pues yo tengo mis dudas y lo lamentaría mucho. ¿Promete mencionar esto cuando los vea? Me atrevo a decir que lo verá a los dos esta mañana. Prométamelo usted.

—Desde luego, si ese es su deseo. Charles, si ves al capitán Harville en alguna parte, no olvides transmitirle el mensaje de la señorita Anne. Pero de verdad, querida, no necesita intranquilizarse. El capitán Harville casi se ha comprometido y lo mismo me atrevería a decir del capitán Wentworth.

Anne no podía decir ya más. Su corazón presentía que algo enturbiaría su felicidad. Pero en todo caso, la confusión no sería larga. En caso de que él no acudiese a Camden Place, ella podría enviarle un mensaje por mediación del capitán Harville.

Surgió otro contratiempo y fue que Charles, con su natural amabilidad, quería acompañarla a casa y no había modo de disuadirlo. Esto fue casi cruel, pero no podía ser ingrata. Él sacrificaba otro compromiso para serle útil, de modo que se marchó con él sin dejar traslucir más sentimiento que el de la gratitud.

Estaban en Union Street cuando unos oyó unos pasos conocidos detrás de ella que le dieron tan solo unos instantes para prepararse para ver al capitán Wentworth. Este se les unió, pero como dudaba si quedarse o pasar de largo, no dijo nada y se limitó a mirar. Anne se dominó lo suficiente como para refrenar aquella mirada sin retirar la suya. Las pálidas mejillas de él cobraron color y sus movimientos de duda se hicieron decididos. Se colocó al lado de ella. En ese instante, asaltado por una idea repentina, Charles dijo:

—Capitán Wentworth, ¿hacia dónde va? ¿Hasta Gay Street o más lejos?

—No sabría decirlo —contestó el capitán Wentworth, sorprendido.

—¿Va hasta Belmont? ¿Va cerca de Camden Place? Porque en tal caso no tendré inconveniente en pedirle que me cambie el puesto y acompañe a Anne hasta la casa de su padre. No se encuentra muy bien y no puede ir sola. Yo tengo una cita en la plaza del mercado. Me han prometido enseñarme una escopeta que quieren vender. Dicen que no la empaquetarán hasta el último minuto y debo verla. Si no voy ahora, no tendré la ocasión. Por su descripción, es muy semejante a la mía de doble cañón con la que disparó usted un día cerca de Winthrop.

No podía hacerse objeción alguna. Solamente hubo un exceso presteza y un asentimiento demasiado colmado de gratitud difícil de moderar. Las sonrisas reinaron y los corazones se regocijaron en silencio. En medio minuto Charles estaba de nuevo en el extremo de Union Street y los otros dos reanudaron el camino juntos. No tardaron en cambiar las suficientes palabras como para dirigir sus pasos hacia el camino enarenado, donde gracias a la conversación esa hora debería convertirse en bendita y preparar los recuerdos sobre los que se fundamentarían sus vidas futuras. Allí intercambiaron otra vez esos sentimientos y promesas que antaño parecieron haberlo asegurado todo, pero que habían sido seguidas durante tantos años de separación. Allí retornaron una vez más al pasado, tal vez más exquisitamente felices en su reencuentro que cuando sus proyectos eran nuevos. Tenían más ternura, más pruebas y certeza sobre los caracteres de ambos, sobre lo verdadero de su amor. Actuaban más de acuerdo y sus actos estaban más justificados. Y allí, mientras dejaban lentamente atrás a otros grupos, sin oír las noticias políticas, el rumor de las casas, el coqueteo de las muchachas, a las niñeras y a los niños, pensaban en cosas antiguas y se explicaban sobre todo las que habían precedido al momento actual, cosas que estaban tan llenas de significado e interés. Comentaron todas las vicisitudes de la última semana. Apenas podían dejar de hablar de la víspera y del día en curso.

Ella no se había equivocado. Los celos por el señor Elliot habían retrasado todo, provocando dudas y tormentos. Eso había comenzado en su primer encuentro en Bath. Tras una breve pausa, habían arruinado de nuevo el concierto, y habían influido en cuanto él había dicho y hecho o dejado de decir o de hacer en las últimas veinticuatro horas. Habían destruido todas las esperanzas que las miradas o las palabras o las acciones de ella en ocasiones hicieran esperar. Finalmente fueron vencidos por los sentimientos y el tono de voz de ella cuando conversaba con el capitán Harville. Bajo el invencible dominio de esos mismos sentimientos, él había cogido un papel y los había plasmado.

Lo que había declarado en el papel era lo cierto y no se retractaba de nada. Insistía en que no había amado a nadie más que a ella. Jamás había sido desplazada. Jamás había creído hallar a nadie que pudiera comparársele. Verdad es —tuvo que reconocerlo— que su constancia había sido inconsciente e involuntaria. Había tratado de olvidarla y creyó poder hacerlo. Se había creído a sí mismo indiferente, cuando solo estaba enfadado. Había sido injusto con sus méritos, ya que había sufrido por ellos. El carácter de ella era entonces para él la perfección misma, teniendo al mismo tiempo la encantadora conjunción de la fuerza y la gentileza. Debía reconocer que únicamente en Uppercross le había hecho justicia, pero solo en Lyme había empezado a entenderse a sí mismo. Allí había recibido más de una lección. La admiración del señor Elliot lo había enardecido, y las escenas en Cobb y en casa del capitán Harville habían demostrado la superioridad de ella.

Cuando quiso enamorarse de Louisa Musgrove por resentimiento, afirmó que jamás lo había creído posible, que nunca le había importado o podría importarle ella. Entonces llegó el día —reflexionó luego— en el que entendió la superioridad de un carácter con el cual no podía siquiera compararse el de Louisa. Supo el enorme ascendiente que aquellas cualidades tenían sobre su propio carácter. Allí había aprendido a distinguir entre la serenidad de los principios y la obstinación de la voluntad, entre los peligros del desasosiego y la resolución de los espíritus serenos. Allí había visto que todo exaltaba a la mujer que había perdido. Allí comenzó a lamentar el orgullo, la locura, la sandez del resentimiento que lo habían mantenido apartado de ella cuando se reencontraron.

Desde entonces comenzó a sufrir con intensidad. Apenas se había visto libre del horror y del remordimiento de los primeros días del accidente de Louisa, apenas empezaba a sentir que vivía de nuevo, cuando se sintió activo, es cierto, pero no ya libre.

—Vi que Harville me consideraba un hombre comprometido —dijo—. Vi que ni Harville ni su esposa dudaban de nuestro afecto mutuo. Me sorprendió y me disgustó. En cierto modo podía refutar eso de inmediato, pero cuando comencé a pensar que otros podrían imaginar lo mismo…, su propia familia, la propia Louisa, no me sentí libre entonces. Estaba dispuesto a ser suyo para honrarla. No estaba prevenido. Nunca pensé en eso seriamente. No supuse que mi excesiva intimidad podría hacer tanto daño, y que no tenía derecho a intentar enamorarme de alguna de las jóvenes, aun a riesgo de dañar mi reputación o causar males peores. Había estado estúpidamente errado y debía pagar las consecuencias.

En pocas palabras, comprendió demasiado tarde que se había comprometido en cierto modo. Y eso, justo en el momento de descubrir que nada de Louisa le importaba. Debía considerarse atado a Louisa si los sentimientos de ella eran los que los Harville suponían. Eso lo decidió a alejarse de Lyme y a aguardar en otra parte el restablecimiento de la joven. Estaba dispuesto a disminuir de la manera más decente posible cualquier sentimiento o inclinación que pudiese sentir Louisa hacia él. Así pues, fue a ver a su hermano, esperando después volver a Kellynch y actuar según las circunstancias.

—Pasé tres semanas con Edward y mi mayor placer fue verlo feliz. Me preguntó por usted con mucho interés. Me preguntó si había cambiado mucho, sin sospechar que será usted siempre la misma para mí.

Anne sonrió y dejó pasar el comentario. Era un disparate demasiado cariñoso para reprochárselo. Es agradable para una mujer de veintiocho años oír que no ha perdido ninguno de los encantos de su primera juventud. Sin embargo, el valor de este homenaje aumentaba además para Anne al compararlo con palabras anteriores y sentir que eran la consecuencia y no la causa de sus nuevos y cálidos sentimientos.

Él había permanecido en Shropshire lamentando la ceguera de su engreimiento y de sus descabezados cálculos, hasta que se sintió libre de Louisa por el sorprendente compromiso con Benwick.

—Ahí —añadió— terminó lo peor de mi pesadilla. Entonces al menos podía buscar de nuevo la felicidad, podía moverme y hacer algo. Pero estar esperando tanto tiempo sin más perspectiva que el sacrificio era espantoso. En los primeros cinco minutos me dije: «Estaré en Bath el miércoles», y aquí vine. ¿Es perdonable que pensase que podía venir? ¿Y haber llegado albergando esperanzas? Usted estaba soltera. Era posible que también tuviese mis mismos sentimientos. Además, tenía otras cosas que me animaban. Nunca dudé que usted había sido amada y pretendida por otros, pero seguramente sabía que había rechazado al menos a un hombre con más méritos que yo para aspirar a usted, de modo que no podía dejar de preguntarme: «¿Será por mí?».

Tuvieron mucho de lo que hablar sobre su primer encuentro en Milsom Street, pero más aún sobre el concierto. Aquella velada parecía estar compuesta de momentos deliciosos. Comentaron con entusiasmo cuando ella se detuvo en el Cuarto Octogonal para hablarle y apareció el señor Elliot para llevársela. También hablaron de uno o dos momentos más marcados por la esperanza o el desaliento.

—¡Verla a usted entre aquellos que no podían quererme bien, ver a su primo junto a usted, charlando y sonriendo, y ver todas las espantosas desigualdades e inconvenientes de semejante matrimonio! —exclamó él—. ¡Saber que este era el deseo más íntimo de cualquiera que ejerciese influencia sobre usted! ¡Aunque sus sentimientos fuesen de indiferencia, ver cuántos apoyos tenía él! ¿No bastaba todo aquello para hacer de mí el idiota que parecía? ¿Cómo podía mirar sin agonizar? ¿No bastaba la vista de la amiga que se sentaba a su lado para recordar la fuerte influencia, la gran impresión que puede causar la persuasión? ¡Y todo esto estaba contra mí!

—Debió comprender y no dudar de mí —dijo Anne—. El caso era distinto y mi edad también era otra. Si erré al ceder a la persuasión una vez, recuerde que fue por temor a los riesgos, no por evitar correrlos. Cuando cedí, creí hacerlo ante un deber; pero aquí no se podía alegar ningún deber. Casándome con un hombre al que no amaba habría corrido todos los riesgos y todos mis deberes habrían sido quebrantados.

—Quizá debí pensar así, pero no pude —repuso él—. No podía esperar ningún beneficio del conocimiento que tenía ahora de su carácter. No podía pensar. Estas cualidades suyas estaban enterradas, perdidas entre los sentimientos que me habían hecho sufrir durante tantos años. Solo podía pensar de usted que había cedido, que me había dejado, que había influido en usted otra persona que no era yo. La veía a usted al lado de la persona causante de aquel dolor. No tenía motivos para creer que tuviese ahora menos autoridad. Además, debía añadirse la fuerza de la costumbre.

—Yo creía —dijo Anne— que mis modales con usted lo habrían salvado de pensar esto.

—No; sus modales tenían la ligereza de la mujer que ya está comprometida con otro hombre. La dejé a usted creyendo esto y, sin embargo, estaba decidido a verla una vez más. Mi espíritu se recuperó esta mañana y sentí que aún tenía motivos para quedarme aquí.

Finalmente, Anne estuvo de vuelta en casa, más feliz de lo que nadie podía imaginar. Toda la sorpresa, la duda y cualquier otro penoso sentimiento de la mañana se habían disipado con esta conversación. Regresó tan contenta, con una alegría que mezclaba el leve temor de que aquello no durara para siempre.

Después de un intervalo de reflexión, toda idea de peligro se esfumó para felicidad suya y, dirigiéndose a su habitación, se entregó de lleno a dar gracias por su felicidad sin temor alguno.

Llegó la noche, se iluminó el salón y llegaron los invitados. Era una reunión para jugar a las cartas. Se trataba de una mezcla de personas que se veían demasiado con otras que jamás se habían visto. Demasiado vulgar y con demasiadas personas para establecer intimidad y demasiado poca para que hubiese variedad. Sin embargo, Anne jamás encontró una velada más corta. Brillante y exultante de felicidad y sensibilidad, más admirada de lo que creía o deseaba, albergaba sentimientos alegres y cariñosos para quienes la rodeaban. El señor Elliot estaba allí y ella lo evitó, pero podía compadecerlo. Le divertía entender a los Wallis. Lady Dalrymple y la señorita Carteret pronto serían primas inocuas para ella. No le importaba la viuda Clay y tampoco la ruborizaban los modales de su padre y su hermana. Con los Musgrove la charla era ligera y fácil. Existía el afecto de hermano y hermana con el capitán Harville. Hubo intentos de charla con lady Russell, que cortaba una deliciosa culpabilidad. Con el almirante y con la señora Croft se producía una peculiar cordialidad y un ferviente interés que parecía querer ocultar la propia conciencia. Y con el capitán Wentworth siempre había algún momento de comunicación, siempre la esperanza de más momentos de felicidad y ¡la idea de que estaba allí!

En uno de los esos breves momentos en los que parecían admirar un grupo de hermosas plantas, ella dijo:

—He estado pensando sobre el pasado e intentando juzgar imparcialmente lo bueno y lo malo en lo que a mí concierne. Y he llegado a la conclusión de que hice bien, pese a lo que sufrí por ello. Tuve razón en dejarme dirigir por la amiga que aprenderá usted a querer. Para mí, ella era mi madre. Por favor no se equivoque al juzgarme. No digo que ella haya hecho lo correcto. Fue uno de esos casos en que los consejos son buenos o malos según lo que suceda más adelante. Yo, por mi parte, en las mismas circunstancias, jamás daré un consejo semejante. Pero digo que tuve razón en obedecerle, ya que de haber actuado en otra forma habría sufrido más siguiendo con el compromiso que rompiéndolo, pues mi conciencia habría sufrido. Ahora, dentro de lo que nos permite la naturaleza humana, no tengo nada que reprocharme. Y si no me equivoco, un gran sentido del deber es una buena cualidad en una mujer.

Él la miró, contempló a lady Russell, y volviendo a mirarla exclamó fría y deliberadamente:

—Aún no. Pero puede albergar esperanzas de ser perdonada con el tiempo. Espero sentir piedad de ella pronto. Pero yo también he pensado en el pasado y se me ha ocurrido que tal vez tuviese un enemigo peor que esa señora: yo mismo. Dígame si cuando volví a Inglaterra en el año ocho, con unos cientos de libras y me destinaron al *Laconia*, si le hubiese escrito, ¿habría respondido a mi carta? En pocas palabras, ¿habría renovado el compromiso?

—Lo habría hecho —repuso ella en tono decisivo.

—¡Dios mío, lo habría renovado usted! —dijo él—. No es que yo no lo hubiese querido o deseado como colofón de todos mis éxitos. Pero yo era orgulloso, demasiado para pedirle algo de nuevo. No la comprendía. Tenía los ojos cerrados y no quería hacerle justicia. Este recuerdo me hace disculpar a cualquiera antes que a mí mismo. Habrían podido evitarse seis años de separación y angustia. Esta es una especie de dolor nuevo. Me había acostumbrado a sentirme acreedor a toda la felicidad de la que pudiese disfrutar. Había juzgado que merecía recompensas. Como otros grandes hombres ante la adversidad —añadió sonriendo—, debo aprender a humillarme ante mi buena fortuna. He de comprender que soy más feliz de lo que merezco.

# CAPÍTULO 24

¿Quién no adivina lo vino a continuación? Cuando a dos jóvenes se les mete entre ceja y ceja casarse, pueden estar seguros de triunfar gracias a la perseverancia, aunque sean pobres de solemnidad, o imprudentes, o tan distintos el uno del otro que poca ayuda mutua puedan prestarse. Esta puede ser una mala moraleja, pero es la verdad. Y si semejantes matrimonios se ven a veces, ¿cómo un capitán Wentworth y una Anne Elliot, con la ventaja de la madurez, la conciencia del derecho y con fortuna independiente, podrían hallar oposición de ninguna clase? En pocas palabras, habrían salvado obstáculos mucho mayores que los que tuvieron que afrontar, puesto que poco hubo que lamentar o añorar, salvo la falta de calor y amabilidad. Sir Walter no puso objeciones y Elizabeth adoptó la postura de mirar fríamente y como si el asunto no fuese con ella. El capitán Wentworth, con veinticinco mil libras y un grado tan alto en su profesión como podían otorgar el mérito y la actividad, ya no era un «don nadie». Ahora lo consideraban digno de dirigirse a la hija de un barón necio y manirroto que no había tenido suficientes principios ni sentido común para mantenerse en la posición en la cual lo había colocado la Providencia, y que ahora únicamente podía dar a su hija una pequeña porción de la herencia de diez mil libras que habría de heredar en el futuro.

Aunque no sentía gran afecto por Anne y su vanidad no hallaba motivos de halago que lo hiciesen feliz en esa ocasión, sir Walter estaba muy lejos de pensar que su hija realizaba un matrimonio desventajoso. Por el contrario, cuando vio más a menudo al capitán Wentworth a la luz del día y lo estudió a fondo, se sintió impresionado por sus dotes físicas y se dijo que la superioridad de su apariencia compensaba la falta de superioridad en rango. Todo esto, apuntalado por el buen nombre del capitán, preparó a sir Walter para inscribir de muy buen grado el nombre del matrimonio en el volumen de honor.

Lady Russell era la única persona cuyos sentimientos hostiles podían provocar cierta ansiedad. Anne comprendía que su amiga habría de sufrir cierto desencanto cuando conociese el carácter del señor Elliot y que debería ceder para aceptar esto como era y hacer justicia al capitán Wentworth. Debía reconocer que había errado con respecto a ambos; que las apariencias le habían jugado una mala pasada; que, como los modales del capitán Wentworth no concordaban con sus ideas, se había apresurado a sospechar que indicaban un peligroso genio impulsivo; que precisamente porque los modales del señor Elliot le habían atraído por su propiedad y corrección, su cortesía y su suavidad, había supuesto deprisa y corriendo que mostraban opiniones correctas y un espíritu lleno de cordura. Lady Russell no tenía nada más que hacer; esto es, debía reconocer que había errado en todo y cambiar el objetivo de sus opiniones y esperanzas.

En algunas personas existe una rapidez de percepción, una precisión en el juicio de un carácter, una perspicacia natural, que la experiencia de otras gentes jamás alcanza, y lady Russell no había tan bien dotada en este terreno como su joven amiga. Pero era una buena mujer y, si su primer objetivo era ser inteligente y juzgar bien a la gente, el segundo era ver feliz a Anne. Quería a Anne más de lo que apreciaba sus propias cualidades, de modo que cuando pasó el desagrado del primer momento le fue fácil sentir afecto maternal por el hombre que aseguraba la dicha de aquella a la que consideraba su hija.

De toda la familia, la más satisfecha fue Mary. Convenía tener una hermana casada e imaginaba que ella había contribuido en algo a ello al tener a Anne con ella durante el otoño. Además, dado que su hermana debía ser mejor que sus cuñadas, también era agradable pensar que el capitán Wentworth era más rico que el capitán Benwick o Charles Hayter. Nada tuvo que lamentar cuando vio a Anne restituida a los derechos del señorío, como dueña de una hermosa propiedad. Había también algo que la consolaba poderosamente de cualquier pena que pudiese albergar. Anne no tenía un Uppercross ante ella, no poseía tierras ni era cabeza de familia y si el capitán Wentworth nunca era nombrado barón, ella no tendría motivos para envidiar la situación de Anne.

Habría sido bueno para la hermana mayor contentarse de igual manera, pero no podían esperarse de ella muchos cambios. Pronto sufrió la mortificación de ver cómo se alejaba el señor Elliot. Desde entonces no se presentó nadie en una situación aceptable que salvase las esperanzas que se esfumaron al retirarse este caballero.

Las noticias del compromiso de su prima Anne cayeron como un jarro de agua fría sobre el señor Elliot. Esto desbarataba su ilusión de felicidad doméstica, sus esperanzas de mantener soltero a sir Walter a favor de los derechos de su presunto yerno. No obstante, molesto y decepcionado como estaba, aún pudo hacer algo por sus propios intereses y su dicha. Dejó Bath enseguida, poco después también se fue la viuda Clay y pronto se oyó decir que se había establecido en Londres bajo la protección del caballero, de manera que se demostró hasta qué punto había jugado un doble juego y lo determinado que estaba a no dejarse vencer por las artes de una mujer taimada.

El afecto de la viuda Clay había podido más que su interés y había sacrificado al caballero más joven sus esperanzas de casarse con sir Walter. No obstante, esta dama tenía habilidades tan grandes como sus afectos, de modo que era difícil decir cuál de los dos astutos triunfaría finalmente. Quién sabe si impidiendo que la viuda Clay se convirtiese en la esposa de sir Walter, no se le allanaba a ella el camino para convertirse en la esposa de sir William.

Sin lugar a duda sir Walter y Elizabeth sufrieron un terrible disgusto al perder a su compañera y al desengañarse de ella. Claro que tenían sus primos para consolarse, pero pronto comprenderían que seguir y adular a otros sin ser seguidos y adulados a su vez es únicamente un placer a medias.

Anne, muy satisfecha con la intención de lady Russell de amar como debía al capitán Wentworth, solo tenía una sombra en su dicha: la que nacía de la sensación de que no había en su familia nadie con méritos suficientes para ser presentada a un hombre de buen sentido. Allí sintió con fuerza su inferioridad. La desigualdad de sus fortunas carecía de importancia. No sintió esto en ningún momento. Sin embargo, carecer de familia que lo recibiese y estimase como merecía, no tener respetabilidad, armonía, buena voluntad que brindar a cambio de la digna y pronta bienvenida de sus cuñados era una fuente de pesares, por otra parte, bajo circunstancias muy felices. Solo podía presentarle a dos amigas: lady Russell y la señora Smith. Él pareció dispuesto a dedicar su inmediato afecto a ambas. A lady Russell, pese a sus anteriores resentimientos, él estaba dispuesto a recibirla de todo corazón. Mientras no se viese obligado a confesar que ella había estado en lo cierto al separarlos en un primer momento, estaba listo para hacer grandes alabanzas de la dama. En cuanto a la señora Smith, existían varias circunstancias que pronto lo inclinaron para siempre a apreciarla como merecía.

Sus recientes buenos oficios con Anne eran más que suficientes de por sí y el matrimonio de esta, en vez de privarla de una amistad, le trajo dos. Fue ella la primera en visitarlos en cuanto se hubieron establecido. Por su parte, el capitán Wentworth, que se hizo cargo de sus asuntos para que recuperase las propiedades de su esposo en las Indias Occidentales escribiendo por ella, actuando y ocupándose de todas las complicaciones del caso, con la actividad y el interés de un hombre valiente y un amigo afectuoso, devolvió todos los servicios que ella le hizo o hubiese intentado hacer a su esposa.

Las buenas cualidades de la señora Smith no menguaron con el aumento de su renta. Con la salud recobrada y nuevos amigos que podía ver a menudo, continuó valiéndose de su sagacidad y de la alegría de su carácter y, al tener todas estas fuentes de bienestar, se habría enfrentado a cualquier otro halago mundano. Habría podido estar más sana y ser más rica, pero siempre sería dichosa. La fuente de su felicidad manaba de su espíritu, como la de su amiga Anne brotaba del calor de su corazón. Anne era la ternura hecha persona y había encontrado en el afecto del capitán Wentworth algo que era digno de ella. Lo único que hacía desear a sus dos amigas que aquella ternura no fuese tan sumamente intensa era la profesión de su marido. Temían que una futura guerra pudiese ensombrecer el sol de su felicidad. Su gloria radicaba en ser la esposa de un marino, pero debía pagar el precio de un constante estado de alarma por ejercer su esposo una profesión que es, si es que eso fuese posible, más notable por sus virtudes domésticas que por su importancia nacional.

# ÍNDICE

Introducción                    5

Capítulo 1                      9

Capítulo 2                     19

Capítulo 3                     27

Capítulo 4                     37

Capítulo 5                     43

Capítulo 6                     55

Capítulo 7                     67

Capítulo 8                     79

Capítulo 9                     91

Capítulo 10                   101

Capítulo 11                   113

Capítulo 12                   123

Capítulo 13                   141

Capítulo 14                   149

Capítulo 15          157

Capítulo 16          167

Capítulo 17          175

Capítulo 18          185

Capítulo 19          199

Capítulo 20          207

Capítulo 21          219

Capítulo 22          241

Capítulo 23          259

Capítulo 24          279

Nos encuentras en:
**www.mestasediciones.com**